公元787年，唐封疆大吏马总集诸子精华，编著成《意林》一书6卷，流传至今

意林：始于公元787年，距今1200余年

意林®

一则故事　改变一生

《意林·少年版》编辑部

白蛇传说 ①

月上无风 著

吉林摄影出版社
·长春·

图书在版编目（CIP）数据

天乩之白蛇传说.1 / 月上无风著. -- 长春：吉林摄影出版社，2018.1
ISBN 978-7-5498-3391-7

Ⅰ.①天… Ⅱ.①月… Ⅲ.①长篇小说-中国-当代 Ⅳ.①I247.5

中国版本图书馆CIP数据核字(2017)第279265号

天乩之白蛇传说1
TIANJI ZHI BAISHE CHUANSHUO1

著　　者	月上无风
出 版 人	孙洪军
出 品 人	杜普洲
总 策 划	顾平　宋春华
主　　编	宋春华
责任编辑	施岚
图书策划	宋春华
特约策划	韩佩贞　王雁雁
图书统筹	罗艳
执行编辑	罗艳
封面绘图	SUMMER
封面设计	资源　徐丹
美术编辑	张龙
开　　本	700mm×1000mm 1/16
字　　数	300千字
印　　张	17
版　　次	2018年1月第1版
印　　次	2018年1月第1次印刷

出　　版	吉林摄影出版社
发　　行	吉林摄影出版社
地　　址	长春市泰来街1825号
	邮编：130062
电　　话	总编办：0431-86012616
	发行科：0431-86012602
网　　址	www.jlsycbs.net
经　　销	全国各地新华书店
印　　刷	天津泰宇印厂

书　　号	ISBN 978-7-5498-3391-7	定　价：32.00元

版权所有　翻印必究

（如发现印装质量问题，请与承印厂联系退换）

天乩之白蛇传说1

第一章	桃之夭夭	1
第二章	只如初见	7
第三章	幻化成人	15
第四章	黑蛟出世	23
第五章	龙子饕餮	31
第六章	初识桃花	38
第七章	情之大劫	48
第八章	偷灯聚魂	60
第九章	蛇妖小青	66
第十章	宫上许宣	74
第十一章	梦境难回	84
第十二章	重逢不识	94
第十三章	强抢灵珠	104
第十四章	重新相处	112
第十五章	法师齐霄	123

目录 CONTENTS

天乩之白蛇传说1

第十六章	人间瘟疫	131
第十七章	土之结界	137
第十八章	八心莲子	144
第十九章	瘟妖之害	154
第二十章	妖帝斩荒	163
第二十一章	甘愿牺牲	175
第二十二章	斩妖除魔	184
第二十三章	惨被误会	196
第二十四章	情愫暗生	203
第二十五章	算无遗策	211
第二十六章	冰释前嫌	218
第二十七章	鲤鱼红芯	227
第二十八章	错订婚约	234
第二十九章	断桥之约	244
第三十章	火焚饕餮	253

第一章
桃之夭夭

　　黑云压城，雷声阵阵，原本平静的西湖上波涛翻滚，浪有千丈。蛟龙盘旋于波涛之上，攻向同样立在浪尖的两名青年男子，招招致命，咆哮声更是惊天动地、摄人心魄。

　　两男子左避右趋，身上早已处处伤痕。当右那位手上长剑一招快过一招，在雷电光柱中咬紧牙关，终是找到蛟龙破绽，一剑划破蛟龙七寸！不想引得蛟龙更是凶性大发，转首便欲再向男子攻来；当左那位见状，忙不迭施法设下屏障，阻了蛟龙这猛烈一击。

　　"紫宣，我这屏障阻不了蛟龙多久，它以西湖为据，得了优势。"男子瞪向在巨浪间翻腾，不断试图冲破屏障的蛟龙，眼神愤愤。

　　相较而言，那被唤作"紫宣"的男子，面上虽同样战意坚决，眼神里却多了许多镇定与淡然，那是多年修行沉淀下来的从容，虽是身处险境，气度丝毫不减，依旧飘然欲仙。他凝视着蛟龙，沉声道："我引开它，凌楚你去趁机斩断蛟尾。失了尾巴，它便不能依水势翻腾，要捉它便简单了许多。"

　　凌楚颔首，却一眼瞥见紫宣额间沁出的鲜血，心头一凉，面上满是关怀急切之意："你额间的血……"这分明是元神之伤越发严重的症状。

　　紫宣轻声一笑："并不碍事，你无须担心。"一边说着，一边运气，准备再用手中天乩剑与蛟龙奋勇一搏，将其引来背向凌楚。

　　凌楚赶紧拉住腾身欲起的他："不可！你元神受损，如何与蛟龙正面一战？"此去，怕是犹如送死。

　　"上回东海一战，我孤身血战蛟龙三天三夜，都能安然无恙，这回有你助

天乩之白蛇传说1

　　我，难道擒不了蛟龙？"紫宣望向凌楚，笑意淡然，仿佛此时只是最稀松平常的时刻，甚至面上神态还有些许少年气息，"擒了蛟龙，咱们九奚山再较量一番。"

　　就在此时，蛟龙冲破屏障，怒吼卷起万千尘土，扬起漫天风云，几乎迷蒙了两人双眼。蛟龙施法，金色光芒直射而落，交错成密密的网，朝紫宣袭来。紫宣忙用天乩剑划破金网，却不小心被其缠住脚踝，直往西湖底拖去。

　　凌楚大惊，嘶喝一声："紫宣！"

　　"别管我，斩下蛟尾！快！"

　　紫宣奋力与金网缠斗，蛟龙摆动身躯，烈焰冲天，凌楚一时根本无法靠近蛟龙半分。眼见紫宣力渐不支，凌楚心中急惧交织，低声念道："必须速战速决，否则紫宣会有危险。"

　　言罢，他眉间划过一丝决然与狠辣，从怀中掏出法器——锁妖塔，并催动术法，指尖凝血滴落其上。

　　锁妖塔一出，瞬间他们脚下的土地，俱是轰隆鼓动。紫宣为这巨大动静吸引过目光，惊诧无比，着急大吼道："凌楚，你怎能以血为引来开启锁妖塔？如此一来，必须以生灵为祭，锁妖塔才能停歇，否则将毁天灭地！"

　　凌楚急声回道："我正是要以蛟龙为祭，为久旱大地带来甘霖。若不用血祭开启，你身受重伤，我们俩根本不是蛟龙的对手。"

　　"以蛟龙为祭，必引天下大乱，黎民苍生将会饱受战乱之苦，"紫宣眉间紧蹙，知道凌楚这下又闯下大祸，"况且，杀了蛟龙有违天道！"

　　凌楚争辩道："眼下百姓流离失所，不收了蛟龙，日后也将引发战乱！比起百姓之苦，杀了蛟龙为祭，算不上杀孽。况且这蛟龙替龙族杀了不少鲛人，生性残酷……"

　　凌楚不顾紫宣阻拦，执意而为，何况箭已在弦上，不得不发。他扬手抛出锁妖塔，顷刻间便是飞沙走石，黄土漫天。蛟龙失力，金网顿时落入西湖中，扬起惊天骇浪。紫宣趁机一跃而起，可他定睛一看，却见锁妖塔巨大的白色光芒中，竟隐隐出现一个人的身影，即刻大骇……

　　"小白！你怎么会在这里？"

　　紫宣飞身上前，从巨大光芒中，将那身影救下，护在怀中。只见一白衣女子，身上尽是血痕，已是气息微弱，半睁的双眸凝视着紫宣，却是情意绵绵。

　　紫宣既气且恸："我不是让仙鹤看着你吗？"

第一章
桃之夭夭

被唤作"小白"的白衣女子慌忙抓住紫宣衣角，气息加急："别怪仙鹤姐姐，是我求着她让我来的。"

两人说话间，蛟龙竟是挣脱了锁妖塔的牵引，将将从旁闪过。凌楚大怒："小白！都怪你！你一身的妖气，扰乱了锁妖塔，若不是你，锁妖塔早该收了蛟龙……"

凌楚话还没说完，只见那蛟龙终是逃不过锁妖塔的巨大神力，受了锁妖塔一击，已是重伤难治。它愤然嘶吼，拼了最后力气，吐出熊熊烈火，铺天盖地而来，汹涌澎湃之力要碎裂天地。紫宣慌忙将小白护于怀中，只见那蛟龙低吟声渐成长啸，西湖之水沸腾而起。

紫宣来不及细想，立马用天乩剑划过指尖，天乩剑受了他鲜血，旋即破空而出，直入蛟龙之腹。蛟龙吃痛翻腾，鲜血滴落于西湖，将整片湖水染得鲜红。而当天乩剑回到紫宣手中时，蛟龙也重重跌落西湖，方才翻涌不息的西湖终是渐渐平静，黑云压城、电闪雷鸣的天空，也逐步恢复清明。

紫宣把天乩剑支在地上，撑着他已是无力的身子，长叹一声："我封了蛟龙的元神，让他沉睡于西湖。"若不这样，蛟龙拼尽全力的最后一击，必会让红莲烈火屠尽整个人间。

小白剧恸，手抚上他的脸，清澈的眸中已是盈满泪光："我是何其有幸，遇上了你，一次次替我解决难题……而我，我却一再闯祸，我究竟该怎么做才能不令你为难？"

紫宣唇边泛出温柔浅笑："你从未令我为难，是我轻忽了人心，轻忽了你的善良。"

他这宽抚之语却令怀中女子神色更痛，泪如雨下："对不起！对不起……我不该自以为是……都怪我擅自闯入丹药房，放出蛟龙，这才酿下大祸。"若不是她，紫宣怎会先是元神受损，而今又在重伤的情况下拼尽一身修为封印蛟龙！

紫宣拇指缓缓拭过她颊边泪水，本还欲宽慰她，却突然神色一凛。只见狂风自天边而来，方才恢复如常的日光又瞬间被乌云密盖。而凌楚此刻正抚住额头，袭来的阵阵痛楚，令他不由得蜷缩起身子，几乎说不出话来。

紫宣浑身一震，急道："锁妖塔已开始反噬凌楚元神！"

小白看着凌楚，莫名感到心慌与害怕，低声道："锁妖塔是天帝铸炼的法器，一旦用血开启，必须以生灵祭祀。"

天乩 之白蛇传说1

只见那锁妖塔红光潋滟，钟鸣引发万物悲鸣，一副天地俱毁的气势，而凌楚已是痛得浑身失力，一向骄傲的他也控制不住发出阵阵痛苦的低吼。小白咬了咬唇，似是下定了决心，随后猛然起身，一跃扑进锁妖塔的红莲烈火中："我来生祭锁妖塔！"

紫宣神色更变，剑眉死皱，急声斥道："你这是送死！以你的修为生祭锁妖塔，你的元神将饱受红莲烈火吞噬，直至灰飞烟灭！"

一边说着，他一边大步踏进红莲烈火中，鼓起一身仙气护住了小白。

红莲烈火将天际灼得血红，紫宣唇边渐渐泛出丝丝血渍，小白紧紧抓住紫宣，神色慌张得几近疯狂，声音嘶哑着哭道："紫宣……求你了，我求你了……不要再散尽你的仙气，你撑不住的。"

紫宣看她着急，却是从容低笑："你是永远不吸取教训吗？你以为以你的修为能生祭锁妖塔？不过是白白送死。"

小白本是稚嫩清丽的脸上，此时却泪汗交杂，万分痛苦："你别骗我了，紫宣，我是妖啊……我是妖！恰恰能祭锁妖塔！"她定了定神，唇角泛出绝美的笑意，黑白分明的杏眼中透出十足的决绝，她伸手抚上紫宣的脸庞，轻声道："紫宣，你身上全是冷的，还来得及，你有机会逃出去……"话音未落，她用力一推，而锁妖塔恰在此时猛然一爆，烈火迅速席卷仙障，焚向他俩。紫宣抓住小白推他的手，趁势将其紧紧拥在怀里，那锁妖塔爆出的红莲烈火，便被紫宣的背挡了个干净。

小白痛不可当，撕心裂肺："不！不要！"

红莲烈火渐渐消失，凌楚一跃而上，将锁妖塔收回。

紫宣摇摇欲坠，小白匆匆上前，想要抱住他，却见他的身躯竟在渐渐消散，小白慌乱无比，眼泪全然失控地大滴坠落，她只知摇头，不停喃喃唤道："紫宣，紫宣……"

相较于她的悲恸欲绝，紫宣却依旧是淡然又镇定，甚至如她初见他时，他从容抚琴时飘飘欲仙的模样。唇角牵开一丝浅笑，紫宣轻声叹道："可惜我没时间教你了，其实你一直很好，并不是我说的那样懒惰，也不是你自觉的那样呆傻。"

紫宣身旁渐渐泛起白色云烟，站在一边的凌楚骇然："难道你的劫数竟是今日？而非与饕餮一战？"

小白忽然意识到了什么，慌乱地摇头："不！紫宣，我马上离开九奚山，

第一章
桃之夭夭

离开你,不再出现在你面前!没有我,你就没有什么劫数了!你会顺利飞升上仙!紫宣……我求你,你别灰飞烟灭!"

紫宣缓缓摇了摇头:"命中劫数不由你,亦不由我,终由天定。"

小白下唇被她咬出了血,她凄声苦道:"我不怕什么火噬元神之苦,对我来说,灰飞烟灭又算什么?你为什么要替我……紫宣,你告诉我,要如何才能换回你一命?我什么都愿意做,只求你好好的,好好地在九奚山生活……"

她再度想去抱住紫宣,却依旧扑了空,微风带起她的发丝,扬在澄澈平静的空中,凄美至极。紫宣眼带怜惜,努力抬手,似是想抚摸她的长发,可已近透明的手却直接穿过发丝。他苦苦一笑:"让我好好看看你。小白,其实在我眼中,你早就是一个真正的人,可惜这一世,我再护不了你。"

"紫宣……"小白噙泪张口,这一唤却嘶哑得全然无声。

紫宣凝视着她,眼底有压抑克制的情意:"答应我,好好活着。你爱桃花,桃之夭夭,灼灼其华。你不是一直想要个名字吗?记住了,你的名字是白夭夭。"

紫宣脸上有着从容的笑,而天乩剑却忽然一落,跌在地上,撞出不绝于耳的低怆龙吟,紫宣却如同一缕轻烟,消失于天地间,清风一吹,便毫无踪迹。

白夭夭捡起天乩剑,紧紧抱在怀里,仰首朝着虚空凄声嘶吼,目光急切搜索,一手五指张开,似是拼了命地想挽留,指间却留不住分毫紫宣的气息。

"紫宣……紫宣……紫宣!你去了哪里?"白夭夭状若癫狂地左右寻找,急声呼唤,"你告诉我,为什么将我留下?我孤身活着的意义是什么?你回答我啊!"

语声消散于苍茫,再无记忆中那人清风般的音容笑貌来回应。

白夭夭心无限地跌落,她拿起天乩剑意欲自刎,却被凌楚拦下。

凌楚怒喝:"够了!我们的命都是紫宣换来的,我们谁都没有资格轻贱!你这么做,也换不回紫宣!"

白夭夭闭眼摇头,只仓皇恸道:"都怪我,都怪我!我不该来!甚至……甚至我一开始就不该出现在九奚山,是我害了他。"

"那我呢?"凌楚自嘲一笑,若不是他疏于思虑,执意放出锁妖塔,紫宣也不会用命生祭,"是我们两人逼得紫宣魂飞魄散,这笔债,无论如何,是还不了了,你……唉,就以白夭夭的身份活下去,毕竟,这是他留下的最后一句话。"

天乩 之白蛇传说1

　　白夭夭闻言，握住天乩剑欲自刎的手终是渐渐放松，眼底水泽却化成漫天大雨。刚刚放晴的西湖一时又复闪电交加，雷声隆隆犹如悲鸣，泼天雨雾无边无际，悲凉哀凄！

　　"记住了，你的名字是白夭夭……"

　　这是她喜欢的人，留在这世上的最后一句话。

　　"桃之夭夭，灼灼其华，"白夭夭轻声低吟，"下半句是'之子于归，宜其家室'。我知道的，你教过我的……我记得的，我记得的……"

　　她会努力做一个宜家宜室的好女子，他却永远醒不过来了，更何谈"之子于归"呢？

　　白夭夭跌坐在地，在暴雨侵袭中，却突然忆起了一百年前的九奚山，那时一片宁静，尚是一条小蛇的她，初见画中仙一般的他。

　　而他，从来便待她很好。

　　真的很好。

第二章
只如初见

1

近一百年前,九奚山。

这里乃天界圣地,也是千年前平定四海之乱的首功之臣——青帝成仙后的修炼隐居之地。九奚山终年下雪,凡入目处皆是苍茫一片,纯净空灵的白,更令此圣处凛然高洁,让人不敢随意侵犯。

虽是终年严寒刺骨,山中的一汪清潭却未冰封,静静倒映着雪白山头,偶有北风轻卷着雪碴子从潭面拂过,山影水色一道起了皱褶,却是因雪光粼粼,煞是好看。外行凡人若是到了此处,可能只会沉迷于当前仙境般的美景,而若精通奇门之术的道友至此,却能发现潭边石滩上的块块奇石那看似随意无章的排序堆砌,竟是颇含五行八卦的机关阵法。

而就在这奇石阵中,一男子盘坐在巨石之上,正信手抚琴,琴声闲适自如,恰是高山流水之音,琴旁香炉之中烟气袅袅,氤氲在这一片雪景之中,衬得男子仿若画中仙人,岁月全然为其静止。

而就在此时,雪地里却响起细微的奔跑声,划破了此情此景。仔细听得那声音渐近,男子眉间微蹙,迅速将琴收于身后,一跃而起,迎向声音来处。腾跃之间,视线中却突然闯入一条通体雪白的小蛇,男子瞳仁微缩,一顿一点,来到小白蛇面前,右手一抄,将白蛇抓起,继而快速在奇石间穿梭,唇边泛出一丝苦笑,默念道:"没想到,他竟追到了此处!"

几乎同时,另一青年男子不满的声音在山间响起:"紫宣,我已经听到你的琴音，无论如何，今日你是躲不了的！"

紫宣嘴角苦笑更盛，视线余光却突见自己手中那小白蛇或因快速穿梭之故，被扑面而来的风雪吹得昏昏欲睡，便忙不迭用术法生了一团火在小蛇旁，语声略带责怪："九奚山终年是雪，你怎么跑到这种地方来？是不是迷了路？眼下我得躲躲，不方便带着你！"

小白蛇似是能听懂紫宣所言，强打精神专注地望着他。浓浓的睡意让它眼睛一张一阖的，更显可爱。紫宣失笑，用术法拈出一片荷叶，漂于湖上，更小心翼翼地将小白蛇托放于荷叶上，方才变出的那团火跟着小白蛇，更显得它白得透明一般，大眼睛也是水汪汪的，煞是可爱。

紫宣上下打量一番，笑道："你全身雪白，倒是漂亮。"

小白蛇闻言，竟抬起头望了一下湖面，像是照镜子。紫宣更觉有趣，拍了拍它，道："若今日我能顺利脱身，我再来找你……若我没来，记住了，九奚山不适合你，你们蛇类一到冬天就得冬眠，你另找处暖和的地方。"

而就在他说话之时，小白蛇从湖中见到有男子来势凶狠，从天而降，一剑劈向紫宣！它张着口想提醒却喊不出声，只见紫宣将将避过此剑，腾出个架势，面对来人的不依不饶、步步进逼。

"没料到，你竟然不守承诺！"来人剑招凶狠，更出言相讽。

紫宣无奈叹道："凌楚，四海之乱方休，你我又何必再度一较高下！"

凌楚冷"哼"一声："这可是你我二人师父许下之约，要你我分出胜负！"

紫宣不由得更觉头痛："千年前，他们两位老人家也不过是随口一说……"

凌楚却不听他劝，依旧招招进击："你身具七杀格，而我则是破军。你投入青帝门下，我则是白帝首席大弟子。人人都在拿你我比较，今日，胜负较量总该有个结果！"

紫宣笑着摇头，轻叹一声："凌楚，你太执着于名利，我们较量，只是切磋，何必太过认真？"

"对我而言，却不是！"凌楚咬牙挥剑，剑眉星目中俱是执念。

紫宣从容持剑，身法快似陨星坠落，刀光之处带起片片雪花，凌楚一招一式，风驰电掣，两人不相上下，刀影纷乱。小白蛇见两人在奇石阵内穿梭，紧张得头跟着上上下下摆动，只见并不多时，凌楚的剑招便渐渐紊乱，紫宣剑上

第二章
只如初见

依旧不带一丝杀气,却逼得凌楚退了几步。凌楚牙关一咬,眸现凶狠,拼尽全力的一剑直刺紫宣胸前!紫宣还未做反应,那小白蛇却不知哪里来的勇气与仙力,竟然一跃而上,想保护紫宣。

眼见凌楚的剑就要刺穿白蛇,紫宣一手将白蛇抓住,护在胸前,剑上用了力将凌楚的剑挡开,逼得凌楚踉跄而退,竟狠狠撞上山壁。

"凌楚!"紫宣见状忙将剑收回,一跃上前。

凌楚硬生生想压下翻腾气息,却是适得其反,喉头猩红汹涌而出。紫宣欲搀扶于他,凌楚却愤然挥手避开。他瞪向紫宣怀中的白蛇,愤恨道:"这条白蛇坏了事!"

小白蛇闻言,竟似是恐惧,在紫宣怀中瑟瑟发抖。

紫宣担心凌楚伤势,却也注意到怀中小蛇的战栗,他以为它是冷了,更觉不能在此处久留,便对凌楚说:"赶紧跟我回去,让我仔细看看你的伤。"

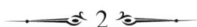

2

紫宣引凌楚在客房的床上坐下,将仙气缓缓度予他。

仙气入体的刹那,凌楚没忍住轻"哼"了一声,浑身早被冷汗浸透。

运功完毕,紫宣长叹一声:"你一身的伤瞒了多久?"

凌楚犹自强撑:"一身小伤,全无大碍。"

紫宣伸手轻拍向凌楚胸口,引他痛得倒吸一口凉气。

"小伤能让你痛成这副模样?"紫宣无奈摇头,"有伤不肯好好休养,偏要来找我较量。"

凌楚决然道:"至少得输个心服口服。"

紫宣唇角笑意温柔:"以你的心性,眼下肯定是不服的。"

"当然!若不是那条白蛇坏事,胜负可是难料!"凌楚的语气一听便是要炸,目光也变得狠厉,"不要让我见到它,否则我非剥了它的皮不可!"

他意欲剥皮解恨的那条小白蛇此时正爬至门外,听得此话,吓得浑身哆嗦。

"它无端卷入,关它何事?"紫宣的声音此时在小白蛇耳朵里简直仿若天籁,它忙不迭地点头认可。

只见紫宣端了碗药递给凌楚:"这是东海冰心芝,能暂时压制你的心火。

天乩 之白蛇传说1

你也别再心心念念于胜负，咱们分不出不也挺好？"

凌楚将药饮尽，眉宇间却是执着："我可没你洒脱。"

话音刚落，他却突觉胃中翻腾不息，狠狠吐出一口鲜血，紫宣忙拉开他胸前的衣服，只见前胸竟是一片紫红。

紫宣眉头皱紧，语气也是严厉了不少："你的心火竟严重到如此地步！你为何不早说，再拖延下去会耗损你的仙力！"

凌楚面色低沉，竟有一丝可怕的阴鸷滑过："蛇心性凉，不知能不能治心火？"

小白蛇听了，浑身更是抖得厉害，忙不迭地掉头就溜。

"此时不跑更待何时？"小白蛇使出浑身力气往外爬，但九奚山上风雪漫天，那股子逃命的硬气不过几个时辰便在这寒冷刺骨的环境下软了下来……它一边打着哈欠一边在心中给自己鼓劲："不能睡不能睡啊，如若被取了蛇心，命都没了，还修个什么仙？还游什么名山大川？还吃什么九重天的蟠桃？坚持一下，只要再努力爬上个那么三年三个月又三天，我就回到骊山了，我就……"

它内心的豪言壮志尚未语毕，就被一双脚挡住去路，甫一抬头，便只见凌楚眼神狠厉，毫不留情地一剑刺向自己。

腹部剧痛，鲜血漫出，小白蛇内心哀叹不已："蛇生漫长，我却因贪玩仓促结束短短一生，种种梦想终成奢望。"

凌楚伸手捉它起来，小白蛇扭头便向凌楚咬去，却被他死死捏住了脸。

小白蛇感觉自己脸有些变形，更是难过："完了……这下不仅要死，还会死得很难看。"

凌楚哪里知道它心中所想，通红的双眼望着手中猎物，轻声说道："只要治愈心火，我就能赢。"

突有掌风袭来，将他手中白蛇夺走。

凌楚自然知道是紫宣，重哼一声，他收回手，目光却是偏执阴狠："紫宣，这个蛇心我要定了，你若敢阻止……"

紫宣不待他说完便封了他穴，凌楚身子一晃，倒在了紫宣身上。

紫宣将凌楚带回客房，仙鹤端着刚熬好的药跟了进来，见他身上满是冰霜，柳眉微蹙，上前用手拂去，柔声劝道："蛇并非善类，用蛇心治愈凌楚心火不是再合适不过？何必又另外一天一服丹药费心调理着？"

第二章
只如初见

紫宣神情凛然:"蛇心虽能马上缓解凌楚的心火,但若用了蛇心,害了蛇的性命,对他日后修仙却极是不利。"

仙鹤了然,但看向此时昏睡中亦不安稳的凌楚,又是替他紧张:"他如此心急……"

紫宣接过话头:"必是昆仑山出了什么大事。而白帝极好颜面,肯定不愿声张,因此才无半点儿消息。眼下我们不便插手昆仑山之事,先将凌楚治好再说。"

仙鹤颔首,又想起那条白蛇,心中疑惑:"自三百年前我受伤落在这九奚山上得你收养疗伤,你不是便设了结界于此?一般动物根本不能进入。"

"那蛇身上有修行。"

仙鹤印证心中猜想,更是惊疑难定:"来路不明,恐会引来大祸。"

紫宣却是神清气朗,毫不在意:"上回我与凌楚较量,这蛇居然不顾自身安危,想替我挡下一剑,若它是人我必报恩,是条蛇,我总得护它周全。"

见仙鹤还要再劝,紫宣忙阻了她:"去把上次百草仙君所赠的东海冰心芝全拿出来吧。"

"全给凌楚疗伤?"仙鹤有些心疼。

紫宣却不在意:"要是能换得凌楚无恙,便再好不过了。"

仙鹤颔首,却又忍不住抬头觑向紫宣,眸中水色温柔,漾着浓浓情意。

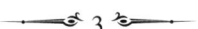
3

紫宣向仙鹤吩咐完凌楚的事情,回到房中,又给小白蛇上药包扎,一阵忙活。

小白蛇疼痛稍解,此时房中又温暖如春,它觉得安心又舒适,一双水汪汪的大眼睛跟着紫宣,不愿离开他分毫。只见他拿出一个样式古朴的木盒,里面有若干白净如玉的圆润果子。

紫宣回到床上,修长如玉的手指拈起一枚那果子,喂向小白蛇。

小白蛇眼睛扑闪扑闪的,试探着咬了一口,只觉清脆爽口,又有香气盈荡在唇齿之间,满足地闭了会儿眼睛,忙一口接一口地将那果子吃了个一干二净。

吃完就又痴痴望着紫宣,尾巴左右闲适摇晃着,紫宣从它这般模样中读出

了期待之色，难免失笑，便又执起一颗果子喂它。

等到喂第三颗的时候，小白蛇已是亲昵地缠绕在他肩膀上，头就靠在他肩上开心吃着。

白蛇心道："大难不死，必有口福。哈哈哈……"一时早就把什么腹伤和凌楚抛到九霄云外去了。

紫宣喂它吃完这第三颗，没忍住用手弹了下它额头，笑道："你啊你，雪樱子这么名贵的药材，修仙之人得一颗便如获至宝，吃一颗便能涨百年功力，你却当成核桃般连吃三颗。"

小白蛇用头在紫宣怀里蹭着撒娇，更惹得紫宣又抚了抚它："真是越发觉得你有灵性了，凌楚刚说要取你蛇心，你便连夜逃了。只是爬的速度忒慢了些，还没出谷就又被逮了。"

小白蛇似是有些窘，玩闹似的张口就想咬紫宣的手。

紫宣一闪避开，笑意里带了些无奈："还会发脾气？看来你真能懂人语，那你记着，以后我就喊你小白了。"

望着白蛇摇头晃脑的样子，紫宣笑意益然，伸手去摸了摸它的头，柔声唤道："小白……"

话音未落，眉便皱起，手上忙不迭施了个障眼法将白蛇化为一支白笛，迎向推门进来的凌楚："你不好好休养来这儿做什么？"

"我服了你给的药已经好了许多，"凌楚眼神不经意地从笛子上闪过，"我刚醒便听仙鹤说，你要养那条蛇？"

"怎么？莫不是你还念着它的蛇心？"

凌楚摇头："我也不知自己怎么了？刚抓到这条蛇时就像中了魔，一心只想杀了它，现在想来，竟颇是可怕。"

紫宣思忖着，缓声开口："或是你身上的破军格在作祟，师父说过，若是'杀破狼'三星齐聚，便会在三界中造成杀孽。"

"但贪狼不知所终已有千年，难道是他现世？"凌楚浓眉死锁，暗暗心惊。

紫宣凝视他，慎重开口："你身上的伤也有些时日，昆仑山到底发生了什么事？如今九重天能将你伤得如此重的人屈指可数，难道是……"

凌楚回过神来，却避开话题："你知道我师父性子，我暂不能与你多言。待我伤好了，我自会处理。"

第二章 只如初见

　　紫宣了然，知道无法再问，正是静默，却不防凌楚突然出手要夺他手里的笛子。紫宣将笛子抛高，落下之时，笛子便已幻出白蛇原形，不偏不倚落在紫宣怀中："一般的障眼法，果然瞒不了你。"

　　凌楚轻哼一声："你处处维护这条小白蛇，并不像你平时不管世事的个性。"

　　紫宣竟是点头承认："我很喜欢这条小白蛇。"

　　"理解，毕竟这小蛇当初想不顾性命去救你。"凌楚轻笑，伸手想摸白蛇，白蛇却害怕地直往紫宣怀里躲，"唉，看来它是真的怕了我啦。"

　　凌楚哀叹着准备转身离去，却又被紫宣喊住："你伤势痊愈前绝不能再使用任何仙力，否则我也救不了你。"

　　凌楚神色凝重又坚毅，背对着紫宣沉声道："行了，我记下了。"

　　虽是记挂着昆仑山，得了紫宣警告的凌楚也毕竟不敢轻视，除了按时服下紫宣所开的药，更日日来到九奘山清潭边打坐，调理气息，可性子急躁的他只要稍一走神，便会气息紊乱。

　　这日又是如此，刚一想到饕餮，便又觉胸口灼痛异常，凌楚额上霎时布满冷汗，身上却如被火焚。这时，只见一位面目清癯、神态淡然的长者从远处飘忽而至，将掌覆于凌楚眉心，仙气袅袅，轻盈笼罩凌楚全身，凌楚终是渐渐冷静下来。

　　凌楚睁眼，向长者拜下："谢青帝出手相救。"

　　青帝忙扶他起身："紫宣很担心你的伤势。"

　　凌楚有些苦涩地笑笑："他派仙鹤时刻盯着我，我也只能先养好伤，治好心火。"

　　青帝长叹一声："心火是心病，修仙重在无为无念，你太看重胜负，无法放下，终是折磨自己。"

　　凌楚黯然："我与紫宣同时修仙，眼下却远不及他。"

　　青帝眉头微蹙，面露担忧："你与紫宣仙力不相上下，只是因为受伤才影响了你的仙力。你们天生仙胎命格，这些年虽因我和白帝当年作赌而视对方为命定对手，却也情同手足。眼下有一事，我只能托付于你。"眼见凌楚抬首望来，青帝才继续沉声道："紫宣离飞仙之路，只差一步，万不能于此时有任何差错，我来是要请你帮紫宣渡过一劫！"

　　凌楚闻言也知轻重，忙拱手道："还请青帝示下。"

天乩 之白蛇传说1

　　青帝长袖一挥，二人面前出现九奚山至宝——冰镜。这冰镜能观过去，知未来，三界之事，在镜中无所隐瞒。此时青帝施法，镜中渐渐出现模糊影像。只见白色的紫宣元神在镜中时明时暗，分明是有大灾之象。

　　青帝叹道："你知紫宣是七杀命格，而七杀之命注定是天煞孤星，一生孤寡，身无至亲。我用冰镜推算，知他这百年中将会有场生死劫，若能顺利渡劫，他自将位列仙班，如若不然……"

　　凌楚担忧得紧，连忙接道："会如何？"

　　青帝长阖双眸，面现痛色："神魂俱裂，归于天地。"

　　凌楚浑身一震，久久无法做出任何反应。

第三章 幻化成人

―― 1 ――

九奚山上的时间过得极快。

数十个春夏秋冬流转,凌楚那难愈的心火终是借着九奚山得天独厚的清宁地势和紫宣的好药而日趋好转,小白蛇更是早已大好,活得滋润又快乐。

而它和紫宣的感情,也日渐深厚。

在小白蛇心中,紫宣恐是整个四海八荒最温柔之人,他会专门给它弹镇痛的曲子,好听极了;他会亲手喂它吃饭,哪怕将他自己的菜全吃光了也毫不生气;夜里它想帮他驱蚊却不小心一尾巴打在他脸上,他被吵醒了不仅不动怒,还将它揽在怀里告诉它切莫杀生。

而且,四海八荒恐怕也找不到笑得像他这么好看的人了……他轻笑着抚琴的样子,读书的样子,画画的样子,练功的样子,还有修长指尖轻柔抚摸它的样子……

每当想到这些时候的紫宣,小白蛇就会忍不住心跳加速。

它看着仙鹤为他穿衣,竟然生平第一次尝到了羡慕是何滋味。

它若变成人,也可以给他穿衣,可以给他研墨,可以跟他一道分拣药材,可以陪他读书画画……

他对身为蛇的它都这么好,若是对身为人的她呢?

小白蛇脸上浮上一团红霞,眼见着紫宣要去温泉池,赶紧尾随而去。

整个九奚山上,恐只有温泉四周有暖暖的春色,紫宣缓缓脱去衣服,迈步

进入温泉之中。

小白蛇望着紫宣精健的后背,大眼睛扑闪着,脸上红晕更胜,目光想要躲闪,却被黏得更紧。

紫宣闲适地靠上温泉壁,执起一本书,招呼它过去。

小白蛇觉得呼吸更为急促,似是浑身上下有什么要膨胀开来。

不行了不行了……要炸了……

紫宣不知白蛇异常,腾腾热气之中,只觉无限地放松,便闲适地看上了书。没看多久就忽听"扑通"一声。

紫宣皱眉抬眸,却是大惊失色,只见眼前不知何处冒出来一位清秀佳人,年约二八,浑身不着一物,肤如凝脂,眸似星辰,正笑意盈盈地看着自己。

他来不及作何反应,佳人的一双藕臂便向自己肩头缠来,紫宣从未遭遇如此待遇,浑身僵直,声音都在颤抖:"你……"

佳人声音更柔,甜甜唤他:"紫宣,我……"

她温暖潮湿的呼吸却仿佛狠狠烫了紫宣一下,他忙不迭地将她推开,腾身从温泉池中站起。那佳人眼看要跟着站起身,紫宣赶紧将一旁自己的衣服向她扔去,又施了个法将她裹得严严实实。

紫宣抱拳一揖:"姑娘是从何而来?望能遵守礼教,切莫逾越了界限。"

那佳人神色天真,望着紫宣,似是不知他为何如此,她星眸圆睁,慢慢走向紫宣:"你怕我?从前你可不是这样的呀!"

紫宣从水中一跃而起,接着施法穿上衣服,再回首见佳人四周隐隐笼罩着妖气,皱眉道:"你是妖,如何能进九奚山?"

边说边捏了个诀,温泉池中霎时波涛汹涌,紫宣二指向前,一道仙力打向那女子,后者本就站得不稳,这一下更是直接跌入水中。

"紫宣,我……"她努力想要站起来,却越挣扎水呛得越厉害。

紫宣本是怒目直视,却渐渐发现她一双大眼睛凝向自己的样子,竟像足了小白蛇,只是一个猜想滑过,便赶紧收起法术,跳下泉中一把将怕得浑身颤抖的女子抱起。

女子紧紧抓住他的衣领,颤声问他:"紫宣,你不喜欢我幻化成人吗?"

这一问印证了他心中猜想,举目环视四周,果然哪儿有小白蛇的身影,一时只觉难以置信:"你……是小白?"

小白嫣然一笑,神色无邪:"紫宣,原来幻化成人是这个样子!"

第三章
幻化成人

紫宣紧紧抓住她的手,凝向她的眼神里一时不知是何情绪,唇边嗟然轻叹:"没想到你竟这么快就幻化成人……"

小白笑意更盛,又带点儿俏皮:"我是人,还是妖?"

紫宣抿了抿唇,语声中多了严肃与郑重:"是人是妖取决于你自己。"

小白有些迷茫,并不太懂他所言何意,只能怔怔地看着紫宣。

紫宣深吸了一口气,扶着她起身:"走吧,我们先回去换身衣服。"

回到房中,紫宣唤来仙鹤,找了套白色的女装给她穿上。

仙鹤对于小白这么快能幻化成人难以相信,一边教她如何穿衣,一边说道:"当初我可是用了五百年才幻化成人的。"神色中难掩有些嫉妒。

小白却没注意仙鹤的情绪,只不停地在镜中打量自己的模样,又是好奇又是满意。嗯……算得上是好看……只是不知道人的审美和他们蛇的是否一致?

眼见紫宣踏进房中,她赶紧回头问道:"紫宣,我好看吗?"

对于她的厚脸皮,仙鹤有些不屑地轻嗤了声,紫宣尴尬地轻咳一下,示意仙鹤出去。

小白没有得到答复,有些失落,但转瞬又被自己的手脚吸引,伸出手看看又低头看看,直傻乐:"有了手有了脚,这下方便多啦!"边说边一歪一扭地走到紫宣面前。

紫宣忙收起神色中的担忧,扶她坐下:"你走路的样子得好好训练下。"

小白嘟嘴:"我当了两百多年蛇,才刚幻化成人,哪能一下子学全?"

紫宣将碗筷递到她面前:"两百多年并不算很长,你方才也听到了,仙鹤修行五百年才幻化成人,应当是雪樱子与九奚山的环境加速了你的修行。你方才说你之前是在骊山老母座下,怎会到了九奚山?九奚山与骊山相距如此遥远……"

小白偏着头回忆道:"那天听说九重天有蟠桃大会,大家都说蟠桃是世上最美味的东西,于是我就偷偷跟着骊山老母出门,没想到在九重天迷了路,最后就到了这儿。"

紫宣失笑:"以前从不知蛇竟如此贪吃。"

小白瞪他一眼,拿起手中的筷子便想去夹自己最爱的桂花糖藕,却怎么也夹不起来,只能抬头可怜巴巴地望着紫宣,又将筷子塞在他手里,看看他再看看糖藕,张着嘴望着他。见紫宣不动,她便缠上紫宣手臂,正想把头靠过去撒娇,紫宣却推开了她。

天乩 之白蛇传说1

小白气馁："我饿了，我不会用筷子，你不能喂我吗？以前你可都是这样的。"

紫宣无奈地轻叹一声，执起她的手，教她该如何用筷子："你既然已经成人，就该自己吃了。"

感受到他手的温度，小白有些脸红，却在紫宣反复的教导中渐渐静下心来，终是试着用筷子吃完了这顿饭。

将所有菜席卷一空后，小白满意地伸长手臂，伸个懒腰就倒向床上，打个哈欠便准备睡大觉。却被紫宣一把拉起。

小白噘嘴撒娇："嗯……我困了……"

紫宣却是不容拒绝地淡淡道："男女授受不亲，你以后不能睡在这里，刚刚我已让仙鹤为你在旁边院子腾出间房来，你去那儿睡。"

"什么男女授受不亲？男女为什么要授受不亲？我不管我不管，我只是幻化成人，为什么就不能在这里睡了？"小白十分不解，却又忽然眼睛一亮，"要不我变回原形……"

紫宣眼见她说变就变，头痛扶额，手一挥施了个法，就将小白送去了她的房间。

小白看着眼前陌生的房间，都要急哭了。

之前还想着变人好，这下又要自己吃饭，又不能和紫宣一同睡觉，什么男女授受不亲……她还不如就当条白蛇，缠着他一辈子。

气呼呼地在床上坐下，她却突然又心生一计，闭眼默念口诀幻回蛇形，她悄悄地爬出了门，顺着墙根再度溜进了紫宣院落，待紫宣房里灯一熄，她在门口探了探，确认紫宣睡下了后，吐了吐粉粉的蛇芯子，得意扬扬地溜进房间，钻进紫宣被窝并在他怀中安稳睡下。脑海中浮现四个字：心满意足。

2

可惜第二天一早，在阳光中醒来的小白，却发现自己又回到了那陌生的房间。仙鹤打了水来让她洗漱，又教她梳头："以后请你自己做这些事，我不是你的丫鬟，你要学着自己照顾自己。"

小白懵懂地点头，又问仙鹤："仙鹤姐姐，我怎么会在这个房间的？昨天晚上我明明……"

第三章
幻化成人

话还没说完,紫宣就咳着进门:"洗漱好了吗?"

"好了。"仙鹤为她绾了个双鬟头,倒是极衬她活泼可爱的模样。

紫宣"嗯"了一声,又对小白说:"走吧,去用了早膳便随我去念书。"

"念……念书?"小白瞪大双眼,读书好辛苦,她不想念书。

"必须念书,身为人怎可不知文识字?"说罢,紫宣便拉着呆若木鸡的小白起身出门。

小白心里一万次地后悔幻化成人。

却不知仙鹤在房内望着他俩相携离开的背影所露出的酸涩情绪:"紫宣可从没教过我读书。"

自此,小白就开始了读书学字以及和紫宣不断讨价还价的艰辛做人历程。

而紫宣在教导小白的过程中,总是没有以往的温柔,而变得格外严厉,他的口头禅就是:"当人,形于外的一举一动,代表着人的格,绝对不能轻视任何一个小细节。"

小白模仿着他说这话时的严肃模样,翻了翻眼睛吐了吐舌头,却不防备被紫宣逮个正着,忙装作无事地正襟危坐,但视线刚一落在摊开的书本上,便觉自己已经晕倒在了密密麻麻的字间。

"不管不管,我不念书了。"小白撒娇,"我要学别的!"

紫宣微微一笑:"好啊,琴棋书画你要学哪一样?"

小白雀跃:"你弹琴的样子特别好看,我就先学琴了!"

紫宣笑着颔首:"哦,好啊。"

可琴谱一展开,小白就倒吸一口凉气:"我看不懂。"

"你没念过书,自然看不懂。"紫宣一副了然于心的表情,静静注视着小白。

小白讨好地笑:"我可不可以改变主意去学棋?"

"那你觉得棋谱你能看懂?"

"我学写字!"

"字你都不识,如何写字?"

"那画画吧!"

"画画总得题字才能算是真正的画。"

小白"阵亡",皱眉嘤嘤哭着:"那我还是念书好了。"

"嗯,这才乖。"紫宣将刚合上的书又打开,递在她手里,唇边的笑如十里春风,吹开桃花遍野。

小白看着他的笑容，心跳失速，连呼吸都快忘了。

"小白？"紫宣见她呆呆傻傻的样子，柔声提醒。

"哦……我看书看书。"小白深吸一口气，凝神回到面前书上，实则那些蚂蚁般的字她压根看不进去，只是拿眼睛偷瞄紫宣。

紫宣有些头痛，轻咳一声："罢了，今日先这样吧，明天我们再学。"

"好好好。"小白欢呼雀跃，星眸璀璨，紫宣也不禁有些失神。

片刻间回过神来，他从袖中拿出一对精巧的手环来。

小白一下子便被那手环吸引："这是什么？白莹莹的，可爱极了。"

"你既喜欢，便送给你吧。"紫宣抬眸笑着看她，执过她的手，为她戴上。

小白左看右看，喜欢得紧："你可不能收回去。"

紫宣轻笑，手上施法，那手环顷刻便从她手腕脱出。

小白惊讶的神色未过，便见那手环在暖玉般的流光之下化作了一柄宝剑。

"此剑是我用九奚山玄冰亲制的，寒气精纯，与你的功法倒是相辅相成。以后便做你的佩剑吧。"紫宣施法让那剑缓缓落在了小白的手中。

小白不停把玩着，欣喜若狂："真好看，如此我再也不用怕旁人欺负了。若我拿着它在三界游历，定有许多人羡慕。紫宣，它可有名字？"

紫宣望向小白明媚无邪的双眸，定声说："挽留。"

小白听不出紫宣的情绪，只是喜不自胜地挥舞着手中的剑，又挽过紫宣："你剑使得这般好看，不如今天就开始教我练剑吧？"这可比念书有趣多了。

紫宣由她拉着出门，眸光中满是宠爱与纵容。

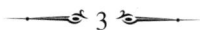

又是近十年时间过去。

小白跟着紫宣识字、舞剑、弹琴、下棋、画画。对三天打鱼两天晒网的小白蛇来说，已算是进步极快。虽无法做到样样精通，百年下来倒也能粗浅入门，窥个大概了。

日子过得闲适又自在，小白常常凝视着紫宣，想他为何能这么好看，又这么温柔，同时还能这么能干。

她只觉就此一生一世……哦，不……永生永世地陪在他身边该有多好。

这天，小白依偎在紫宣身边，同正欲作画的他兴高采烈地讲起自己向往

第三章
幻化成人

的蟠桃林，边说边比画："紫宣你去过蟠桃林吧？听说那蟠桃，比我两个头都大，好吃得不得了。"

紫宣屈指，轻轻敲了下她的头，无奈笑着，笔下却迅速画了一片蟠桃林给她："拿去吧，原只听有人望梅止渴，今倒能见着蛇望桃止饿了。"

小白瞪着紫宣，鼻孔重重"哼"了一声，手上却忙不迭地拿过那蟠桃林图，转身就跑。

紫宣见她活泼的背影，摇头轻笑。

小白回到房间，将紫宣所画的画像又复展开，左看右看又再放下，手比画着大个儿的蟠桃，眼中满是憧憬："谁说能望桃止饿的，分明越看越饿。"

眼神不经意间瞥见果盘上的梨子，眼睛一亮，对着梨子吹了口气，将它幻化成蟠桃的模样。她捂着嘴偷笑，拿着梨子便一口咬下去，却不防法力有限，蟠桃又迅速变了回去，嚼在嘴里还是梨子的味道……小白不由得泄气。

这一幕恰好被仙鹤看见，没忍住闷笑一声。

小白忙擦嘴起身，尴尬地笑笑："仙鹤姐姐，你吃过蟠桃吗？"

仙鹤摇首，眼中也是一片向往："蟠桃千年开花，千年结果，千年成熟，我曾有幸陪紫宣参加过王母娘娘的蟠桃盛会，即便如此，也只是远远地看过一眼而已。但蟠桃林的景色倒是极美的。"

小白不解："你都到了盛会怎会没吃着？"

仙鹤高傲地瞥她一眼："蟠桃大会乃是仙界盛典，为了庆贺王母娘娘寿诞而举行。可不是所有大小仙人都能参加，能被王母赏赐蟠桃更是难得。"

小白恍然，又觉雀跃："那紫宣岂不是很厉害？连王母娘娘都要请他吃蟠桃！"

仙鹤有些不耐烦地翻了个白眼："真是无知者无虑，你的思想怎的如此简单。紫宣是因为即将成为上仙而蟠桃有助于历劫飞仙，所以青帝才特地请示王母娘娘，破例邀请紫宣入席。"

小白似懂非懂地点头，又生出另一重疑惑："那历劫飞仙又是什么？"

仙鹤有些惊讶地看着她，随后叹气摇头道："一成一毁是为劫。紫宣他修行千年，即将飞仙。但飞仙前必须顺利渡过仙劫，否则千年修行毁于一旦，就成不了仙了，更可能性命难保。"

小白大惊："这么危险？为何从没听紫宣说起过？我以前只知成仙难，却不知会赔上千年修行，甚至性命！"

天劫 之白蛇传说1

仙鹤趁机冷冷道:"所以你别成天缠着紫宣,这样会耽误他修炼,眼下正是他飞升的关键时刻,容不得一丝马虎!"

小白拼命点头,拍胸脯保证:"仙鹤姐姐你放心,道理我都懂。紫宣曾经教过我,他说为善不欲人知才是做人的道理。"

仙鹤有些不知她在说什么,小白见她一脸疑惑,便笑道:"紫宣救了我,让我提早化成人形。我这回也要助紫宣一臂之力,让他早点儿飞升,做一个无忧无虑的上仙!"

仙鹤轻蔑一笑:"唉,又开始白日做梦了。"

小白不与她争辩,心里鬼点子逐渐成形。

她要去摘蟠桃给紫宣,助他顺利成仙!

这样想着便这样做了,趁着夜深紫宣和仙鹤都已入眠,小白捏了个诀,唤来祥云,腾云驾雾上了九重天,在蟠桃林外观察一阵,趁着天罡卫换岗之机,偷偷溜进林中。

林中有桃树方才开花,有些却已结满桃子,满目粉色,落英缤纷,美不胜收。小白不由得叹道:"果然如仙鹤姐姐所说,蟠桃林好漂亮啊!"

她边看边走,寻了一处满是蟠桃的区域。

"这么多蟠桃,就跟紫宣画上的一模一样。"小白有些得意地捂嘴笑了,环顾左右,她迅速摘下一只收入怀中,再四周瞅瞅见无人注意,目光又被一只更大的蟠桃吸引,想要伸手去摘,却又忍住,"不行不行,紫宣说做人切不可贪心妄为,我这次只是为了帮紫宣渡劫才偷溜进蟠桃林,一只蟠桃足够了!嗯!不能贪心。"

一边打算转身离去,目光却黏着那只大蟠桃不肯放,她吞了吞口水,向它摆手:"蟠桃蟠桃,你一定要等着我哦,待我修成了仙,就能在蟠桃大会上光明正大地吃你啦!"

微微一笑,小白终是收回目光,准备大步离去,却忽听有天罡卫厉喝:"大胆妖孽,竟敢擅闯天庭!"

小白暗道不妙,匆忙要逃,却被当头一剑劈下,阻住了去路。

三两下交手,小白便是寡不敌众,被天罡卫擒获,捆妖索一绑,便推搡着送去鹰司受审了。

第四章
黑蛟出世

1

此时的紫宣也没有入睡,方一躺下,就被青帝唤起。

龙族守护神黑蛟横空出世,正在东海闹得不可开交。

此时冰镜里东海翻腾,海水浪高千尺,不少渔船都被卷入海中。

青帝脸色异常沉重,紫宣皱眉严肃道:"这黑蛟是上古凶兽,无心无胆,集天地凶煞之气幻化一体。本该镇压在东海内的深渊之中……此时怎会忽然出来到人间作乱?是谁如此大胆将它放了出来?"

青帝眼神凝向一边站着静默不语的凌楚,紫宣不解,也跟着看过去,等凌楚的解释。

凌楚只得硬着头皮低声回答:"……饕餮它回了趟东海,之后……具体情况不清楚。"

紫宣眉头皱得更紧:"饕餮身为东海龙王之子,自然不服九重天平定四海之举。但昆仑山不可能全无察觉饕餮所为。"

凌楚反驳道:"饕餮身为师父坐骑,一向忠心,师父也是出于维护之意。"

紫宣隐隐有了些怒气:"白帝是故意包庇隐瞒?"

凌楚愤愤道:"师父是念在千年情分,本想再给饕餮一次机会,早知道就先除了这畜生,也不至于引起这次祸患。"

紫宣本欲再斥,却被青帝摆手阻止:"好了,是非对错日后再论,眼下这

天乩 之白蛇传说1

黑蛟尚未离开东海海域，尚有补救的机会。你二人务必及时将它降伏，以免祸及人间，生灵涂炭。"

紫宣颔首，郑重看向凌楚："事不宜迟，你我二人速速出发，事端万不可再扩大。"

凌楚忙点头："时间紧迫，我先行一步！紫宣你取了锁妖塔前来相助！"说罢便对青帝匆匆行礼，大步离开。

紫宣眼中瞥见冰镜里黑蛟巨大的身影从海中扑出长啸的景象，眉头皱得更紧，也忙向青帝行礼告退，传音给仙鹤找出锁妖塔，大步行至丹药房。

一进丹药房，仙鹤便迎上来将锁妖塔交给他。

紫宣目光在丹药房中匆匆扫视一遍，问她："你可见过小白，她去了什么地方？我方才一路行来，在这九奚山中似乎没有探得她的气息。"

仙鹤见他着急的模样，强压着心中不快道："她还能去什么地方？你知道她一向贪玩成性，为了逃避你布下的功课，总想着花样逃避。"

紫宣摇头，眸间担忧更甚："她虽然心性不定，却绝不会无故失踪。"

仙鹤见他如此担心，脸色沉下去，心底满是浓浓醋意："你奉青帝旨意去东海降妖，怎能分心去想小白的事情，何况她本不是咱们九奚山的人，你何必为她如此担忧？"

"她毕竟是我亲手教出来的，虽未行拜师礼，也算是我半个徒弟，我自然要对她负责。"

仙鹤摇头，继续相劝："待你飞仙去了九重天，首先便是千年的闭关修炼，那时又如何带着她？既然早晚要分离，你该早些放手。"

仙鹤说的这些，紫宣何尝没有想过，但是……

正想着，青帝的传音符飞入，紫宣收拾起思绪，定声道："我得前去东海了，小白的事情，便拜托你了。"

仙鹤忙应下："你速去，我来找小白。"

紫宣仍是担忧，细心叮嘱："小白迷糊，你多看着点儿！"

"放心吧。"

眼见紫宣化为一道白光飞身离去，仙鹤心头黯然。她陪伴紫宣数百年时光，难道却抵不过小白蛇这短短数十年吗？

第四章 黑蛟出世

2

东海之上，天色阴晴不定，乌云厚重，后又隐有金光。

蛟龙从天际直扑而来，伴随着熊熊烈火，却又于呼啸间卷动着大片雪雨。

紫宣与凌楚各持兵器并肩与蛟龙缠斗，一时难分胜负。

凌楚一剑劈开扑面而来的冰雪，冲紫宣喊道："找机会收了它，我来助你。"言毕便飞身冲向蛟龙，刚是一剑刺去，便有昆仑来的传音符穿过烈火寻他而至。

凌楚一分心，便被蛟龙尾翼拍倒无法起身，蛟龙看准机会，向他放出更多尖锐的冰锥，挡在凌楚面前的传音符被破了个粉碎。

"小心！"紫宣见状忙上前拽起他，挥剑将冰锥击碎，霎时冰雪乱舞，蛟龙被其反噬，狂吼一声，翻身钻入水中。

紫宣忙趁着机会带凌楚回到山头，站稳身形，关心问道："刚才是你们昆仑的传音符？发生了何事？"

凌楚点头，目光锁紧海中翻滚的蛟龙，愤恨道："不知，还未听便被这畜生毁了。但此时传话，怕是昆仑山上出了大事。"

紫宣皱眉："莫非是饕餮作乱？"

凌楚听了，神色更为担忧，一时面现犹疑。

蛟龙此时却又穿出水面，咬向山头，紫宣忙举起天乩剑，划下一道剑光。剑光炫目，闪得蛟龙眼睛生疼，扭头又退出了几丈之远。紫宣赶紧对凌楚说："你速回昆仑，我来对付这黑蛟。"

"不可！"凌楚拒绝，"这本就是我们昆仑山惹下的祸，我不能走！"

紫宣推开尚在犹豫的他，腾身而起，蛟龙被其吸引注意力，追其而去。

紫宣远远丢下一句："我有锁妖塔在身，一出必定见血。虽不轻易使用，但总能自保！你速去速回！"

凌楚又急又气，看着紫宣背影，终是咬牙道："好。"旋即捏了个诀，赶往昆仑山。

待他一现身昆仑，山上翘首以盼的众多弟子便将他团团围住："饕餮逃了！"

"荒谬！"凌楚不信，"昆仑山有师父坐镇，饶是饕餮本事再大也不可能逃脱。"

一弟子跺着脚说:"大师兄!是真的!师父一早被天帝传去,说是有关于妖界的要事商议。"

"是啊!"另一弟子补充道,"师父离开后,我们去洞里给饕餮送餐,却发现洞里悄无声息,连饕餮的影子都没有!"

凌楚终是急了,忙问:"昆仑今日可有异象?"

众弟子摇头:"自上次妖帝作乱之后,师父便命我们加强结界。今早西南结界虽有所动静,但饕餮应是晌午才出逃的!"

凌楚分析:"只怕是有帮手,早一步进了昆仑……你们速去取昆仑镜设置结界,或许还能阻止他们逃离!剩下的,跟我去山洞!"

"是!"

几个弟子领命而去,凌楚带着剩下几人如风般赶到关押饕餮的山洞门口,只觉洞内阴森非常,一片漆黑。

凌楚低声吩咐身后弟子:"你们布好阵法守住洞口,若饕餮逃出……格杀勿论!"

众弟子领命,又关切道:"大师兄你要小心!"

凌楚点头,领了几名弟子随他一道持剑进入漆黑洞中,尚没走多久,便忽有两道红光一闪,凌楚感受到饕餮气息就在身后不远,猛地回头,只见一双利爪向他前胸袭来。

身后弟子连忙点亮山洞灯火,凌楚持剑想挡开饕餮,却不防饕餮来势太凶。饕餮虽已成人形,但利爪尚在,身形更是壮硕远过凌楚。

凌楚只来得及看清他双目通红,眼下两行血迹,戾气异常,便已被他重重撞倒在地,其余弟子忙组成剑阵想要困住饕餮,却是螳臂当车,不值一提。

山洞外的众弟子只见一阵血雾猛地冲出,夹杂着狂风将他们卷倒在地。

血雾远去,留下饕餮狂放大笑:"哈哈哈哈哈,我看谁能阻我!黑蛟作乱,三界不宁,众生皆对九重天不满,你们迟早要亡!哈哈哈哈!"

凌楚在洞内听到他言语,气急攻心,却又无力站起,一时晕厥过去。

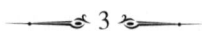

东海隐隐波动着的海水下,藏着惊涛骇浪。随着天边一道闪电划破苍茫天

第四章 黑蛟出世

地，便是一道数丈高的海啸，蛟龙的低鸣在天地间不断回荡。

紫宣观它已然力竭，正是喘息之时，便使了个诀，天乩剑猛然离手，以雷霆万钧之势直插海中。

只听蛟龙一声长啸，卷起滔天水势，翻腾而出，背上插着紫宣的天乩剑。

紫宣大喊一声："起！"

天乩剑晃动着从蛟龙身上脱出，回到紫宣手上，蛟龙鲜血喷涌而出，如暴雨般洒在海面，浩荡东海被染成血红一片。

紫宣剑尖朝下，直指蛟龙："你我大战三日，你早就精疲力竭，该束手就擒了！"

蛟龙摆尾，又欲向海底钻去，紫宣掏出锁妖塔，掷向蛟龙。锁妖塔无限放大，将整个蛟龙罩在其中，在它的痛苦长吼中，将其收入塔中。

"回！"紫宣挥手收回锁妖塔，在微微晃动的塔上施了个诀，终让其安静下来，"乖乖在锁妖塔中静心修行吧。"

话音一落，紫宣捂着胸口，几乎难以站立，天边阳光复现，东海水面恢复平静，波光潋滟下，紫宣却一身是血。

他深吸一口气，稳住身形，望向天边："不知凌楚那边情况如何……"

捏了个诀，他施法行往九奚山。

无论如何，还是先将蛟龙带回去才是稳妥。

丹药房外，收到紫宣传音符的仙鹤早已候着，眼见他浑身是血，仙鹤大惊失色，忙不迭地扶住落地不稳的他："怎么伤成这样？"

紫宣摆手："我不碍事的，师父有说如何处置蛟龙吗？"

"有，"仙鹤颔首，将他搀扶进房内，"你先去换身衣服找药服下，蛟龙的事情交与我便可。"

紫宣摇头："这样，你去我房间替我寻套衣服，我在丹药房等你。"

想着丹药房有更多良药，仙鹤便应允了，待她回来，紫宣已服过丹药，她将干净衣服递与紫宣，然后拿出一道灵符，贴在锁妖塔顶端，只见地上霎时现出六角阵法，带动光影缓缓流动，再然后金光在桌上一闪而过，重归平静。

仙鹤松了口气，道："青帝说了，用这阵法，再配合仙丹，只需七七四十九日就能让蛟龙再度陷入沉睡。"

紫宣也终是心内稍安，颔首道："蛟龙乃是上古凶兽，我等无权定它的生死，只能将它封印，待它沉睡后，再送还东海，将它镇入深渊，只是这四十九

日需万分谨慎，不能出任何差错。"

"你放心，"仙鹤认真应道，"丹药房有我看守，万无一失。"

紫宣微笑着点头，施法将干净衣服迅速换上，又问仙鹤："凌楚和昆仑山那边可有什么消息传来？"

"凌楚传信说这两日便回九奚山继续治愈心火，看来昆仑山上应是没有什么大事发生。"

紫宣却不这样认为："东海交战之际传信，怎会无事？怕是因白帝性格之故，才只字不提。"

仙鹤恍然。

紫宣坐下，端起茶杯，神色忽地变得温柔起来："对了，我这几日不在，小白可有好好练字？"

"小白啊……"仙鹤闻言脸色一变，支支吾吾，"嗯，她其实……"

紫宣惊觉不对，着急地问道："小白怎么了？"

仙鹤垂眸："我在九奚山上上下下找了好几遍，始终找不着。"

紫宣猛地起身，呵斥仙鹤："你怎么不早说？"

"我……"仙鹤还没来得及辩解，紫宣已冲出了房间。仙鹤咬着嘴唇跺足跟上。

紫宣向青帝借来冰镜，挥手施法，冰镜中逐渐出现影像，仙鹤在旁捏着衣角，神色越发不安。

只见冰镜中的小白已是遍体鳞伤，冷汗大滴自额角滚落，而她只要一动，空中盘旋的猎鹰便会飞扑而下，小白虽然极力避闪仍被那尖锐鹰喙啄出斑斑血迹。而她不知为何，宁愿行动不便、背上鲜血淋漓，也紧紧抱着怀中之物不肯撒手。

紫宣脸色苍白，嘴唇死抿，仙鹤紧张地去拉他的衣袖，弱弱开口："这是瑶池禁地，有鹰司看守，若非犯了大错……"

紫宣一甩袖子，将仙鹤甩得退后一步，他冷冷地看着仙鹤："你是不是早知她在鹰司处？"

仙鹤咬着下唇，柳眉死蹙："她私闯蟠桃林偷取蟠桃，被天罡卫当场抓获，理应受罚。幸好王母大度，没有牵连咱们九奚山。"

紫宣眼神越发冷下去，甩袖大步离去。

"不可！"仙鹤抢前一步拦在他面前，"眼前正值你飞仙之际，万不能有

第四章
黑蛟出世

任何差错，若因此事功亏一篑，你的千年修行……"

紫宣缓缓将仙鹤推到一边，声音冷漠且不容反对："小白同样不能有任何差错。"说罢，提步出门，施了个法，便化为一道白光消失在空中。

待紫宣赶到瑶池禁地的时候，小白已经虚弱得全无反抗之力，她低声喃喃念道："早知会如此狼狈，便该多跟着紫宣学些东西，给他留个好印象……紫宣，我对不住你，辜负了你的教导……"

紫宣听得心中发疼，眼见那苍鹰嘶鸣着又将向小白扑去，紫宣作了个法引来漫天黄土，将鹰席卷其中，又作了结界，将天罡卫阻在外面。

天罡卫怒喝："是谁如此猖狂，竟敢擅闯瑶池禁地？"

紫宣挥手，黄土散去，苍鹰也消失无踪，他蹲下身查看着地上的小白，后者见是他到来，努力地挤出了一丝微笑，向他伸出手来。

紫宣忙俯身将她搂进怀里，绷着脸冷冷道："我不过离开了几天，你就贪玩跑到这里。"

小白点头，又虚弱地摇了摇头："我不是贪玩，我是为了它。"她颤抖着伸手，将蟠桃从怀里拿出来，献宝一般递到紫宣面前。

紫宣有些气急："你！"

小白却讨好似的说："我小心翼翼地护着，你看，一点儿都没碰坏，是不是？"

紫宣想要斥责她，可看她眼底的纯真笑意和一身的伤痕，又是不忍："伤成这样就为了护这蟠桃，难道不疼吗？"

小白摇头，知紫宣恼怒，便低着头伸手牵了牵他的衣袖，可身上全无力气，手指没有钩住，便已滑开。

紫宣心疼不已，紧了紧怀抱："走，我带你回家。"

结界之外，天罡卫也已布好阵法，举起武器怒斥道："紫宣，她擅闯蟠桃林罪不可恕，你别妨碍我们执法！"

紫宣眼神冰冷怒视天罡卫："即便她犯下大错，又何必动用鹰司置她于死地？不知你们可曾请命王母？"

天罡卫轻蔑冷哼："她一条蛇妖，动用鹰司对付正好，何须请示王母？"

"口气倒是狂妄！"紫宣语声冰冷，仿若千年玄冰。

天罡卫也是怒极："紫宣，你尚未飞仙便已敢貌视九重天了吗？"语罢便持武器攻向紫宣结界，结界摇动，似有破裂之势。

天乩 之白蛇传说1

　　小白见两方剑拔弩张，有些着急，怕拖累紫宣，便柔声安抚道："紫宣……别得罪九重天……其实我没什么大碍……"

　　紫宣低眸看她，神情温柔："你再撑撑，我定能带你回去。"

　　紫宣挥手撤去结界，持剑站在天罡卫面前："让开！"

　　天罡卫首领冷哼一声："你当我们是摆设吗？"

　　紫宣也是毫不相让："今日我不惜一战也要将人带走！得罪了！"语罢便驱使天乩剑攻向天罡卫首领，那首领脸上瞬间便多了道血痕，也是怒极，带着天罡卫齐齐攻向紫宣，下手毫不留情。

　　在他们的打斗中，小白又急又忧，神识却渐渐模糊，低声在紫宣耳边说："紫宣，不要为我……"

　　话还没说完，她便晕了过去。

　　"小白！"紫宣见状更急，剑锋一转，剑气越发刺眼，扬起万丈光芒，顿时将围住的天罡卫逼了开来。

　　紫宣趁他们站立不稳，露出破绽，忙掐了个诀，抱着小白腾身离去。

第五章
龙子饕餮

― 1 ―

几日温泉养伤，小白已是渐渐好了起来。

仙鹤端药进来，见她从水里起身时，手臂上已是没有一点儿伤痕，不由得轻嗤一声："好得倒是挺快，过来喝药！"

小白乖巧地接过药，又小心翼翼地问仙鹤："仙鹤姐姐，为什么自从回到九奚山便一直没有见到紫宣，他……是不是生气了？"

"你以为瑶池是什么地方？想进就进，想走就走？"仙鹤提到此便是发火，忍了又忍，还是冷声叱道，"紫宣为了带你回来和天罡卫交手，已是触犯天条，难逃责罚！"

小白听了愧疚不已地说："那全是我的错，不关紫宣的事。"

"你也知道是你的错？但动手的却是紫宣，何况他为了平息风波，向王母自请罪过。好在王母宽宏大量，慈悲为怀，又加之天罡卫动用鹰司的确未曾向王母请示，也算是有错在先，便对紫宣从轻发落。"

小白听得心惊肉跳："那我能为紫宣做什么？"

"你少给他惹祸就是对他最大的帮助了！他费尽力气将你带回来，又安排温泉池给你养伤，你便好好在这儿待着，哪儿也别去！"仙鹤本不欲给她好脸色，但见她头越来越低，心里又有了些不忍，轻叹口气道，"若你真心悔过，就去他房门外跪着等他回来好好道个歉吧。"

小白重重点头："好的好的，我这就去，不管多久，我都等他回来。"

天乩 之白蛇传说1

夜幕低垂，寒气袭人，小白低头跪在雪地上，衣服上竟不知不觉浸染了一层白霜，已是不知跪了多久，膝盖早已失去知觉，但她想着紫宣，却不觉难过，咬牙坚持着。

终于见到紫宣在仙鹤的提灯引路下归来，小白眼前一亮，可紫宣却并没有搭理她，不过是脚步一顿，便径直走向屋里，仙鹤连忙跟上。

小白看着他俩的背影，眼眶却是红了。

仙鹤进屋，见紫宣脸色冷峻地脱去外衣，拿起书看，想了想，小心翼翼地开口："你一向冷静自持，从不肯失了半分仪态，却为了小白与瑶池王母起了冲突……"

紫宣沉声道："无论如何，他们都不该派出鹰司。"

仙鹤急了："对他们而言，小白是妖不是人！"

紫宣淡淡抬眸，一字一句地说："对我而言，小白是人不是妖！"

仙鹤气馁，双拳慢慢握紧："但我们争不过一个理字！你对天罡卫动手犯了天条，近日每天替小白受罚却不让她知道，你究竟是怎么了？就算此番王母不计较此事，九奚山也断不会如此揭过，青帝处你又打算如何交代？"

"行了，我累了，此事到此为止，"紫宣有些不耐烦地打断仙鹤，闭眼揉了揉眉心，再抬眼看向仙鹤，轻描淡写却又不容反驳地说，"小白只能留在九奚山，哪儿也不能去！"

仙鹤指甲几乎掐进了肉里，但也无可奈何，只能深叹一口气，离开房间。

经过门外跪着的小白时，仙鹤忍不住出口冷声警告道："请你不要再如此愚蠢犯下滔天大错连累紫宣，否则，我定不容你。"

小白咬了咬嘴唇，点头诚恳道："是我的错，我辜负了紫宣的教导，我以后不会再这样了，谢谢仙鹤姐姐提点。"

仙鹤一腔怒火再发不出来，只能化作一声长叹，提步离开。

小白抬头，看着窗纸上映出的紫宣读书的身影，强忍着眸中泪意。

膝盖处已然疼得近乎麻木，小白运着气提醒自己打起精神，一定要等着紫宣出来给他道歉，再问问他受了什么责罚，严不严重。

可毕竟重伤初愈，又是已经跪了许久，小白渐渐气力不济，摇摇晃晃地就要往地上倒，就在此时，一双温暖的大手将她抱起，将白狐皮氅披在她身上紧紧拢住。小白痴痴地抬头望着面前的紫宣，同样见到他眼里无处可藏的关心。

"知道自己错在何处？"紫宣开口，虽是责问，却语气温柔。

第五章 龙子饕餮

小白低头:"我不该擅闯蟠桃林。"

"就那么想吃蟠桃吗?"

"仙鹤姐姐说你离飞仙就差一步,蟠桃有助于仙力,"小白低声缓缓道,"我想送你……"

紫宣整颗心不知被什么包裹住,渐渐收紧,既觉充实满足,又觉酸苦异常。良久,他只屈指轻轻弹了弹小白的额头,眼神中满是怜惜:"若不是我发现异样,借冰镜一瞧……"伸手轻轻抚上小白颈间露出的红色伤痕,"你恐怕已成了鹰司手下的亡魂。"

小白抿唇,声音柔软又满怀愧疚:"是我不好,老是惹事,让你为难。"

紫宣轻声问道:"可还疼吗?"

小白拼命摇头。

紫宣轻轻叹了口气,又收拾起情绪,微微一笑,施法从怀中变出那蟠桃,递到小白面前:"你拼了命护的,完好无损,快拿去吧,不是一直想尝尝?"

小白又是一阵摇头,将蟠桃推回紫宣面前:"我不吃,我只希望你能飞仙顺利!"

紫宣听到"飞仙"二字,眸中出现了复杂的情绪,意味深长地叹了口气:"看来你尚不知修炼成上仙是怎么一回事,又意味着什么。"低头见小白迷惘的神色,唇角一勾,再度将蟠桃递到她手中,"吃吧。"

小白看着眼前硕大的蟠桃,吞了吞口水,紫宣一而再再而三地将蟠桃推到她面前,说真的很考验她的意志力。忽而眼前一亮,她眨巴眨巴大眼睛,笑着问紫宣:"要不,我们一人一半?"

紫宣失笑颔首,看着她的眼神里无奈又宠溺。

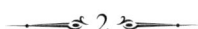

2

凌楚依旧选择在清潭边的巨石阵上打坐,借九奚山的天地灵气来助自己平心静气、调养身心。

紫宣来时,只见轻烟袅袅,凌楚的状态似是比之前好上了许多。正是心安,却突然见林外飞来一道传音符。只见凌楚也似是有所感应,睁眼摊开掌心,那传音符便落在他手上,随着昆仑山的传音被他渐渐听取,他的脸色也越来越沉。

天乩 之白蛇传说1

待传音完毕，凌楚轻轻一弹，符纸转眼化为飞灰。

紫宣上前，按住正要起身的凌楚，趁他愣怔之际，将手放于凌楚头上，强行读取他的神识。

只见一缕蓝光幽幽散出，紫宣眼神渐冷，待他收回手时，脸上全然不见平时悠然。

凌楚也是怒极："紫宣！你怎能私自读取师父给我的密令？"

紫宣冷冷反问："那此等大事，你又打算瞒我到何时？"

"你！"凌楚又气又急，却是语塞。

紫宣寸步不让："饕餮逃出昆仑山，滥杀无辜，白帝竟隐匿不报！"

凌楚深吸口气，辩解道："千年来，饕餮身为师父坐骑，一直尽忠职守，数次救师父于危难中，何况当初东海龙王为磨炼其心性将其作为质子托付我师父好生照顾。此番南海龙王挑起叛乱，意欲侵占鲛族领地，青帝带着我俩前去平叛，最终东海龙王却被连累，向天帝上了降书，自愿削去大半龙鳞，龙族守护神黑蛟也被锁入万丈深渊。师父想让饕餮避嫌，不卷入这场纷争，却不防饕餮上次逃回东海，见其父亲惨状，反对师父生了嫌隙……"

凌楚闭眸，想起数日前在洞中被饕餮重伤乃至昏迷，醒来后白帝对自己的托付，让他定要赶在九重天采取行动之前将下凡作恶的饕餮降伏，以免连累昆仑名声，心里便是火烧火燎一般。他睁眼，缓且狠地说道："若我将饕餮逮回，九重天上便无须知晓。"

"你这一身的伤，全是饕餮所为，眼下你伤势未愈，根本不是他的对手，"紫宣知他为难之处，只能耐心相劝，"东海蛟龙闹事，恐非饕餮一兽所为，而是妖帝暗中助力，你一人之力，如何对抗？"

凌楚看向紫宣，神情严肃："你可知为何妖帝要助饕餮？"

紫宣微眯双眸，徐徐道来："妖帝平定四海有功，天帝本来答允升其为上仙，后却因其身份多生思虑而迟迟未能兑现，妖帝自然心生不满……"

凌楚正色接道："天帝派了师父安抚妖帝，但妖帝心高气傲，对九重天嗤之以鼻，与师父一言不合便甩手离去，放出蛟龙作乱东海，助饕餮逃出昆仑山。虽然后来被师父带着天兵找到行踪，双方交战，师父伤了妖帝元神，妖帝就此下落不明。"

"就算他元神有损，但他身在暗处，你仍不能冒险。"

"但师父为此事忧心忡忡，我身为昆仑山大弟子，又怎能置身事外？"凌

第五章
龙子饕餮

楚性子着急,一甩衣袖,又复坐在巨石上重重出气。

紫宣仔细观凌楚神色,继续耐心劝道:"你上回没能拦住饕餮,这回若是得了他消息又无力擒住他,只会责任更大。"

凌楚痛心闭眼:"只怪我心火未愈……"

紫宣在他旁边坐下,温声说道:"饕餮仙力不在你我之下,你心火未愈又负伤在身,不可能生擒他。倒是我,或许能从饕餮身上找到妖帝的消息。"

凌楚缓缓摇头:"我们相识千年,虽分属不同地方修炼,我也时常视你为平生最大的对手,但始终与你惺惺相惜。当初我们随青帝出征,带着五万天兵平定四海之乱,那一场场血战厮杀、以命相搏,我们都能并肩熬过来,这一回,我不能让你孤身应战,更何况……"

他话音未落,紫宣已猝不及防地出手将其困于仙障内,凌楚一震:"紫宣,你要做什么?"

紫宣起身,潇洒一笑:"替你去把饕餮擒回来,我答应你,定平安归来。"

凌楚又气又急:"这是我昆仑山的事,你别插手!"说着就要提手去攻破仙障。

"别动,"紫宣微微一笑,"我可早提醒过你,你心火还未痊愈,若胡乱使用仙力,千年功力将毁于一旦。"言毕,紫宣捏了个诀,腾云离开。

凌楚见他消失,忽地想起青帝的话,脸色一下变得灰白。

"这莫不是紫宣的劫数。"跌坐在地的凌楚渐渐找回意识,忙用劲拍打着仙障,希望能引得青帝或是仙鹤的注意,放他出去,救紫宣……

3

紫宣在人间寻觅数日,终在一树林中拦下正欲对一母子行凶的饕餮。

彼时饕餮的手已成利爪,几乎要将孩童颈间动脉划破,紫宣使出天乩剑向他攻去,白光一闪,饕餮退了几步,只在孩童脖子上留下几丝浅浅血痕。

饕餮怒极,瞪向紫宣:"紫宣,你敢坏我事?"

紫宣一挥手,母子消失于林中,饕餮低沉的呼吸声响在静谧的枝丫间,令人局促难安。紫宣剑指地面,星眸微眯,冷冷看向饕餮:"若非白帝护你,你怎能如此胆大妄为,竟在人间掠食婴孩,无所顾忌?"

天乩 之白蛇传说1

"白帝老儿护我？他会护我？哈哈哈哈。"饕餮仰天大笑完，又是重重哼了一声，"区区几个凡夫俗子，死不足惜。"

紫宣皱眉："众生平等，你造的孽定然要付出代价！"

"你尚未成仙，却不愧为九重天上第一人，和那些老儿们一个德行！满口仁义道德，实际却干着最无耻最没有良知的事情。你想要我付出代价，那得看你有没有这等本事！"饕餮轻蔑一笑，阴狠地舔了舔指尖的血，"那日我手下留情，饶了凌楚一命，只让他日日受心火折磨而无计可施。今日我仁慈一点儿，给你个痛快，决不拖泥带水！"

说完，饕餮便冲向紫宣，速度迅猛异常，一爪狠狠擦过紫宣左肩，紫宣快速一避，亦是身形如电，躲过了饕餮的攻击。

饕餮长眉一挑："看来你比凌楚那小子难对付。"

而紫宣却是神情凛然："饕餮！你竟然以婴孩之血修习邪术！"

"你既然看出，便更不能留你活口！"饕餮血红双眼一眯，周身渐渐升腾起一股黑气，不过刹那间，黑气越来越浓，竟化成支支黑箭，急急向紫宣攻来，似要将紫宣万箭穿心。紫宣旋身，用天乩剑一挡，白色剑光间，黑色箭雨纷纷落地。饕餮身形一顿，天乩的剑气便已迅即擦过饕餮，带起血雾飞溅。饕餮嘶吼一声，越发狂暴。

紫宣后退一步，避开饕餮狂舞的利爪，急声训道："饕餮，你身为龙族，竟修习邪术，想要堕入魔道！若是再晚一步收你，让你修成万魔之首魔魇，往后再难奈你何！"

饕餮捂住伤口，神情痛苦，双眼红欲滴血，狂怒道："今日就算死，我也要带上你！"昂头又是一声嘶吼，饕餮疯狂地扑向紫宣，身周黑雾弥漫，愈演愈烈，渐渐将紫宣席卷至内。

紫宣咬牙，用天乩剑奋力挡开，冷声道："我不会杀你，我要你活着反省赎罪，更要从你身上找到妖帝的下落！"

饕餮听到"妖帝"二字，便是一愣，而紫宣趁他走神，使出全力念诀将天乩剑抛起，瞬间天乩剑带起万丈光华，在黑雾将紫宣完全包裹住的同时，朝着饕餮直劈而下，穿透了饕餮的天灵盖！

紫宣眉间、唇角缓缓沁出鲜血，但他稳住身形，冰凉禁咒从薄唇间吐出："不生不死，不毁不灭，凡间飘荡，历经千难，以还孽障！"

饕餮痛苦倒地，捂着头试图挣脱，却动弹不得。只见饕餮顶上元神，竟渐

第五章 龙子饕餮

渐碎裂,黑色碎片飘落于四方。

饕餮重重喘着气,奄奄一息地倒在地上,无力地看着那四散的碎片,唇角笑意苍凉:"你竟断我仙根,比一刀杀了我更狠。"

紫宣收回天乩剑,正欲上前收了饕餮,饕餮唇角却又弯出残忍弧度,转瞬化为黑烟,消散于林间,只留下猖狂笑声回荡:"只要我一日不死,我就会穷尽所有力量慢慢折磨你,让你也尝尝什么叫生不如死。至于妖帝的下落……哈哈哈哈哈,你们恐怕白费功夫了,连我也不知他的去向。紫宣,下次再见,我定要好好看看你的惨状,元神碎裂的痛苦,但愿你能受得住!"

紫宣本欲去追,却脚下一软,他忙用天乩剑支在地上稳住身形,缓缓靠在树上闭上了眼,方才眉间沁出的血丝缓缓下流,在他白净面容上竟是凄厉异常。紫宣神色痛苦,大口呼吸,以等待那仿佛头部要整个炸裂开来的疼痛赶紧过去。

"没料到饕餮的邪术已修炼到如此厉害的地步……"

天乩剑如雪般无瑕的剑身上似有奇异光芒一闪而过,痛不可当的紫宣却全未注意,收起天乩剑,他跌跌撞撞地离开了林间。

第六章
初识桃花

― 1 ―

小白在紫宣的书房百无聊赖。

那日她本赖在他身边作画,说是要给他画幅像,结果没画几笔,就只顾得上看他而顾不上画了。紫宣似是有些生气,便说去看要取她蛇心的那个家伙,结果这一去,竟然就几日没见着。

"紫宣,紫宣,紫宣……"小白一边念着紫宣的名字,一边在纸上满满写下他的名字,越写越是满意,只觉这是她写得最好的两个字了。可惜紫宣不在身边,无人与她同赏再夸她几句,小白颇觉寂寥。

门忽地一开,风吹进来,将她写好放在一边的宣纸吹起,落了满地。进门来的仙鹤见状,便帮她拾起,这一看满纸的"紫宣"二字,仙鹤柳眉一蹙,脸色更是无限地沉了下去。

而小白却似未觉有何不妥,笑着向她迎来:"仙鹤姐姐,这几日怎么不见紫宣?"

仙鹤绷起脸,故意道:"你犯下如此大错,当然得给你多些时间反省。"

小白不解地歪头:"我日日反省,不再让紫宣为难。可是紫宣从来不会离开这么久。"

仙鹤晃了晃手上的纸:"你想他了?"

小白也是毫不避讳地点头:"嗯,仙鹤姐姐你知道他去哪儿了吗?"

仙鹤看着她一派天真无邪的模样,心里却是酸涩异常。左手手指掐了掐自

第六章
初识桃花

己掌心,仙鹤忽然温柔道:"前些时候,我因你犯下大错害紫宣受罚而对你凶了些,你不气吧?"

小白摇头:"当然不气,我知道仙鹤姐姐是为我好。"

仙鹤颔首:"你幻化成人虽已有数载,已能识文断字,但还当明白,做人不似做妖那般随心所欲,做人需要学会揣摩人心。"

小白想了想,有些急了:"是紫宣又生我气了吗?仙鹤姐姐你教教我,怎样才能让他不生我气?"

仙鹤假意思忖片刻,道:"你不妨假作离开九奚山,让紫宣焦急紧张。他一旦对你担心,定会去寻你,你便借机再次向他道歉。"

小白急着追问:"那如果他没有来找我,也没把我放在心上呢?"

仙鹤红唇浅浅一弯:"若是如此,你又何必留在九奚山?"

小白一震,抬头直直看向仙鹤。

待仙鹤走后,小白认真想了想她说的话,觉得很有道理,她也的确想知道紫宣究竟是如何看她,对她是否在乎。

那若是真的不在乎呢?

小白不知为何,只要这个念头稍一蹿过,心口便是闷得难以呼吸。她摇摇头,铺平一张宣纸,提腕落笔,时不时遇到字不会写,便咬着笔头唉声叹气,终于将一封别离信写好,放在信封里,跳上房梁躲着,静静等待紫宣归来。

可左等右等,紫宣仍不回来,小白方才笃定的心思又开始动摇:"不行不行,我还是去找他好了。这些天我一直心神不宁的,该不会是紫宣出了什么事吧……"

小白跳下房梁,站在桌前,刚要将书信塞进怀里,就听见外面传来细细的脚步声,赶紧又将信往桌上一扔,跳上房梁,化作蛇形。

只见紫宣进门,先是四处张望了下,就走到桌前拿起那封书信,缓缓展开,眉头却是越皱越深,顺手就拿起笔开始批改:"我'误'出了一个道理,该是领悟的悟,怎么用上了错误的误……我'生死'熟虑后,深思熟虑,怎能与生死扯上关系,归去的归怎么画了只乌龟……"

紫宣扶额,叹息不已,而小白则在梁上瑟瑟发抖,内心暗道:"不对不对,紫宣,这个时候你的反应不是应该担心吗?怎么还会有闲情逸致改我的信?"

紫宣放下笔,沉声道:"看来明天开始得加紧鞭策,简单地写封信竟是错

天乩 之白蛇传说1

误连篇。"

小白眼尖，看到紫宣提笔的手上有血痕，不免担心，但又伤心于紫宣冷漠的态度，想到仙鹤和自己说的话，难免沮丧："紫宣竟然毫不在乎我离开。"

她低头难过，却忽然发现天乩剑有不对劲之处，电光石火之间突然破空而出，刺向紫宣！她赶紧一跃而下化作人形，挡在了紫宣面前。

紫宣见状忙将她推开，却终究慢了一步，天乩剑穿肩而过，小白一身白衣上绽开血红花朵，她却似不知道痛一般匆匆回头，焦急地问紫宣："你没事吧？"

"你怎么能这么傻？"紫宣心痛难当，抱着她一跃而起，避过了天乩剑的再度攻击。

他凝神看向天乩剑，恨声道："饕餮竟将自己的一魄留在了天乩剑上！"

紫宣忙用术法化了一个光圈护在两人身前，光圈渐渐化成一道白光，朝天乩剑击去，顿时，天乩剑上的那一魄，便碎成点点星子，向外蹿去。天乩剑又复安静下来，回归原位。

小白想要从紫宣怀里站起，急匆匆道："紫宣，你赶紧去追，我不要紧！"

紫宣看着小白的伤，却是一脸怒意："你个傻子！天乩剑造成的伤怎能忽视？就你这点儿本事还想保护我？真不知该说你胆子大还是少根筋！"

"可是饕餮的一魄逃了……"小白怔怔地看着紫宣，弱声提醒道。

紫宣却似是不放在心上："只要还在九重天上，就定能寻到，眼下先治你的伤比较紧要。"

小白见他如此焦急，虽是被凶了，也是开心，唇角弯出春花般的笑容，试探着问道："你在担心我？"

紫宣一时有些无可奈何，轻轻叹了口气，一把将她抱起，匆匆走出房间："被天乩剑所伤，亏你还能笑得出。"

回到小白房间，紫宣小心翼翼地剪开她伤处的衣服，只见血肉模糊，他又是一阵心疼，紫宣努力稳住自己的手不要颤抖，认真清理了伤口，用上最好的金创药，又赶紧去丹药房熬了伤药端到她唇侧，一勺一勺地喂她喝下。

"苦吗？"紫宣皱眉问道。

"不苦。"小白紧着摇头，眼神从方才起便一直黏在紫宣脸上，须臾都不愿离开。

第六章 初识桃花

紫宣又喂了两口,才放下汤药,静了片刻才问:"为何想要离开九奚山?"

小白低头:"我只想知道你会不会担心我,会不会来找我……"

紫宣凝向她,缓声追问,字字郑重:"那如果我不担心你,不找你,你就真的要离开?"

小白拼命摇头:"当然不会。"

紫宣松了口气,却又是无奈,他伸手,抚了抚小白头顶:"人心最禁不起试探与猜测,小白,你日后千万不要再这样做了。"

"所以,我又做错了吗?"小白听得似懂非懂,只是担心紫宣又生气。

紫宣笑意苦涩,眸中却全是温柔疼惜:"这些事情对你而言,恐怕还是太过复杂。我只希望你能永远保有初心,活得自在快乐。"

小白闻言一笑,毫不遮掩地道:"我只要在你身边就很开心呀!"

紫宣听了,神情越发复杂纠结,他没有回应她的话,只是扶着小白缓缓躺下:"早点儿休息吧,你身上的伤虽不致命,却容易留下后患,得好好调养。"

"嗯,我会好好恢复的,我还要跟你学弹琴呢,肩膀可不能有碍。"小白天真灿烂地说。

紫宣微笑颔首,准备吹掉灯火,转身离去,却被小白握住了手。

他一愣,回头,见小白也似是有些赧然,低声问他:"紫宣,你能陪陪我吗?"

紫宣神色无限温柔下去,伸手替她顺了顺发丝,轻声道:"放心,我等你睡着再走。"

小白紧紧抓着紫宣的手,舍不得放开,终究是渐渐困了,阖上了双眼。

紫宣似是另有所思,凝神看着小白睡颜,面上时而柔情时而纠结。

良久,他抽出手,指尖轻轻拂过她白玉无瑕的面庞,满是怜惜。却忽然指尖微颤,紫宣收回手扶上额头,脸色苍白艰难起身,踉跄着走出房门。

怕吵醒了小白,因而动作始终克制,可到房外,他便倚着门缓缓滑落,萎靡于地,眉间再度有血珠沁出、滴落,他双手抱头,这撕裂般的痛楚让他难以抵挡。

"元神出现裂痕,仙根亦是不稳,这痛,竟是蚀骨裂心……"他难掩痛楚,唇角却勾出倔强弧度,"饕餮,你说我受不受得住……"

他背靠身后栏杆,大口呼吸,勉力平复着痛楚。

天乩 之白蛇传说1

夜色深沉，静谧的九奚山飘起了鹅毛大雪，在这天地苍茫之中，紫宣回首，听得房内清浅均匀的呼吸声，忽觉前所未有的心安。

———— 2 ————

九奚山近日气候不佳，日日大雪下着，天地间一片苍茫。而时光流转，小白的伤也在这日复一日的大雪里逐渐痊愈。

虽然九奚山气候寒冷，积雪常年不化，但这每天下着雪，紫宣又说她肩伤断不能受寒所以不准她雪日外出，真闷得她一条白蛇要活生生地在房中生了霉。

"不行！我要出门！"

下定决心，趁着紫宣这日出门，小白便赶紧打着紫宣送她的红伞出了门。以前做蛇时畏寒畏雪，竟不知这白茫茫的世界如此晶莹好看！

小白在雪地里开心地跑动，却忽然见到前方紫色人影，脚下便有些打滑，本准备转头就溜，却因操之过急滑倒在地。

她揉着屁股撑起身来，紫宣也早就行到她面前。

她只能硬着头皮，漾开灿烂笑意招呼他："紫宣！"

紫宣眼神凛然："我什么时候准你出门的？"

小白头一缩，呵呵干笑着，慢慢地移步到紫宣身侧，用手中红伞遮去漫天风雪，反守为攻地唠叨他："你看你，又忘了带伞，这么大的雪，可是很容易冻着的。"边说边帮他将身上的雪拍掉。

紫宣接过红伞，又顺势敲了下她的头："别想转移话题，若是你伤势加重，可再弹不了琴了，是谁那天信誓旦旦地……"

"躺了几天早就好了！"小白忙求饶般断掉他的话，自从她受伤，才发现紫宣竟是如此婆婆妈妈之人，她表演般在紫宣面前活动着筋骨，"再躺下去才会真病了。"

紫宣摇头叹气，终是暂且放过她，转而问道："方才看你神色喜悦，可是发生了什么好事？"

"果然瞒不住你，我带了好东西给你看。"

小白笑了两声，一脸神秘地凑近紫宣，手伸进自己怀里，正要掏出，就被紫宣按住，威严地问她："你该不会又去了蟠桃林偷了蟠桃？"

第六章 初识桃花

小白的头摇成拨浪鼓，一脸委屈："怎会？上回犯下那样的大错还连累了你，我再笨也会吸取教训，这回可是仙鹤姐姐送我的好东西，之前在九奚山上从未见过！"

紫宣松手，便见小白从怀中小心翼翼地掏出一截小臂长的桃花，递到紫宣面前："喏，就是它，漂亮吧！仙鹤姐姐说这叫作桃花，我上回在蟠桃林只顾摘桃没看真切，这回细看才知道桃花竟是如此美丽。仙鹤姐姐说桃花只在春天开，而九奚山终年是雪所以见不着。"

她越说声音越低，紫宣揉了揉她的头发，笑着安抚："难怪你把桃花当成宝贝。"

小白将桃花放在紫宣手上，冲他粲然一笑："送给你！我冒着风雪出门，本也是为了悄悄地将它放在你书房给你看，眼下正好，花也没谢，紫宣，你喜欢吗？"

紫宣笑着点头，望着手中桃花，眼底情绪却是越发复杂难明。半响，他深吸一口气，似是下了什么决心般对小白笑着说："你想不想去一个满是桃花的地方？"

"蟠桃林吗？"小白连连摆手，"我可不敢再去了。"

紫宣轻笑："放心，不是蟠桃林，是蓬莱仙山，另一处有漫山桃花的地方。"

"好啊好啊！"小白欢喜点头。

紫宣手中红伞向她倾斜，护着她往回走："你乖乖养伤，过几日我便带你去。"

小白拍手跳起，一双杏眼中因着喜悦而落满璀璨星辰。紫宣见她雀跃的样子，心也渐渐落定，唇角温柔弧度再未消失。

送小白回了房间，紫宣便去了丹药房，将自己的决定告诉了仙鹤。

仙鹤大惊失色，手中摇扇掉落在地，连声音都在微微颤抖："我绝对不同意，你说去蓬莱仙山给凌楚采药要我陪同，这毫无问题，可是小白一个小小蛇妖，怎么能去？"

紫宣俯身拾起摇扇，递给她，轻声道："你的反应似乎大了些。"

仙鹤惊觉自己的失态，接过摇扇，勉力平定心绪后道："蓬莱仙山一向门规甚严，带着小白实是不妥，百草仙君处恐无法交代。"

紫宣淡然笑道："无事，我会妥善处理。小白把你送的桃花当成了宝，我

才想起九嬛山四季严寒，桃花无从开放。眼下蓬莱仙山该是桃花盛放，我想带她亲眼去看漫山遍野的桃花。"

仙鹤观他神色笃定又温柔，心中酸苦，几乎站立不住，她咬着唇角，压抑着低声问道："紫宣，你对小白似乎过于偏爱与纵容。"

"是吗？我倒觉得我对她严厉了些，刚才过来前还逼她念书，想她此时定然是苦着一张脸。"紫宣毫不在意地一笑，又摸摸下巴陷入思忖，"我是不是太过强人所难？"边说着边离开了丹药房。仙鹤紧紧握着摇扇，努力不让眼泪从已然通红的眼眶中滑出，脸上满满的压抑与痛楚，朝着门口喃喃道："紫宣，你难道真的不懂我对你是何心思吗……"

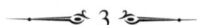

紫宣说到做到，三日后，他便带着小白与仙鹤，共同去了蓬莱仙山。

这里景致果然与九嬛山大为不同。只见春意盎然，花开遍地，碧空如洗，地平面萦绕着袅袅仙气，蜂蝶于漫漫春色间翩翩飞舞。刚从祥云上下来，小白便兴奋地向草地上奔去，蝴蝶似是对这外来小妖十分好奇，围着她打转，偶尔在她发间肩头稍作停留，她伸出如玉指尖，引来一只凤蝶翩然停驻，小白瞪大眼睛凑近它，冲它做了个鬼脸，凤蝶便又盈盈飞走了，乐得小白好不开心。

紫宣一边同仙鹤挖着药材，一边看着她活泼欢喜的模样，唇角也是止不住地上扬。

仙鹤瞥见那笑容，心里又是一阵发苦，见小白蹦蹦跳跳地过来，便说："小白，你喜欢这儿吗？"

"喜欢！这里真美！而且很暖和呀。"小白毫不犹豫地点头。

"那你要不要留下？"仙鹤将药材往竹篓里放，状似无意地微笑问道。

却不料小白用力摇头，拒绝得很彻底："不要！我要待在九嬛山……"一辈子都不离开。小白后半句话没说出口，只悄悄看了一旁挖药材的紫宣一眼，有些赧然地吐了吐舌头，双颊浮上两团红云。

听得她的答案，紫宣唇角笑意更甚，却不动声色，只是将方才挖的所有药材递给了仙鹤，道："蓬莱果然育有天下百草，这些药材应该差不多能治愈凌楚的心火了。"

仙鹤将药材收好后，望了望天，又看一眼小白，缓缓说道："今日因为我

第六章
初识桃花

耽搁了才出门太晚,眼见天色暗了,小白今天可能看不成桃花了。"说罢,仙鹤转身款款离去。

小白闻言失望极了,眼见紫宣看了过来,忙收拾起精神,强颜欢笑道:"没关系,桃花谢了明年还会再开,今天看不成,以后总有机会看。"

"你倒是想得挺透彻的,花开花落,终是万物法则,"紫宣颔首认可,唇边却泛开一丝揶揄笑意,一本正经地叹了声,可惜道,"只是本来想带你看看夜里的桃花林,可谓别有一番景致,这下眼见是不必了。"

"啊,"小白讶然,懊悔不已,忙拉住紫宣衣袖道,"紫宣,我刚刚说的全是假话,你千万别信。"

"哦,是吗?"紫宣忍笑忍得辛苦,"既然如此,刚刚何必惺惺作态,这可不像你。"

紫宣说完后径直朝前走去,小白跟在后头懵懂地喃喃:"你曾说过要设身处地为别人着想,难道我又理解错了?"

"这回你倒对了,"紫宣停下脚步,唇角笑意温柔,他牵起小白的手,"走吧,我是故意逗你的。"

小白闻言一下子笑了出来,连一双杏眸里也是盈满笑意,光芒点点。

紫宣侧眸看她那笑意,自是珍视非常,手上不自觉紧了紧力量,牵着小白,没有施法,就这样一步步携着她向蓬莱仙山的桃花林慢慢行去。

待走到桃花林,已是夜色深沉,一片黑暗,恰又是个无星无月之夜,只偶有夜风拂过,吹动花瓣轻柔抚上二人面颊,多的便什么也没了。

小白蹙眉,疑惑地在这漆黑之中四处望望,迷茫地问紫宣:"紫宣,这夜里的桃花林什么东西都看不见,你说别有一番景致……我……我看不明白。"

紫宣精准地敲了下小白的头,在她的呼痛声中笑言:"你给我睁大眼睛看好了。"他伸手捏了个诀,只见随着轻风拂过,桃花林中竟有盏盏灯笼于树上次第亮起,将桃花林映得灼灼其华,好不灿烂美丽。

小白一声惊呼,向花林中跑去:"夜里的桃花林,果然别有一番景致。"

她笑,她闹,片片桃花迎面而来,洒落一身,小白伸手接住落下的花瓣,喜不自胜:"紫宣,我送你一枝桃花,你还了我整片桃林!"

紫宣一直温柔注视着她,那眼神仿若月华,朦胧情深:"受人点滴,报以涌泉。"

小白跑回紫宣面前,抬眼看着他:"那你日日教我念书识字,此等大恩大

天乩之白蛇传说1

德，我却没什么能还你。不如……相伴你左右，直到天荒地老。"她越说声音越低，只觉心跳如擂鼓，她一时只能握紧拳头，才敢看着他的眼睛将自己的心事说出。

紫宣却板起了面孔，问她："若我罚你，责你，还会不会离家出走？"

小白拼命摇头："你赶也赶不走我。"

"那还苦着脸念书吗？"

小白用手将脸扯出一个笑脸："以后我就这样念。"

紫宣失笑，轻揉了下她的头发，凝视着她，小白对上他的视线，眼底更是满满的甜蜜与幸福。

林中桃花纷飞，灯影柔和，一方花林犹如独属于二人的小小天地，将两人拢在其中，再不用理外界纷扰繁杂，二人相望眼中更是只有彼此。夜风拂过，吹动二人衣袖翩翩，几欲成仙。

紫宣伸手取下小白额发上的桃花花瓣，眼神宠溺地说："蓬莱仙山的桃花林果然是仙界最美的地方。"

小白煞有介事地否认："我认为此处虽美，却比不上九奚山。"

"哦？"紫宣有些讶然，"你不是最爱桃花？九奚山可是终年风雪。"

"十个桃花林都比不上九奚山，九奚山的雪，九奚山的梅，九奚山的水，样样都胜过这里千百倍，只因为……"说着说着就低下了头，小白脸颊粉似桃花，嗫嚅着说，"因为九奚山有……"

紫宣本专注听她说话，连呼吸也已屏住，却不防额间蓦然抽痛，他情急之下转过身，不愿小白见到他额间流下的鲜红血丝。

"紫宣，你怎么了？是我又说错了什么吗？"

小白不明就里，着急着想绕到紫宣面前去看他，紫宣只得一把将她拉入怀中，紧紧抱住，努力控制住呼吸平缓说道："没有，你没说错。对了，你刚刚想说什么？"

愣怔着撞进紫宣胸膛的小白闻言又复娇羞起来，她感受着紫宣怀抱的温度，鼻尖是他清凉好闻的气息，只觉心如擂鼓、呼吸难继。将头轻轻靠在紫宣肩上，她咬着下唇缓缓说道："我……我想说……只因为九奚山有你……有你，就足够了。"

紫宣闻言，搂着小白的手微微一震，他缓缓闭上双眸，抬手将额间血迹仔

第六章
初识桃花

细抹去,神色复杂又痛苦。

他实在不知……自己能不能对得起她的天真与深情,护她此生无忧无虑、笑意如花。

而桃花林外的仙鹤见到二人紧紧相拥,下唇都被咬出了血,扶着树干,心闷难当。

第七章
情之大劫

— 1 —

仙鹤在紫宣书房，为其整理案头，将书一本本摞好后，又去收拾画筒。

她喜欢看紫宣的画，他的画，如他的人一般，大处气质高远，疏朗开阔，细处又温和熨帖，体察入微。她素日不敢对他如此深情打量，只能寄托在他的画上。因此仙鹤将画筒里的画一幅幅地拿出来展开，仔细看后，又复仔细卷好。

而眼前这幅，甫一展开，仙鹤就愣在当场，手指都在微微颤抖。

画上一穿白衣的姑娘，二八年华，肌肤胜雪，明眸善睐，巧笑倩兮，顾盼生姿……正是小白。仙鹤仿佛被人扼住了喉咙，一时恨不得将画上笑得天真无邪的姑娘给撕掉。

就在此时，青帝从外进入，仙鹤下意识将画反扣在桌上，努力平复着呼吸，给青帝施礼。

青帝蹙了眉头："拿出来。"

仙鹤犹疑半响，才颤抖着手将画递给青帝。

青帝原本平和清淡的眉目，在看到画的瞬间，生出勃然怒火："这是紫宣所绘？"

仙鹤指尖在掌心一划，纠结地说："紫宣近日不寻常的举动……我猜与此有关……"

"他这样做是在毁了他自己！"青帝厉声斥道，"他此时人在何处？"

第七章
情之大劫

仙鹤低声道："正在温泉处休养。"

青帝拿着画，转身怒气腾腾地离去。

仙鹤浸了花汁的指甲在掌心掐出血样红痕，她内心阴暗处有些爽快，但稍静下来却又不忍。

她长闭双眸，泪水从眼角滑落，有了嫉妒，她也再难做原本的她了。

紫宣感受到青帝身上的怒气，内心大抵也知道所为何事，真面对时，却也不惊不慌，缓缓从温泉起身，随意披上外衣，低头站在青帝面前，等他训斥。

青帝浓眉皱得死紧，鲜少动怒的他此时声音却都气得在颤抖："你离飞仙仅差一步，怎会在最后关头因饕餮而失败？饕餮伤了你的元神，你为何不说？千年修行，功亏一篑……你可知飞仙这一劫对你来说有多重要吗？"

紫宣徐徐道："是弟子修为不够，才未能渡劫升仙。有负于师门，更令师父操心，徒儿定当恭省自身。"

青帝痛心阖眸："九奚山存世万年，只有你一位弟子。为师花了千年心血在你身上，如今你道心不稳，往后大道，还待如何前行？"

紫宣本想躬身请罪，额间抽痛却又突然袭来，他神情痛苦地扶住额头，喉间抑制不住地发出低吟。

"元神已有裂痕，你究竟如何了？"青帝看他额间沁出的血丝，又气又急，上前一步拉开紫宣的衣服，只见他胸前布满纵横交错的暗红色伤痕，与凌楚伤势相似，却更触目惊心。

青帝急声问道："以饕餮之力，根本不可能伤你如此之重，你与他对战，究竟发生了何事？"

紫宣努力平息痛楚，低声道："是我低估了饕餮的邪术，一时失察，才遭了重手。"

青帝痛心疾首："你做事缜密，向来未有半点儿疏漏，若非你故意失手……"

紫宣声音冷静地接过话来："替凌楚前去活捉饕餮时，徒儿细细想过，若杀了饕餮，必拂了白帝脸面；而若活捉饕餮回来，以白帝徇私的个性，只会有更多无辜的受害者。所以徒儿才拼命一搏断了他的仙根，让其无法再返仙界。"

青帝怒极反笑："你倒是思虑仔细，趁此机会让其伤了你的元神，你便无法飞仙离开九奚山闭关。你如此周详的安排，是否与此画有关？"

天乩 之白蛇传说1

青帝将画抖落在紫宣眼前，紫宣只是轻描淡写地看上一眼，不露痕迹地道："只是寻常画作，并无特别，师父多虑了。"

青帝盯着他，满是考究地郑重问道："紫宣，你动了情？"

紫宣似是受惊般抬头，再摇首否认："师父言重。徒儿看淡世情，从未动情。"

"包括小白？"

紫宣一字一句地重复一遍："包括小白。"

青帝眯着眼打量他许久，方才说道："既然你对小白无情无念，她本也在骊山修行，便让她离开九奚山吧。"

紫宣伸手一揖，恭敬道："师父该知，自徒儿拜入师门以来，便从未违抗过师命，一切皆依师父所言……"

小白本想来找紫宣，早早地来了温泉外，因听见青帝与紫宣说话，便在池外等待，不敢靠近。

当见到紫宣伤势之时，她又惊又急，不知紫宣怎会伤得如此严重。

当见到青帝手中的画时，她好奇羞赧，不知紫宣何时绘了自己。

而当青帝问紫宣是否动情，又言及自己，她心提到了嗓子眼，几乎忘了呼吸。

可当紫宣从容否认的时候，她听见了自己心碎的声音。

胸口抽痛，小白浑身都在微微战栗，眼眶酸涩得几乎难以睁开。

而当他说他从不会违抗师命，一切皆听青帝所言时，小白眼泪奔涌而出，她再难自持，转身跟跄着跑开。而满面泪痕的她，却没有听到紫宣郑重其事、掷地有声的后半句："唯有这次，恕难从命。"

青帝脸色大变，前所未有地凌厉，他扬起手中的画，逼问紫宣："你再说一次？"

紫宣抬头，眼神倨傲而果决，他恭敬而不容反对地再次缓声说道："这一次，恕徒儿难遵师命。"

青帝大怒，将画一扔，转身大步离去。

凌楚和青帝擦肩而过，看了眼青帝怒气腾腾的背影："从没见青帝如此生气。"又蹲下身，将画拾起，展开一看，顿觉惊艳，戏谑地说道："这小白蛇幻化成人后倒是好看。紫宣，没料到你竟然是个情种。"

紫宣冷冷地向他展开手："把画给我。"

"你倒是小气，"凌楚轻嗤一声，将画递给他，"你以为方才你在青帝面

第七章 情之大劫

前那番狡辩的言论，能诓骗几人？"

紫宣将画仔细裹好，郑而重之地看向凌楚，沉声道："何来诓骗？此事本就与小白无关。无论我对她是否动情，她都不应受到任何责罚。"

"紫宣！"凌楚声音凛然，也是有些动怒了，"你可曾记得，当年昆仑山初见时，你的修行之心是如何坚决吗？"

紫宣默然，凌楚浓眉死拧，深吸一口气，继续道："千年之前，天生仙骨的你我同被选中，天帝钦点，让我师父和你师父收我们为徒。你身上是七杀命格，而我是破军，师父说我们的命格历经万年才能降生于世，关系三界兴衰，若将我们收入门下，勤加训练，假以时日，必成大器。"

紫宣闭眼，唇边牵出一丝笑意："我记得，那时你特别骄傲，胸挺得老高，我却不觉什么，十分平静。"

凌楚颔首："青帝施放仙力探了我二人根骨，也说我们天资卓然，是可造之才。我师父让你师父先挑，你师父便问我们小小年纪有此功力，是为何而修炼。"

"你那时特别大义凛然，昂首说自己是为能早日成仙，要以一己之力匡扶大道正义，定能不负师门栽培，"紫宣回忆起童稚之时，笑意也复轻松起来，"白帝夸你具有宏图远略，颇有胆色，定能于他日扶摇直上。"

"可是青帝还是选了看上去颇为平凡的你，"凌楚唇边也有潇洒笑意，"你那时说的什么来着？"

"我一门心思修仙，不为外物，只望能替九重天照拂天下苍生。"

紫宣一字一句地重复了一遍，脑海中浮现出当时不谙世事，心思单纯的那个幼时的自己。

白帝微笑赞他宅心仁厚，而师父却看重他能耐得住修仙千年和闭关千年的寂寞冷清。白帝见师父选了自己，还唯恐师父反悔……

那时青帝信赖欣赏的模样又复出现在他眼前："走吧，孩子，跟我回九奚山，不要忘了今日所言。"

而他，却最终辜负了师父厚望。

凌楚知他忆起了什么，冷声说："我师父当时便为我们立下约定，千年后让我们一较高低。从那会儿起，我便发誓一定要比你早一步飞仙！千年过去，我既视你为知己好友，更一直拿你当我最好的对手，但你如今，"凌楚指着紫宣胸膛，"竟如此糊涂！这一千年，你随青帝四处征战，难道不是为了早日飞仙好匡扶正义吗？你受的苦，受的伤，始终没能动摇你的道心分毫！你怎可以因为一个蛇妖而让自己元神受损？"凌楚说到痛处，也是不忍，"紫宣……元神受损夜夜生不如死，这样的痛楚煎熬，值得吗？"

紫宣却神色平静地摇头："无所谓值得不值得，这于我，并不是煎熬，我这千年都在修炼，眼下修炼的就是我的心。"

紫宣食指轻点自己的心口："我随师父修习医术，始终知道百伤之中，心病难治，皆因七情六欲俱在其中。可如今，我才真正明白，比起元神受损，原来心苦心痛，才是煎熬。"

凌楚上前抓住紫宣衣襟，似要让一派坦诚淡泊的他清醒起来。凌楚咬紧牙，定定望着紫宣道："这千年来的每一场战役，唯有你与我比肩。紫宣，不要放弃，你快将元神养好，飞仙之日，我定等着你！"

紫宣浅浅一笑："我这千年来，的确盼的就是飞仙之日。可眼下，我才觉得，飞仙于我而言并非是件多重要的事情。"

凌楚脸上有冷厉之色一闪而过："莫不是因为小白……"

"凌楚！"紫宣神情严峻地打断他，"你是我的知己，我明白你对我的期许，可我决不允许你伤害小白。"

凌楚一副"果然如此"的冰冷神色，愤然道："看来这小白果然是你的劫数，可你想过吗？你的七杀命格，或许也会害了她！"

七杀……一生孤苦……身边难有至亲……

紫宣何尝不知，就是因此，他才动摇过，拒绝过。

沉默良久，紫宣方才轻声开口："不会如此的，凌楚，人定能胜天。"

"那你当初入师门时所说的照拂天下苍生呢？"

"这不会有矛盾的，无论我是否成仙，我都不会负这苍生。"

凌楚观他坚定不移的神色，知道紫宣心念早已定下，无论自己说什么，他都听不进去了。

深吸一口气，凌楚竟觉得眼眶有些酸涨，缓缓松开紫宣衣襟，他转身，大步离开温泉池。

而紫宣目送他离去，再低头看了看手中的画卷，唇边逐渐扬起温柔的笑意。

第七章 情之大劫

— 2 —

　　凌楚回房的路上，遇到了慌张跑来的仙鹤。

　　仙鹤急声说："我听说青帝要将小白赶出九奚山，和紫宣起了争执，如今紫宣怎么样了？"

　　凌楚上下打量她："你是在担心，还是在暗喜？闹到此番地步，恐怕少不了你从中作梗吧。"

　　仙鹤咬唇，神情挣扎："我会如此，全是因为牵挂紫宣，我担心……"

　　"你担心他为蛇妖所累？那你认为你这样做了，青帝将小白赶出去了，紫宣就会专心修仙，甚至转而对你动情？"凌楚话声中不乏嗤笑。

　　"我没有！"仙鹤断然否认，看向凌楚的眼中已然泛起泪光，"我从不敢奢望他会对我动情，我也不敢累他修行飞仙，我只希望，只希望他能一切顺利。"

　　凌楚见状，也是一叹："可你还是错估了情势，也看错了紫宣。"语气倒是轻缓了不少。

　　仙鹤的自怨自艾瞬间变成惊疑："你什么意思？"

　　凌楚无奈道："紫宣顶撞了青帝，誓要将小白留在九奚山。"

　　仙鹤不敢置信，声音都在颤抖："怎会？他从来不会违逆青帝半分的！一个刚幻化人形的蛇妖罢了，怎能让紫宣做到如此地步，要知道，他们才有短短数十载的缘分！"

　　凌楚摇头，也是慨叹，最终看向仙鹤的眼神却多了丝怜悯："仙鹤，你这些日子每日为我熬药，如今我已然痊愈，尚未亲自向你道谢，不如今日便送你几句话吧。数百年是缘，数十载也是缘，你放下对紫宣的执念，方能看透他的心思。"

　　说罢，凌楚继续举步前行。

　　仙鹤站在原地，握紧拳头，倔强地不让眼泪流下。

　　九奚山寒冷的夜风卷着雪粒子拂过，似都在嘲笑她的愤愤不平与无能为力。

　　放下……

　　如果能这么轻易放得下，就好了。

　　她自问不差，这数百年来照顾紫宣，更是样样妥帖。为和紫宣有话可聊，

天乩 之白蛇传说1

她自学识字、医理,她温柔细致,为他样样谋算打点,事事以他为重。她不敢期盼过多,只盼着紫宣能顺利飞仙,她自也会这样照顾他闭关的清冷千年,她只求日日跟在他身边,亲眼见他一切都好,便已满足。

而眼下这一切的平静,她这小小的心愿,皆被一只幻化人形尚不足十年的小蛇妖所打破,她数百年悉心相伴,却比不过她十年胡乱捣蛋。

她怎能甘心?

思罢,仙鹤转身,大步往小白所住方向行去。她定要将这蛇妖赶走,让紫宣不再受其迷惑,好重归天道!

此时的小白,正在房里心痛不已。

她不知道为何自己的心口会如此抽痛,仿佛有人在抡着大锤,时不时地往她心脏砸上一记,带来无休止的痛楚。

她喃喃念道:"紫宣从未告诉我,原来人伤心痛苦时,心是会痛的。"

当念及紫宣冷漠淡然的那句"我从未动情",小白掩面痛哭出声。

仙鹤进房,见她哭成这样,神色一时又犹豫起来,缓步上前,拉开她的手,冷冷问:"既然达到目的,你又是在楚楚可怜地哭什么?"

小白抽泣道:"我不想离开九奚山,不想离开紫宣……"

仙鹤愕然,莫非她并不知道紫宣违抗师命也坚决要她留下?定了定神,仙鹤坐下,用温柔的目光看着小白,替她擦去眼泪,问道:"你难过,是因为紫宣未曾对你动情,并要遵青帝之命让你离开?"

小白哽咽着点头。

"那你想留下吗?"

"不……"小白抿了抿唇,看向怔愣的仙鹤,"紫宣不愿违逆他师父,我明白的,我只希望我离开前,能帮他做点儿什么,让他的伤赶快好起来。"

仙鹤似是有些不敢相信她的回答,又重复问了一遍:"只要他伤好,你便会离开?"

小白神色悲伤不堪,哭得鼻子和双眸皆是通红,但依旧坚决地点头。

仙鹤愣住了,她一时竟觉自己在做一件错事,但想想紫宣,她又稳下了心思,淡淡说道:"其实这并不算难,丹药房里有东海冰心芝,正对紫宣的伤势,能助他早日康复。但所剩不多,紫宣为着凌楚的心火,便不肯自己用。但东海冰心芝无色无味,若能融入茶水中让他服下……"

小白听到这里,了然点头:"我这就去取来!"

第七章
情之大劫

"且慢！"仙鹤看着小白，犹豫又纠结，然后她缓缓说，"不告而取是为窃，小白，你若去偷拿了东海冰心芝，你可知是什么罪过吗？"

小白愣在当场。

仙鹤继续道："九奚山的门规，绝容不下一个窃药贼，一旦被发现，你会背上窃贼的名声，在受三十六道冰凌箭后被逐出山门，并立下结界，永远不能入界半步！哪怕你是为了紫宣，也不能例外！"

小白双手渐渐攥成拳，她看着仙鹤，毫无惧意地说道："只要是为了紫宣，什么责罚我也不怕。"至于被逐出山门永不入界……罢了，紫宣既然已经有了决定要让她离开，她怎舍得让他为难？

本就是要走的，她还有何可畏惧呢？

仙鹤见她如此决绝坚定，身形竟是微微一晃，陷入迷惘，若是她自己，能否为紫宣做到这样……

她竟然一时答不上来，或许，小白真的比她更懂情。

丹药房里炉烟袅袅，映得一室颇有仙意。小白紧张万分地左右张望着，然后至第一个丹炉旁。

"仙鹤姐姐说的就是这儿了……"一边低声喃喃，一边轻手轻脚地打开丹炉，只见内有一个如水晶般玲珑剔透的药丸，"原来这就是东海冰心芝，煞是好看。"

小白小心翼翼地取出药，将其珍藏怀中，再慢慢地将香炉盖盖回，却不防被香炉边角的花纹给划破了手指，顿时便有血涌出，刚滴落在一宝塔形状的物件上，便在地面上浮现了六角形法阵，不过转瞬便消失无踪。

小白将手指放进嘴里，吓了一跳："糟了，莫不是被发现了。"她忙警惕地缩在墙角，隔着距离打量了方才血滴落之处。

"没什么特别啊。就是这个塔状的是什么，也是丹炉吗？"小声嘀咕了一句，她见依旧没什么异样，便急急溜出了丹药房，"不管怎样，先走为上。"

却不知在她走后，被她的血沾上的锁妖塔，有黑气渐渐弥漫出来，带动着锁妖塔开始微微颤动。

小白取了药便去寻紫宣，只见他脸色略微苍白，正在桌前看书，见她来了唇边漾开春风般的笑意，缓缓问道："你这几日书念得怎样？让你抄写的可都抄完了？"

小白"呵呵"干笑一声，走到他身边，刚好见他茶杯空了，心想果真天助，便拿起杯子说："我去帮你倒茶。"

紫宣以为她是偷了懒所以转移话题，也没有介意她神态中的慌张。

小白背着紫宣，掏出怀中的东海冰心芝，慢慢融入茶水中。

紫宣见她愣在那里，久久不回头，才稍稍蹙起眉头问："怎么了？是有什么心事吗？"

小白转过身，看向他，很慎重地问："紫宣，情到底是什么？"

紫宣一愣，随后稍稍眯起星眸，望着她，慨叹般道："情是劫，情是债。"

"你可曾动过情？"小白眸现哀伤，低声追问，"难道动了情不好吗？"

紫宣听了此问，竟有些紧张："你听见了什么？怎会突然问这个？"

小白低着头没有回答，只将手里的茶水递给紫宣。

紫宣见她无精打采、神色低郁的样子，不由得握住她手："你今天有些不对劲……可是身体不适？"

小白心里一阵发苦，她抬眸看着紫宣，眼前渐渐因水雾弥漫而看不清他的样子："紫宣，人都有七情六欲，为何你没有？"

紫宣闻言愕然，将杯中水缓缓饮尽，然后徐声道："七情六欲我无法教你，待日后，你自己终将明白。"

小白缓缓摇头，低声喃喃："或许我已经明白了。"

紫宣唇边勉力泛出点儿宽慰笑意，像是在哄她一般温柔地说："真明白吗？我参了千年都未能看透。"

你看不透，所以就这般绝情吗？

我对你来说究竟算是什么……

你对谁都如清风般温柔，其实也是因为谁都没有进到你的心里过吧。

这些念头在小白心里过了一遍，眼泪已控制不住地在眼眶打转，她拳头紧紧握起，难过地道："紫宣，我想当个真真正正的人，不是一条逗你玩乐的小白蛇，不是你随手捡回来的小白蛇！我不要当小白，我要一个真正的名字！"

紫宣唇角的笑有些绷不住了，可他努力让自己保持那丝温柔笑意，望着她道："小白就是个名字。"

第七章
情之大劫

"那是小白蛇的名字,不是我的!我现在已经是个人了,我会笑会哭会闹会痛,紫宣,给我取个名字吧,把我当成一个真正的人对待。"小白别过脸去,唯恐紫宣看到她夺眶而出的泪水。

紫宣握着杯子思忖着,半晌才轻叹道:"我会好好想想为你取个什么名字。小白,等你学会琴棋书画,方方面面都更像个人时,我再告诉你,如何?"

小白愣住了,他的意思是,还会留她在九奚山,而不是要赶走她吗?

还是他以为她什么都不知道,所以还在骗她?

不会的,紫宣不会骗人的。

可能是事情有了转机,紫宣他改了主意。

小白瞥见紫宣已经空了的茶杯,心头如被蛛网密密包裹,又酸又疼,透不过气来。

即使如此,她盗了东海冰心芝,也回不了头了。

她颔首,然后缓缓转身,至少在她离开前,能用人的身份和他相处,她便再无所求了。

刚走出书房没几步,却突闻振空之声,只见天际一道闪电劈过,有黑色长蛟怒吼着奔天而去,鳞光闪耀,与闪电交错着却煞是刺目。

随后便是仙鹤的惊呼:"蛟龙逃了!"

小白还没回过神,紫宣便已冲出房来,看着蛟龙摆动的长尾卷起大片风雪,面色大变:"蛟龙不是关在丹药房中吗?怎会如此?"

小白看他慌乱神色,结巴着害怕道:"我……我进过丹药房……不小心弄破了手指……"

紫宣惊道:"小白!你犯下了无可弥补的大错!"说罢袍袖一挥,便化为一道白光消失。

凌楚跑来,刚好见他消失一幕,他顿了顿足,警告般看了小白一眼,也随即消失了。

小白不知发生了何事,但知道自己定是犯下大错,恐惧霎时涌上心头。

凌楚追上紫宣,两人共同踏在云端,看着远处黑色妖气直冲天际,蛟龙巨大身影在乌云与闪电中翻腾。

二人飞身向那处掠去。

紫宣脸上早不如平时那般从容淡定,急声道:"蛟龙控制了西湖的水源,

天乩 之白蛇传说 1

要么大旱,要么水涝,皆是民不聊生的大灾!天上一天,人间一年,实在耽搁不起,我们必须赶紧抓回蛟龙,否则受苦的是黎民百姓!"

"是啊,多耽搁一刻,人间便多一起大祸。"凌楚颔首,也是紧张万分,但看向身边的紫宣,却又满是担心,他伸手抓住紫宣,道,"你伤势颇重,这次换我来收了蛟龙!"

紫宣抽回手,摇头拒绝:"我不碍事的,我们俩同去,方能速战速决。"

"那我主攻,你只需在旁助我!"凌楚浓眉拧紧,终不放心。

紫宣淡然一笑,不置可否:"走吧!"

二人齐齐从云间跃下。

小白一直站在原地,看着天色翻转,昼如暗夜。

刺骨的寒风裹着大片的雪,就在这转瞬间落了她满身,她也浑然不觉。

紫宣……他去哪里了?可有什么要紧的?

仙鹤走过来,双目圆睁看着小白,目光里说不清是绝望还是恨。手一伸,一道仙索将小白死死捆住,又设了仙障于小白四周:"是你……是你放出了蛟龙!"

小白看着自己身上逐渐收紧的仙索,愣怔地看着仙鹤:"仙鹤姐姐,你这是在做什么?"

"紫宣去收蛟龙了,他送来传音符,让我捆了你,不让你到处乱跑,等他回来发落……"仙鹤凉凉地说,手指渐渐嵌入掌心,她一字一句也逐渐带了血意,"你可知你这蛇妖惹下多大的祸,紫宣为了你,不愿在升仙后闭关千年,竟然放弃了飞仙,在与饕餮一战中故意让自己元神受损!小白,你可知元神受损是怎样的,每到入夜都要经历一次刻骨钻心的疼痛,那痛仿佛要把人整个劈裂开,你只知道每日无忧无虑,只知露出你那又蠢又无知的笑,你凭什么!"

小白浑身巨震,不知所措:"紫宣他……"

"紫宣去抓蛟龙了,龙族的守护神,生性凶煞,本被镇压在深渊,一旦苏醒便是三界大祸。上次他苦战三天三夜,拼得浑身是伤筋疲力尽,才将蛟龙收回,这次……他本就元神受损,你最好祈祷他安然无恙,不然,我绝不会饶了你。"

小白闻言,缓缓跌倒在地,越想越觉担忧,身上不受控制地剧烈颤抖着。她蓦地抬头,眸中含泪、声音嘶哑地求面前的仙鹤:"是我犯下的错,不能让紫宣替我前去,他身上有伤,若是……为了他,我死也愿意,只求他安然无

第七章
情之大劫

恙。"

只求他安然无恙……

何尝不是仙鹤的愿望。

仙鹤也是懊恼痛苦，抬首望着墨般天色，喃喃道："也是我没料到事态竟会发展至此，我不该让你到丹药房。"

小白跪在地上，恳求仙鹤："仙鹤姐姐，你松开仙索吧，让我去帮紫宣！"

仙鹤摇头，无奈道："这是紫宣的命令，让我务必将你看好，我不能违抗。何况，你即使去了，怕也会添乱。"

小白再度泪如雨下："我知道我仙力微薄。但我至少能替紫宣挡一挡攻击，上回，我替他挡下了天乩剑，仙鹤姐姐你还记得吗？这回……或许我能替他……"

仙鹤闭了闭眼，依旧冷声拒绝："我不能帮你。"

小白见她不为所动，心一横，便直接站起身来，向四周的仙障撞去，却重重跌倒在障内。她咬着牙，再次起身，又再一次向仙障撞去，这一次摔得更重，唇角竟涌出一丝鲜血。

仙鹤看了也是不忍，出声劝道："你别费心了，以你的仙力，根本破不了这仙障。"

"仙鹤姐姐，求你了……"小白咬牙跪在仙鹤面前，往地上"砰砰"地磕头，"你放我出去吧，让我试一试，即使赔上我的命，我也要救紫宣，仙鹤姐姐……求你了！"

仙鹤看着眼前的小白，额头的红肿和唇角的血丝，更衬得她一张小脸雪白，往日的活泼爱笑此时全变成了凄楚痛苦，让人心疼不已，而身上却更是狼狈，因为挣扎，仙索死死地嵌入她身体，勒出了道道血痕。血水和着汗水，弄脏了她的雪白衣衫，仿如高洁仙子，坠入肮脏泥潭。

仙鹤终于肯承认，自己的确不如她。

更长久的修仙，让她自持清高，纵然是为了紫宣，她也豁不出尊严。

长久地闭了眸子，仙鹤缓缓舒出一口气来，挥手，撤掉了仙障与仙索。

得了自由的小白，立马施法，腾云而去。

仙鹤望着她身影消失，倚在廊上，只求一切平安。

小白到时，凌楚正好放出了锁妖塔，她立马站身不稳，几乎要被锁妖塔巨大的白色光芒吸进去。

第八章
偷灯聚魂

— 1 —

"不!"

白夭夭挣扎着从噩梦里醒来,眼前不是锁妖塔那刺目的光芒,也没有什么黑蛟,没有凌楚,更没有……紫宣。

不过是她素日栖身的山洞。

"我这一世,再护不了你了……"

"记住,你的名字是白夭夭……"

白夭夭抱膝坐在石榻上,不自觉地就要流下泪来。

这样的梦,她竟已做了千年。

这一千年,她既怕做这样的梦,又渴望做这样的梦。

只要梦里有紫宣……

伸手抚上自己心口,白夭夭轻声道:"紫宣,你到底什么时候回来?"

就这样痴痴地将紫宣想了一遭,白夭夭起身,往蓬莱仙山去了。

蓬莱仙山依旧是千年前的模样,景致秀丽,春色盎然,百花齐放,蝴蝶翩翩。自紫宣元神俱灭,因着在九奚山学到的医术,仙鹤被百草仙君看中,到了蓬莱仙山,在仙君座下继续修炼。这千年以来,白夭夭每当在凡间遇到麻烦,惹了伤痛,都是仙鹤为她医治,两人再没有在九奚山上时的心结,反倒成了知心好友。

仙鹤见白夭夭此次前来又是一身的伤,好不担心,皱着眉用仙术替白夭

第八章 偷灯聚魂

夭诊疗完毕后，摇头笑骂："这次又是上哪儿弄的伤？上回伤筋动骨养了几十年，转眼便忘了，你即使不珍惜自己的身体，也该替担心你的人想想。"

白夭夭乖巧一笑："我知仙鹤姐姐担心我，但是下凡游历，总免不了遇上一些麻烦事。反正有在百草仙君座下担当重任的姐姐在，我自然无所顾忌。"

"若非因为紫……"仙鹤低头想起往事，神情苦涩，又看到白夭夭黯然的神情，忙改口道，"我一向对药理颇有兴趣，百草仙君也正好缺个助手，倒真的是机缘了。而你不好好在骊山待着，成天下凡游历，还四处去找温养元神的生僻法门，时不时就惹得一身的伤痛，要哪天才能修炼成仙？"

小白低头，嗫嚅道："我不奢望修炼成仙，只望能温养……"

她话未言毕，仙鹤便懂其意，叹息着劝道："别寻了，你将紫宣时刻铭记心里便已足够，其他的……你跟凌楚都太过执着。"

白夭夭轻轻一笑，不置可否。

而就在此时，一道传音符飞入，绕在二人周围，待所传音信完毕，两人皆是神情一震，传音符也顿时消散。

"聚魂灯被盗！"仙鹤站起身来，惊诧不已，"那可是九重天至宝！谁有这等本事，竟然能上昆仑山私盗聚魂灯？"

白夭夭则眼神闪烁，拉紧了自己的衣角，在指尖转来转去，半晌才说："姐姐，有一事我始终未曾告知。"

"何事？"仙鹤回头，一脸惶然。

白夭夭起身，走到仙鹤身边，徐徐说道："五百年前，我根据上古仙书算出是夜有七星连珠的天象，可在西湖上等了许久，也迟迟未见。姐姐莫笑我，我当时实在是凄惶无助，便跪地向天祈求，希望上天能于七星连珠这一天时地利的好时候，赐我紫宣音信，若能被我寻到哪怕一片紫宣的元神，哪怕是用心头精血温养，我也愿意。倒像是上天怜悯，我刚说完，天上的七星便串联成一线，西湖上泛起荧光，我举目望去，湖中心竟真的有一片白色紫色交缠的光点！"

仙鹤听到这里，紧张无比，竟不自觉抓住了白夭夭的手。白夭夭一只手反握住她的，另一只抚上心口，回忆起当时情形："我飞身直奔湖心，伸手取到了那碎片，可我刚一碰触，那光芒就在我指尖流散。我着急万分，便对那光影说道：'紫宣，我终于寻到了你的元神，哪怕只有残魂，我也绝不会再让你消散世间！'然后我便将那碎片放入了我的心头，用我心头精血温养了五百年，而今，也是到功成之际了。"

仙鹤焦急问道："那今日之事……"

白夭夭打断仙鹤的话："今日我前来，除了治伤，便是想拜托姐姐，若我今日与凌楚受到惩处，还请姐姐在世间帮我们寻找紫宣。"

仙鹤神情纠结地阖上双眸："你们太糊涂。"

"时间不多了，今日我和凌楚誓要重聚紫宣魂魄！"白夭夭感应到心头紫宣的元神碎片已然有了反应，知道凌楚已启动秘术，心内着急，立马转身离去。

仙鹤见她匆匆腾云而去，脚下一踩，既担忧又着急，既盼着白夭夭和凌楚真能成功，又隐隐知道，他们此举，必将酿成大祸。

毕竟聚魂灯一出，多少魔物会借机修炼成魔，就连当初在和白帝一役中同样元神俱灭的妖帝，或也会借此复出，再次搅乱三界。

"夭夭，你们定要没事……"仙鹤蹙紧眉，恳切地对天祈求，希望一切都能平安。

——— 2 ———

凌楚按照暗中研习了千年的秘术，将聚魂灯用东方之火点燃，并将自己的手指割破，让鲜血滴落于灯芯之上，顿时，灯火大盛，狂风大作，天色剧变，黑云压城。

妖物在灯火中纷纷靠近，凌楚挥起剑光不断逼退。

等了许久，也不见紫宣魂魄前来，凌楚不由得有些紧张："这秘术我研习了千年，断不可能失败，难道是紫宣真没留下半丝魂魄？"

就在他自言自语间，一黑色妖物不断靠近，凌楚逼退未果，只能挥剑斩杀，而妖物的一滴血就这样融进了聚魂灯内。

凌楚浑然不觉有何异常，只持剑护卫聚魂灯侧，全神贯注提防妖物靠近，更一瞬不敢眨眼地注视着聚魂灯，唯恐错过紫宣的半点儿气息。

待到晨光将至之际，西湖水底突然不再平静，一股白色的烟雾慢慢在水面飘散，凌楚紧皱的眉头终于松开。

白夭夭之前同他说过，紫宣的元神是白色的。

千年之久，他终于等到他归来。

第八章 偷灯聚魂

凌楚一堂堂八尺男儿，此时竟觉眼眶发热，有了要哭的冲动。

而几乎同时，却更有股紫色妖气从水底蹿出来。

"不好！妖气如此凌厉！怕是妖帝！"凌楚惶然，"紫宣危险……"

果然，两股气息如他所想般在水中缠斗开来，互不相让！而白色烟雾触及紫色烟雾之处，竟开始渐渐浊化。

凌楚忙拔剑击向那处，犀利剑气直入水底，那紫色妖气却甚是厉害，快速闪避开来，凌楚剑势虽然猛烈，也全然及不上它。

紫色妖气一面躲闪着凌楚的剑势，一面快速上蹿，渐渐压过白色烟雾一筹。凌楚双眉紧皱，忽地一剑而出，只见剑势一路带起水雾，向白色烟雾席卷而去，白色烟雾似有所感，跳跃两下忽然向后撤去。水雾来到两色烟雾之中，正好将两色分开，白色烟雾在剑气的引导下，一举冲出水面，凌楚眉间疏朗，反手挥剑一斩，更挫了那紫色妖气。

冲出水面的白色烟雾，终于朝着聚魂灯飘散而来，并在灯上逐渐凝聚，凌楚不由得屏住呼吸，面现喜色，几乎恨不得展开怀抱迎接。可他笑容还未完全展开，刚被他压往水面的紫色烟雾也腾空而起，随之而来，直直蹿向聚魂灯。

凌楚急忙挥剑阻挡。

剑光闪烁，西湖上狂风大作，雷鸣电闪，聚魂灯内的灯火开始忽明忽灭，凌楚注意到后，大惊失色。白天天曾同他说过，若是此时灯火熄灭，便是功亏一篑，一切努力皆成白费，但这紫色烟雾……如若是妖帝元神，这天下便会大乱！

凌楚一时间心乱如麻，不得不一边抵挡紫色烟雾，一边捏诀护着火苗，渐渐分身乏术，一时不慎紫色烟雾竟绕过自己来到聚魂灯旁，瞬间便已凝聚。

凌楚浑身巨震，正待持剑挥去，却有一道白光从他身后疾射而来，将紫色烟雾打散，凌楚蓦然转身，发现是白帝与青帝，正站在祥云上，怒气腾腾地看着自己。

白帝率先从祥云上下来，既怒且恸地开口："孽徒！你竟想用禁术凝聚紫宣魂魄，可知你犯下多大的错！你就不怕上诛仙台吗？"

凌楚跪下，虽神态恭敬，眼神却是十分坚决，毫不知悔："这是唯一能帮

天乩之白蛇传说1

紫宣重聚魂魄的办法，一切后果，我早已思量成熟，无论师父如何责罚，我都愿意承受！"

"你怎会如此执迷不悟？"白帝心痛自己最得意的弟子竟然犯下如此大错，不由得扼腕叹息，"紫宣魂魄早已消散，哪怕是聚魂灯，也不可能聚齐！你到底用了什么歪门邪道温养元神？又是何时寻到了他的元神碎片？还不从实招来！"

凌楚自是对白夭夭温养元神之事丝毫不提，只是拱手倔强道："凌楚任凭师父责罚！"

青帝缓缓从云端下来，语声极为严肃持重："你所作所为，影响的绝不是你一人，而是整个三界。方才那道紫色烟雾便是妖帝元神，他消失千年便是在等这样的机会！方才他试图借由聚魂灯修炼成魔，虽被我们打散，但他元神未灭，且已被聚魂灯唤醒，将来必定为祸天下，大错已无可挽回。"

凌楚坚定道："无论天涯海角，我定追回妖帝，将其诛于剑下！"

白帝深叹一口气："哪有这么简单。眼下你偷盗圣物，触犯天条，必须下凡历劫，斩妖除魔，直到天下太平，方可重归九重天。"

"下凡历劫？"凌楚大惊，回头看看灯火正旺的聚魂灯，终是求情道，"师父，若我下凡，谁来守护聚魂灯？"

"至于聚魂灯……"白帝也心疼自己徒弟，然而大错铸成，眼下一切都是不得已。若凌楚下凡历劫，以后尚有机会位列仙班，要是等到妖帝现世，凌楚怕是只能上诛仙台了，眼下，必须毁了聚魂灯！逆天改命，只会加重凌楚之罪，将来反噬，凌楚将苦不堪言。

然他话还未说完，白夭夭已匆匆赶到，见到凌楚身边站着白帝与青帝，急急唤了声："凌楚！"

"守好聚魂灯！紫……"凌楚见她到来，急急起身，想将聚魂灯交代于她，然而话未说完，白帝长袍一挥，凌楚霎时便烟消云散，白夭夭瞠目结舌，焦急难耐。

而白帝和青帝此时对视一眼，俱是神态凛然，一时间达成共识，出手打向聚魂灯！

白夭夭一惊，更眼见着聚魂灯中的白色烟雾正渐渐成型，她赶紧侧身将聚魂灯护在怀中，又将灵珠吐出体外，罩着聚魂灯。

青帝急忙收手，而白帝却正中一掌，拍在白夭夭后心。

第八章
偷灯聚魂

一口鲜血喷出,那聚魂灯爆发出紫、白二色的光芒,而那白色烟雾,受了这血,几乎立马成型,刹那间飞跃而出。

白夭夭浑身一震,上前便要拿聚魂灯,却被白帝抢先拿下,她激动不已地说道:"是紫宣!凌楚真的做到了!他聚齐了紫宣的魂魄!"

青帝斥责:"荒谬!紫宣魂飞魄散之时,早已消散于这世界上!你们聚齐的绝非紫宣元神,不过是自欺欺人罢了!"

白帝神色则更为严厉,冷声说道:"你二人肆意妄为,罔顾天规,必将受到天道责罚。我已让凌楚下凡历劫,而你!白夭夭!将会被镇压于无尽黑暗之中,一生孤苦,永不见天日!"

白帝为五帝之首,在三界之中,地位之尊仅次于天帝,他说的话犹如天旨,必将应验,一时间雷声轰隆,竟是山雨欲来之势。

两帝手一挥,拿着聚魂灯消失在天地间,整个西湖旁,只留白夭夭。她睁着水色朦胧的双眼,神态间俱是不信之色,低声喃喃:"不可能!紫宣明明出去了……"一颗心全放在紫宣身上,竟是对白帝所说的天咒毫不在意。

她慢慢倒在地上,唇边血丝衬得她千年来成熟了许多的眉目无比凄艳,她喘着气,望着远方,不解道:"紫宣,如今,你到底在哪儿?"

第九章
蛇妖小青

― 1 ―

二十年后，人间南宋朝。

临安府郊县的山中，有一处静谧的山洞，外观和寻常洞府并无二处，内里却是景致幽深，循着甬道探入，愈见开阔，途有小穴若干，最大的穴窟中，灯火通明，兽皮铺设，金银陈列，实是别有洞天。

穴中上首，设了把太师椅，当中坐着位妙龄女子，生得妖冶多情，一双凤眸于眼波流转间几乎能将人魂魄勾去，一身青色衣衫衬得她更是妙丽无双，纤腰盈盈不足一握，肤如羊脂更白三分。此时她皱着眉头听下首的灰兔精战栗着把话说完，便是怒极，一拍椅臂站起来，愤然道："气死我了！竟敢对我的人动手！小灰你有没有查清这捉妖师是个什么来历？"

灰兔精小灰忙点头哈腰迎上去，一脸讨好地说："山君你莫生气，当心生气会长皱纹哪。这捉妖师是伏魔山庄元一大师的徒弟——齐霄。最是冷血无情，手下丧命的小妖无数，实在可怕。"

青衣女子眉间微蹙："他法力很深？"

"自然是不敌山君你了，"小灰忙拍马屁，"但小的……小的实在不敢与他为敌。"

"废物！"女子怒斥一声，稍一思忖，便有娇媚笑容浮上唇角，她理了理鬓发，慢条斯理地说道，"不过是个臭男人，还能是我小青的对手？待我整装前去，保证将他迷得神魂颠倒，死都不知道是怎么死的！"

第九章
蛇妖小青

她边说边扭了扭腰,展露出傲人的曲线,小灰怎敢再看,低着头迎合:"是啊是啊,山君是临安府第一美人,天下男子,莫敢不从!"

自称"小青"的青衣女子瞪了小灰一眼:"只是临安府?"

小灰恨不得咬了自己的舌头,拍了自己嘴一下,道:"不不不,三界第一。"

小青得意地笑了笑,整了整衣襟,道:"你传令下去,让他们准备妥当,本山君亲自将那个什么霄抓回来,给你们当下酒菜!"

小灰点头如捣蒜,旋即退下传令去了。

小青则开始梳妆打扮起来,刚用螺黛将眉毛描得几乎飞扬入鬓,小灰就又如火烧屁股般跑了进来:"不得了了不得了了,山君,阿福他们又和齐霄对上了!"

小青一听,忙丢下螺黛,抓住小灰长长的耳朵,腾身飞出洞穴,往小灰指的地方飞去,远远地便见到自己手下的几只小妖,果然正和一个穿着灰衣的男子大打出手。

小青停下,小灰指着说:"山君,那就是齐霄。"

小青凤眼一眯,细细打量,见那男子约二十岁的年纪,浓眉星目,鼻高唇薄,身高八尺,正气凛然,眉宇间更生得几分傲气,不由得轻声赞道:"这齐霄倒是副好模样。"

小灰咽了咽口水,出声提醒:"山君,快救阿福他们啊……"

"着什么急,"小青翻了个白眼,"不过是个年轻后生,你且给我看着。"

说罢,小青扭动着腰肢,款款向齐霄走去。

齐霄正被一众小妖缠得烦闷,忽见他们退散开来,让出一飘然而至的碧色人影,原是位生得风流多情的少女,眉目含情,正定定看着自己,不由得便是一愣。

小青见齐霄发愣,心下得意,众小妖也是兴高采烈,议论纷纷:"山君果然美貌无双!你看那齐霄已然看呆了去!"

小青听了,更是心喜,站定后一摆盈盈腰肢,柔声开口:"少侠……"

谁料齐霄手中法杖竟直直挥来,正中她肩头,痛得她直想骂娘。

"妖孽!我今日定收了你!"

"你……你竟然敢打我!"

天乩之白蛇传说1

两人一言不合，便是打了起来。齐霄挥动手中法杖，招招不留情面，小青渐渐落在下风。

围在旁边的众小妖见剧情竟和说好的不一样，惊愕地张着嘴，一时不知该不该上去帮忙。

就在这时，小青被齐霄一掌打中，二人拉出一段距离。小青冷哼一声："本座师从骊山老母，乃是千年修行的地仙！你一小小捉妖师，有眼不识泰山，本座不和你计较，还不快滚！"

齐霄压根不与她废话，浓眉一拧，挥起法杖，带动劲风呼啸，林中竹叶飞散，小青心中害怕，转身想逃，却被齐霄一把抓住后领，往下一扯，便露出肩头莹白如雪的肌肤。

小青也不慌，反而眼睛一亮，回头冲齐霄嫣然一笑。

可齐霄哪里有她所料的半分旖旎痴迷神色，只是冷眼看着她作态，举起法杖就欲打下。

小青一避，闪开，气急败坏道："你……你你你到底是不是个男人？"

齐霄压根不答此等问题，只厉喝道："妖孽，今日我务必将你们一网打尽，还这临安府一个清静！看杖！"

小青招架不住，连忙招呼身边看得瞠目结舌、下巴砸地的众小妖："你们愣着干啥！还不快上来帮忙！"

众妖回过神来，在小灰的带领下一拥而上，将齐霄再度团团围住，虽是功力较小青还低微许多，但毕竟妖多势众，缠得齐霄分身乏术，小青趁机挥出一道青色的细丝网，将齐霄困在其中，于他挣扎之间渐渐收紧。

小青这下轻松得意地走过去，俯视着他，道："进了我这蛇毒网，就别想逃脱了。哈哈哈，小的们，剁了他，我们今晚吃饺子！"

群妖欢呼："跟着山君有肉吃！"

小青也是笑意灿烂，背着手欣赏齐霄狼狈不堪的模样，故意戏弄他道："如果你现在跪地求饶，本座就放你一条生路，怎么样？"

齐霄目光凶狠倔强地瞪着小青，一咬牙，双手奋力捏住手中佛珠，默念法咒，终破网而出，趁机逃脱。

小青忙上前欲拦，齐霄却是回身一颗定身珠掷来，再迅速逃跑了。

反观小青，只能保持张牙舞爪的姿势定在原处，动弹不得，想奋力把定身珠甩掉，确实不得，众小妖围在旁边愣愣地看着她，半晌，还是小灰试探着问

第九章
蛇妖小青

了句:"山君……您怎么了?"

小青只有眼珠能动,她使出浑身解数转动着,示意小灰看向自己腰侧的定身珠,小灰忙伸手将定身珠取下,可以动弹的小青脸涨得通红,提剑便追:"竟敢如此辱没于我,今天我定要将这齐霄大卸八块!给我追啊!"

接着,众小妖便向齐霄逃跑的方向一路追去。

这一追,就追到了药师宫外。

说起这药师宫,也是一个传奇。

号称能"治天下病,解天下毒,医天下人"的药师宫,建在临安府外三十里地的一处天坑内,宫宇巍峨古朴,四周古树参天,瘴气弥漫。宫中弟子分断阳、明决二宗,断阳宗为天下人所惧,使毒出神入化,大多无人见过断阳宗弟子的真面目,只为江湖传言,所见之人必已毙命,从无幸免;明决宗善医,望闻问诊切,药到病除,妙手回春。药师宫为上任宫主冷回春创立以来,不只在人间声名鹊起,在妖界也是无人不知。只为不管人、妖总有病痛,而宫中又有断阳宗护卫,无论人界、妖界,对这药师宫都是敬仰有加,从不敢冒犯。

冷回春三年前去世,药师宫便传到了现任宫主许宣手里。这许宣医术了得,又同时出身断阳、明决二宗,兼善使毒物,脾气乖戾,最是贪财。但凡有钱,无论人、妖、善、恶,俱是来者不拒。虽有人说他医者本心、一视同仁,却也有人说其不辨是非、唯利是图,倒是颇有非议。但因其于医药一道上确实有过人之处,凡进宫求药者,无有不痊愈的,因此由其统领着药师宫地位稳固,且有逐渐壮大之势。

齐霄一身是蛇毒网所勒出的伤,此时渗出的血已近乎将衣衫浸透,蛇毒也逐渐攻心,他逃到药师宫门前时,已是气力不支,眼角余光瞥见小青与众小妖逐渐靠近的身影,愤愤咒骂:"这妖女心狠手辣,作乱一方,可惜今日竟中了她的暗算。"身边界碑上"药师宫"三个大字在他面前逐渐模糊,他终是气力用尽倒下。

小青率众小妖立即将他围上。小青剑指齐霄,也是恼怒:"本山君称霸一方,今日竟遭你暗算羞辱,不杀了你,如何解恨!"

正欲一剑杀下,却被小灰拉住衣角,示意她往后看。

天乩 之白蛇传说1

小青回头看去,只见眼前不知何时停了一八抬大轿,轿周有四名着黑衣的高手左右护法,后面还跟着随送队伍数人,气势浩大,不容小觑。轿子被帷幕包裹得紧实,看不清主人是谁。

但不管是谁,又关她何事?正要转身再度提剑刺下,袖子却还是被小灰扯得紧紧的。

"你干什么?"

小青不解又不耐地望向小灰,小灰忙低声解释:"山君,这是药师宫宫上的轿子,他是天下第一神医,无论是人是妖都要卖其三分面子。"

小青冷嗤一声:"我堂堂山君,坐拥方圆百里,按理说这药师宫都是我的,还需怕他一个小小宫上?"

小灰紧张地摇了摇头:"这世上除了仙,人、妖都难逃生老病死,药师宫用毒出神入化,若是得罪了宫上,便等于和自己性命过不去啊!"

小青看看那轿子,又看看地上神识模糊的齐霄,还是不肯放过这报仇雪耻的机会,狠狠说:"本座倒要看看,什么毒能毒倒我!"虽是这样说,一时也没有再动手。

而那边药师宫的下属也抱拳低声对轿内说道:"禀告宫上,前面似乎发生了江湖械斗,有人受伤颇重,倒在了咱药师宫的门口,要不要带回去救治?"

轿内之人将帘子掀开一角,只能见他打帘的修长手指如玉,但面容却依旧隐藏在黑暗之中,十分神秘。他似是在打量齐霄,片刻后又放下帘子:"这不是还没进药师宫地界吗?不救,回宫。"声音倒是清悦好听,岁数应是不大。

小青闻言大喜,冲上去就欲抓齐霄。

而神志不清的齐霄却将那宫上的话听进耳中,使出浑身力气一滚,终于进了药师宫的界碑内。

小青大怒:"你给我站住!"

下属见状有些瞠目,有些怔怔地唤了声:"宫上,他……"

那宫上似是料到有此一幕,没再打帘,就叹道:"既然入了宫中,那便还是捡回去随便治治吧。"

那下属忙称一声"是",便同另一名黑衣护法飞身越过小青,要扶齐霄。

小青手持碧色双剑,再度挡在两人面前:"不许救!他是我打伤的,你们敢救他,就是和我作对!"

那黑衣护法与她对峙:"看你一身妖气,便不是好人,这人我们药师宫救

第九章 蛇妖小青

定了!"

药师宫宫上也出言道:"他已进我药师宫地界,便是我药师宫之人,姑娘,你可以走了。"

小青听他声音平和,似是完全没将自己放在眼里,更是大怒,持剑指向轿子:"好大的口气,本座今天偏要让他死,你能奈我何!"

见她对宫上不敬,四名黑衣护法立即聚集轿前,摆出阵势,目光炯炯地看着她。

小灰见药师宫已摆出阵势,拉着小青转身就跑,其余小妖早就害怕,见状连忙跟上。

"你跑什么?那齐霄的命还都没取呢!"小青十分恼火,但小灰攥得死紧,她压根甩不掉。

小灰边带着她跑边道:"药师宫我们得罪不起,有多远还是躲多远吧。"

小青见小灰这么害怕药师宫,多少知点儿轻重,但犹自强撑道:"有什么好怕的!本山君法力高深,怎么会怕了他们?今天都怪你误事,等着,今晚本座再去寻他麻烦!"边说边反带着众小妖头也不回地跑走了。

却没看见,不远处的山林里,依稀站了位白衣女子,清秀静立,仿似九天仙子误下凡尘。

3

两名弟子将全身无力的齐霄抬进宫内。

轿夫将轿子抬至宫门前,仔细落轿,弟子打开轿帘,有白衣男子优雅地从轿内弯腰出来,再长身站立,年纪约莫二十,生了副十分清雅俊秀的好容貌,正是药师宫当今宫上许宣。

他稍稍抬眸看了看药师宫大气恢宏的牌匾,脸上隐有不张扬的满意之色,抬步缓缓进入药师宫。

"恭迎宫上回宫。"

前院中站了长长两行弟子,左边穿白衣,右边穿黑衣,俱是弯腰向其行礼,许宣淡然点头,便从两行弟子中间徐步走过,快到尽头时,一十六七岁的少女从廊下斜斜冲至他面前,甜甜望着他,唤道:"师兄!你终于回来了!"

许宣见到她,原本骄傲自矜的面上终于有了丝亲切笑意:"师妹,听说我

天战 之白蛇传说1

离宫这些日子，你已然经历了五觉丧失的历练，很好很好。"

"谢师兄夸赞，"得他表扬的少女十分喜悦，"师兄回宫先好生休息，再来检查冷凝医术，如何？"

许宣摇了摇头，对冷凝说："我先去丹药房，看看此次收回来的药材。"说罢，便继续提步而行，又补充了句："你让清风送完那捉妖师就来丹药房见我。"

冷凝见他挺拔背影，心里有些失落，低声喃喃道："许久未见，便只是这样？"

转眼想着她师兄的确为一名医痴、药痴，长舒一口气，便也不气了。她喊住旁边一着白衣的小弟子说："你快些去传清风至丹药房。"那弟子得令而去，她想了想，也随着跟去。左右无事，不妨去看看师兄口中的捉妖师，是个什么情形。

刚步至客房，就听到宋二师兄在出声安抚："你稍等，宫上随后就到。"

冷凝进门，问宋师兄："宋师兄，眼下什么情形？"边说边看了床上揪着胸口满脸痛苦的齐霄一眼。

"他烧得厉害，一身伤口颇深，还中了蛇毒，"宋师兄一脸尴尬地拉着冷凝到一旁，压低声音问，"宫上呢？"

"去丹药房了，听说这趟收获了不少好药材，你知他性子，怕是一时半会儿抽不开身了。"冷凝也是有些尴尬地低声解释，和宋师兄面面相觑。

而齐霄耳力过人，将两人对话听得一清二楚，心中不悦，冷笑一下，抬手封住自己心口两处大穴，起身说："既然如此，就此告辞了。"

宋师兄忙去拦他："大师！不可！"

齐霄笑意不屑："腿是我自己的，我想走便走！"

冷凝见他一身是伤，步伐踉跄，也上前一步，挡在他面前说："少侠请留步，不妨让我一试。"

齐霄打量她片刻："小姑娘，你是？"

冷凝定声回答："我是宫上师妹。"

齐霄思忖片刻，想她既是药师宫宫上师妹，医术当也不算差，自己这身子若是强行出宫，怕也的确难熬，便在桌边坐下，伸出手道："姑娘，请吧。"

冷凝替他诊了脉，心里稍一思量，便取了随身携带的银针，为其扎下，齐霄便是一声闷哼。冷凝紧张地看了看齐霄，深呼吸片刻，便欲继续施针，旁边

第九章
蛇妖小青

宋师兄见状,眉头皱得死紧,先是不动声色趁二人不备缓缓退出房门,然后便是一路往丹药房疾奔。

以他这师妹的医术,怕是要把人医死的节奏。

还是赶紧求宫上来看,才是稳妥。

第十章
宫上许宣

— 1 —

冷凝为齐霄施完针，齐霄却不见好转，反而越发痛苦。他艰难地抬头，冷汗淋漓地看着冷凝："姑娘，你到底是在救人，还是杀人？"

冷凝也是一脸骇然，眼看他双臂乌黑，伤口黑暗，惊得摇了摇头："我不知道为何你竟然严重了。"

齐霄脸色一冷，双臂一振，将全部银针弹出，面色铁青地抓起自己的灰袍便大步迈向大门。

冷凝躲到门边："少侠，你别动气。"

"气？有什么好气的？"齐霄将唇角血丝一抹，讥笑道，"托你的福，总算见识到了药师宫'高超'的医术，哈哈哈哈。"

他把"高超"二字吐得特别重，冷凝脸上一阵发热。正当尴尬之时，门却突然打开了，许宣站在门外，直直看着齐霄，竟是满面春风般的笑意。

齐霄脸上的笑不免僵住，他瞪向面前和自己一般年纪的许宣，恨道："你是谁？笑什么？"

许宣唇角多扬了半分："笑你愚昧无知。"

他缓缓说完，却突然扬手，三枚银针分别射入齐霄三处大穴，齐霄反应不及，捂着胸口退后几步，怒道："你我无冤无仇，为何暗算于我？药师宫便是这样一处不讲道理的阴狠之地吗？"又看向冷凝，愤愤道："你们宫上人呢？让他出来好好管管他的手下。"

第十章 宫上许宣

冷凝无奈地看向许宣，弱弱扯扯他衣袖，说："师兄，你解释下。"

许宣面上毫不介意，还宽慰她说："不必。"

"你如此狂妄，到底是谁？我再问一次，你们宫上呢？让他出来同我理论。"齐霄气急，只觉心口渐渐燃起熊熊大火，恨不得燎了这药师宫。

许宣面无表情，一本正经地道："在下药师宫宫上许宣，这位少侠眼力不济，要不然等我为你瞧上一瞧再同我理论？不过诊金便要另外计算了。"

齐霄几乎是要晕了过去，他左手捂着胸口，右手颤抖着指向许宣："你……你是宫上？"

许宣颔首，又打量着他，然后惋惜般叹了口气："看来捉妖师和那些个江湖中人也并无区别，不过是一群只知整日喊打喊杀的莽夫。药师宫又不欠你什么，若你真想走，走便是了！休要吵吵嚷嚷，坏了我的清静，也坏了你们捉妖师的名声。"

齐霄受此侮辱，勃然大怒，正要冲上前扭住许宣理论，却忽然呕出了一摊血水。

"师兄！"冷凝大惊失色，她毕竟施了针，若是齐霄真出了事，她怕是会内疚一生。

许宣却分毫不急，用眼神示意冷凝静观其变。

宋师兄上前扶住齐霄，只见齐霄不仅无碍，眼神反而逐渐恢复清明，双臂乌黑也是渐渐褪去，整个人顿时神清气爽，面露喜色。

冷凝和宋师兄疑惑地看向许宣，许宣整了整衣袖，才慢条斯理、颇为自得地出声解释："他所中的蛇毒淤积于胸口，必须待他怒火攻心，吐出这口毒血，方能好转。"

宋师兄长舒口气，笑道："我就知道我们宫上不是有意怠慢。"

冷凝也是喜悦，满目崇拜地看着许宣，问道："那师兄方才的三针，是为了逼出毒血？"

"非也非也，"许宣摇了摇头，笑意中有丝戏弄，"在我药师宫的地盘撒野，总要付出点儿代价。"

齐霄闻言又是怒上心头："许宣！你！"话没说完，又是一口血水吐出，宋师兄见状，有些不好意思地冲齐霄抱了抱拳，想请他对自家宫上的小性子多多包涵。

许宣则颇为欣慰地看着齐霄满嘴是血的样子，笑容更甚："这就对了，多

天乩

吐一会儿，自然就好了，"说罢转身就走，只冷漠留下一句："让他把身上值钱的东西留下，药师宫可不是免费救治的地方。"

齐霄气得又是一口鲜血涌出，指着他，指尖颤抖不已。

2

是夜，小青再度潜入药师宫。

她那些手下，听说要找药师宫的麻烦，纷纷称病告假，她恼他们胆小，更决定先抓到齐霄，再给药师宫一个教训，好强化她的威信。

可眼下却甚是奇怪，不知为何，存药的库房就在眼前，她却迟迟无法靠近，似是有什么相阻，令她走来走去都似在原地踏步。

她准备飞身而起，却发现自己的法力不知为何，怎么也调动不了。

而身后似乎突然有一道白影晃过。

小青情急之下化作原身，终以一条小蛇的姿态潜入了药材库房。

"找不到那狗贼，便至少要拿些药材回去，让药师宫知道，本座不是吃素的！"小青化作人形，手一挥，现出青丝网覆在药材上，催动法术，地上药材便尽数消失，她正得意地想飞身离开，房门却怎么也推不动。

她专注于推门，没注意怀中隐隐有白光闪动，房中灯火忽然熄灭，她回头去看，房门却突然开了。

小青有些害怕："这药师宫里不是都是些人吗？怎会如此邪门……"一边念叨，一边急忙离去。

回得洞内，她自是不提邪门之事，只得意地盘坐太师椅上，由着底下小妖们谄媚地围过来。

"看到没？药师宫也没什么了不起，本山君可是来去自如！"

"山君说的是……"

小灰话还没说完，抱着草药的阿福却诧异道："山君快看，这药……"

小青定睛一看，只见方才那些药材居然悉数变成了杂草，而杂草中间露出画卷一角，小青气愤，一脚踢向杂草堆，画卷飞出，小青眼疾手快，抓住画卷，再将其掷向空中，施法将其缓缓展开，只见画上一妙龄女子，出尘绝艳，白衣翩翩，美得让人忘却呼吸。

"哇……"不知是哪位小妖率先发出一声惊叹。

第十章
宫上许宣

　　小青翻了个白眼，生出嫉妒之色，挥手变出了一支沾满墨水的巨大毛笔，怒视着画上女子，冷哼道："待本座来涂黑你的脸！"

　　还没等得意扬扬的小青靠近，那画上女子却忽然活了过来，衣袖翩跹，飞身飘出画卷。

　　众妖都是大惊失色，纷纷窜出洞穴，小青也是骇然，连连后退，险些摔下楼梯。白衣女子端庄安静，从小青头顶飞过，身姿曼妙，真如飞天盘旋。

　　小青却无心欣赏这份美丽，捂着脑袋边跑边喊："妈呀妖怪呀！啊啊啊啊！"

　　白衣女子失笑，落在小青面前，出声问道："你自己便是妖，还怕妖啊？"

　　小青似是被人点醒一般，愣了片刻，觉得脸热，强颜正色道："我哪里怕你了？"又打量了一下白衣女子，"喂，你来我的山头做什么？"

　　白衣女子微微一笑，不紧不慢道："听说此处有妖打着家师旗号招摇撞骗、为祸人间，我特来看看。敢问你可是此处山君？又请问你师从何人？"

　　"本座师从骊山老母，乃是修行千年的地仙，奉命掌管这方圆百里之内的所有妖怪，"小青轻哼一声，挺胸自得道，"怎样？怕了吧？"

　　白衣女子神色间滑过一丝了然："果然是你。"

　　小青瞥她一眼，又扬扬得意道："本山君大名谁人不知？其实只要你跟了我啊，保管以后吃香喝辣，还有蟠桃吃哦！"

　　白衣女子似有些馋了："真的，你有蟠桃可吃？"

　　小青见她追问，有些讶然，但依旧强作无谓，一拍胸口："自然有！不过我得先看看你的本事！看招！"

　　说着小青便唤出双剑，刺向白衣女子。白衣女子却是不慌不忙，举手投足飘忽若仙，小青根本近不得她的身，是故越打越急，几次扑空后，小青羞恼，提剑猛刺。

　　白衣女子却是好整以暇，左躲右闪笑看着小青，问："你的蟠桃是何处得来？若我赢了可否告知？"

　　小青见她还有心继续追问蟠桃，不免抓狂："重点不是蟠桃！"

　　白衣女子神情无辜，问："那你说重点是什么？"

　　小青愤愤："重点是……你到底还打不打了！"

　　白衣女子唇边弯出如花笑意，唤出一把白玉般的长剑，挽了朵剑花，迎向

天 乩 之白蛇传说1

小青。然而她真出手,小青不过几个回合便败下阵来,被白衣女子剑指在喉。她立刻把剑一丢,耍赖大喊:"不行!这场不算!"

白衣女子好奇地问道:"为何不算?"

小青黑白分明的眼珠子滴溜一转,振振有词:"本座今天才和药师宫的人大战三百回合,是故体力不济,明天!等本座休息完了再行战过!"

白衣女子失笑,似是觉得小青可爱,笑得也有些纵容:"那我们明日再战,只是若你输了,可愿服气了?"

小青嘟嘴,犹自倔强,嘀嘀咕咕道:"比过再说,谁输谁赢还不一定呢!"

白衣女子笑意更深。

小青见她笑得宽容,有些窘迫,环视洞穴里,见一只小妖都不剩,更觉气愤,道:"一群没用的家伙,危险来临的时候丢下本座便跑,要他们何用?"

白衣女子在她身边坐下,正待劝说,小灰便跑了进来:"山君山君!"

小青正找不到出气筒,揪起他的兔耳朵便说:"刚刚你们跑哪儿去了?"

小灰痛得"哎哟"直喊,还得求饶:"山君饶命啊,方才小的们是跑出去给山君您逃跑腾路了……"

"谁说本山君要逃了?"小青气急,手上力气越发重了三分,但见小灰痛出冷汗,便赶紧丢开,轻哼一声道,"本山君只是一时不察,受了惊。"边说边试探性地瞥了眼白衣女子。

"是是是,依山君的本领,自然无所畏惧,百战百胜。"小灰赶紧溜须拍马,又忍不住揉了揉自己被揪红了的长耳朵。

小青满意地"哼"了声,又说:"不过你这么久才进来救我,是不是太晚了点儿,他们呢?"回头见阿福等都在洞口探头进来看,又道,"躲在那里干什么?"

"我们知这位姑娘没有伤山君之意,便没有进来,不不不,山君,先不解释这个了,刚传来的消息,说齐霄毒发不治,暴毙而亡,药师宫怕辱没自己的声名,要连夜把他抬出来安葬。"小青一打岔,小灰差点儿忘了正事。

"什么?可靠吗?"小青不敢置信。

"是小雀传来的消息,应该可靠。"

小青脸上除了焦急外,竟是有些懊恼:"那捉妖师竟如此不济?不行,我定要将他尸首焚烧干净才能出气!"说完,便直直冲出了山洞。

第十章
宫上许宣

小灰不知自己该不该跟去，一时看看小青，又看看洞内的白衣女子，抓耳挠腮片刻，最终还是跟出了洞外，却早看不到小青的身影。

小青用了法术，往药师宫方向飞去，果然见到一众人抬着棺木，神情沮丧。她捏了个诀，天地间立马黄沙大作，吹得人睁不开眼。

小青飞身奔向棺木，怒喝道："把尸体给我留下！"

抬棺材的弟子们丢下棺材，转身逃跑，小青一掌劈向棺木，不料棺盖猛地飞起，小青闪躲不及，被撞了个满怀，她立觉有诈，转身想逃，但为时已晚。齐霄从棺中暴起，挥起法杖就想将她当场击毙。小青两指一掐，施法抵挡，一时两人陷入僵持，但不到片刻，法杖四周的金色光芒就渐渐压过了小青的青色光环，小青渐觉胸闷，心知如此下去，必会遭殃，竟一头往前撞去，扑向齐霄怀中。

齐霄吓了一跳，于后撤之际拍向小青后背，但毕竟已非十分力道。

小青受了这一掌，唇角有血丝渐渐滑落，她振作起精神，嫣然一笑："不过是个臭男人，还装什么坐怀不乱。"留下这一句，便于黄沙大作中遁形逃脱。

齐霄冷哼一声，法杖重重砸地。他借力而起，准备飞身去追，却被混迹于出殡队伍中的许宣拦住去路，温声相劝："得饶人处且饶人，何必赶尽杀绝？"

齐霄不以为然，横他一眼："你懂什么？她是妖！今日不除，后患无穷！"

许宣摇头，啧啧叹道："非也非也，斩人斩妖皆是杀生，你若真有本事，斩断业障，才是大道。今日我配合你，不过是为了给这擅闯药师宫的小妖一个教训，并不是要杀了她。"

齐霄被他的歪理邪说气得鼓起眼睛："你这个人到底是站在哪边的？"

许宣挺直背，微微一笑，颇为骄傲的样子。

这时候黄沙渐散，清风揉揉眼睛走上来："啊，少侠，你没死！宫上你不是说他旧疾复发吗？你们连自己人都骗，是不是有些过分……"

齐霄正为小青逃走而火大又找不到出气筒，便对清风呵斥道："斩妖除魔何拘小节，诈死算什么，真是少见多怪！哎呀！你为什么打我？"

许宣从齐霄头上缓缓收回自己的折扇，冷哼一声："谁让你对药师宫的人不敬？清风，别理他，我们走！"

齐霄追上前去，不满地嘀咕道："喂，你这个人，心眼怎么如此之小？"

小青跟跄着回到洞府跌倒在地，在小灰的搀扶下进得洞内，盘膝而坐，运

气行于周身，众小妖在旁关切地看着，不敢出声。

忽然精气消失，小青睁开眼睛，"噗"地吐出一口鲜血，无力地喃喃道："那齐霄法力不弱，竟然伤了我灵珠。"又看向身侧的小灰和一众小妖，"你……你们快去帮我捉个人来，让我用他的生气疗伤。"

小灰得令，尚未动作，却有一道白光飞来，将小青上下笼住。

那白衣女子走来，冷声叱道："你怎能用活人疗伤？此行违背天道，将来必遭反噬。"

小青在白光包裹中胸闷难当，动弹不得，忙求饶道："上仙，小青知错了，快撤去法力吧。"

白衣女子将其一把拉起扶正坐好，点住她几处大穴，盘腿坐在她身后，为她疗伤，不免责怪地说："大家同是蛇族，你灵根不差，修炼千年不过如此，皆是因为不走正途，四处作乱不说，没想到还敢偷蟠桃吃。"

小青一动也不敢动，屏着呼吸弱声说道："上仙救我，我以后再也不敢了，其实我……别说吃了，连见都没见过蟠桃。"

白衣女子有些无奈地看着小青后颈窝："未曾偷过也好。"说罢便闭目运功，仙气袅袅之中，小青的脸渐渐恢复了血色。待得白衣女子运功完毕，小青已是可以行动自如，小妖们围着她喜笑颜开，她却忙转身对一脸淡淡笑意的白衣女子抱拳道："多谢上仙救我性命。今日小青知道了，上仙法力实在不知高出小青多少，以后小青什么都听您的，只是还未请教上仙，不知上仙是来自哪个洞府？"

白衣女子唇角一弯，有倾城之色，她缓缓开口道："骊山老母座下，白夭夭。"

小青瞠目结舌，又惊又怕："骊……骊山老母？"

白夭夭颔首："是的，你每日挂在嘴边的，正是家师名号。"

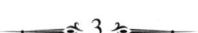

许宣有位姐姐，名叫许姣容，嫁给了临安府钱塘县衙门捕头李公甫为妻。

许宣才出生没多久，二人父母便相继去世，后许宣又不知为何染上怪病，幸得冷回春所救，冷回春称许宣命格有异，天生天煞孤星，为保姐弟二人周全，两人最好分离，便留了许宣在药师宫并收其为徒。

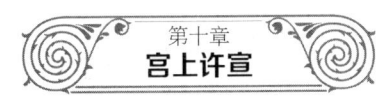

第十章 宫上许宣

许姣容自然不舍和弟弟分离,但也确实无可奈何。

而今她见自己成了宫上的弟弟,依旧要在宫外等候人通传。今日,她是为了许宣的婚事来的。

她在临安府是著名的媒婆,促成的佳缘已有上千,多少原本有嫌隙乃至仇怨的家族,都能在她的劝说下,化戾气为祥和,结为秦晋之好。可面对自己的亲弟弟,她却是有些心有余而力不足。

替她去通传的是清风,此时正在丹药房里一脸殷切地对正整理药材的许宣说:"宫上,这件事到底怎么样?许姐姐还在外面等着我呢!"

许宣仿若未闻,只醉心于眼前的药草:"你记一下,明日要去补一批甘草,这药虽然寻常,却是一日都断不得的。"

"是!"清风赶紧记录,又想起许姣容,再小心翼翼地问,"那您的婚事?"

许宣冷冷瞥一眼清风,视线就又回到面前的药材柜上,心不在焉地问:"什么婚事?"

"哦,许姐姐是这样说的,"清风来了精神,模仿着许姣容的样子说,"他要是怕麻烦呢,就只管点点头,剩下的事都交给我这个做姐姐的做主,保管办得漂亮!"

许宣拿着病历,弯腰记录,又忽然想起什么,转身翻出一本医书,翻看片刻,再仔细看看那病例,眉间微蹙,自言自语道:"这病看来的确有些蹊跷……"随后又着急地翻出另一本病例,凝神看着。

清风目光追随着他在房里四处转悠,有些急了:"不是……宫上……我究竟要怎么回复啊?"

许宣甚是不耐烦,头也不抬地挥手道:"好了好了,一切全按她的意思办。"

"真的?您答应了!"清风喜形于色,"那我这就去回复!"恭敬地行了个礼便向门外快速跑去。

许宣却继续专注地在病历上批注起来。

许姣容正在界碑外等得焦急,终于见到清风持着灯笼在夜色中向自己行近,赶紧迎上去:"怎么样?弟弟他怎么说?"

清风兴奋道:"宫上说,一切依照你的意思办!"

许姣容长松了口气,双手合十望着天道:"阿弥陀佛,菩萨保佑,我这个榆木脑袋的弟弟，终于算是开窍了！"

清风宽慰她道："许姐姐日夜为宫上挂心，宫上虽是冷性子，但心里想必都是明白的。"

许姣容用手绢沾了沾眼角的湿润，叹道："我们姐弟命苦，我知他为了我的安危，是故意避着我的，但我这个做姐姐的，怎么也不能不管他呀……你说冷大小姐这么好的姑娘，他却迟迟不开窍，若是真叫别人娶了去，我如何对得起咱地下的爹娘？"

清风忙点头："我们也都盼着宫上能与大小姐在一起呢！"

许姣容再次深深出了口长气，笑道："行了，得了你的信，我也就安心了，我赶紧将这事告诉她去！"

清风见她扭头便走，似是十分心急，也不知她口中的"她"是谁，挠了挠脑袋，便回身，蹑手蹑脚地回到丹药房。

此时许宣刚好批注完病历，非常满意地看着自己的标注点了点头，抬眼看到清风进来，蓦地回忆起了什么，猛然站起身来："清风，你刚刚说什么？"

清风愣住："什么什么？"

"李夫人啊！她刚才要你通传的是何事？"许宣着急，这时候他可真想把思想单纯的清风揍一顿啊。

清风想起这事，还在开心地笑："就是你和咱冷大小姐的婚事啊，你说，一切按她的意思办，许姐姐已经回去了。"

许宣愣了片刻，忽觉头痛，扶了扶太阳穴，他睁眼呵斥清风道："胡闹！你为何不阻止我？"说罢，便一阵风般冲出了丹药房，往冷凝住处而去。

他平日不愿姐姐进药师宫，冷凝却会时不时让姐姐去她那里坐坐。果然，此时许姣容正站在冷凝院子外的小花园里，牵着冷凝的手道："有你这么个知冷热的人在他身边，姐姐别提多高兴了！"冷凝则是一派娇羞。

许宣看到心道要糟，尚隔着一定距离，便忙不迭地出声挥手道："姐姐！冷凝！"便是急得连优雅都不要了。

冷凝回头看向他，又羞得不敢看他，只轻声唤了句："师兄。"

许宣来到二人面前，神色略现尴尬，而许姣容兴高采烈地拉着他的手，便要往冷凝手上放，吓得他赶紧甩开。

许姣容为掩饰尴尬，赶紧干笑两声："你瞧，可来得正好，我正和冷凝商量你们俩的婚事，连日子我都选……"

第十章 宫上许宣

许宣忙打断她的话:"姐姐今日来,定是来求药的吧,正好,我为姐夫配了服新药,调理筋骨最是好用,清风,把药拿来。"

什么药……

清风不解地挠了挠头,正待询问,许宣瞪他一眼,继续道:"没拿?清风你最近可是越发怠懒了,竟没将药带出来,既然如此,你明日亲自带着药去李府赔罪,今日就散了吧,夜路难行,姐姐你注意安全,早些回去吧。"快速说完,许宣转头就走。

许姣容还在他连珠炮一般的语句中没回过神来,片刻才冲他背影喊:"哎哎哎,你急什么?"

听见她呼唤,许宣脚下隐隐加快了步伐。

冷凝清风面面相觑,迟疑着,还是只能跟上。

许姣容拉了拉冷凝的衣袖,冲她比口型道:"等我好消息!"

冷凝更是羞涩,红着脸低下了头,随手摘下一朵花,偷觑下许宣背影,不自觉笑靥如花。

第十一章
梦境难回

― 1 ―

行到半路,许宣突然停下,沉着脸冷冷开口:"清风。"

清风吓了一跳,胆战心惊地应道:"宫上……"

"我瞧你最近是太闲了,"许宣声音冷得像带着冰碴子,"明日送药回来,去将库里的药材拿出来晒晒。"

清风睁大眼睛:"啊?是全部吗?"

许宣唇边有完美的微笑,反问他:"不然呢?"

清风懊恼地低下了头。

许宣再转了转目光,看向冷凝,见冷凝羞涩低头,便是眉心一皱,正欲开口,药师宫内却突然传来阵阵浑厚连绵的钟声,震得人心神不宁。

许宣神色严肃:"宫中出事了!"

有弟子从远方跑来,对许宣大喊:"宫上,大事不好,有人潜入宫中欲行不轨!"

许宣脸色更是一变,首先便往丹药房而去。

清风同冷凝连忙神色紧张地跟上。

奇怪的是,到了药室,许宣却发现名贵的药材不仅一样不少,似是反而变多了。

清风拿了账本仔细对过后,道:"宫上,好像是上次被盗的药材全都回来了。"

第十一章 梦境难回

许宣若有所思，对清风和冷凝说："你们留在这里再清点一下，唤些断阳宗的弟子来守着，我再去其他地方看看。"

说罢，便疾步出了门，待经过自己漆黑一片的房间时，许宣站定脚步，狐疑地看了片刻。

宫中之人皆知道他怕黑，不仅药师宫里灯火通明，他房里的灯，也是向来不灭的。

许宣伸手，小心翼翼地推开房门，闭着眼睛侧耳一听，发现呼吸声十分细微，心中安定，他睁开眼，按照记忆走向烛台，拿起一旁的火折子，却迟迟不点，忽地轻描淡写说道："听你气息，是个姑娘？"

那呼吸声便蓦地粗重起来，许宣觉得有些好笑，出声继续道："若你以为呼吸声沉重，我便听不出来，那你也太小瞧我了。"

房间角落，有一轻柔婉转的女声响起："我是逼不得已才躲进你房间的。"

"不得已？"许宣冷笑两声，"能够躲开重重守卫前来还药，怎么便出不去了？你恐怕是另有打算吧？"

那女声有些迟疑："我……我……我迷路了！"

许宣差点儿呛着："迷路？那天见你与齐霄交手，倒是张扬。若齐霄知道他的对手竟如此迷糊，怕又是要吐不少血。"

那声音半晌未说话，只见黑暗中潜伏的，却并非许宣所认为的小青，而是白夭夭。此时见许宣误会，她也不解释，想着若是能化解药师宫和小青之间的矛盾，也是好的。片刻后，她才说："待人少点儿，我会从你房间离开的。"

许宣淡淡讽刺道："我以为当妖的都有些本事。"

白夭夭不服气："要我展示给你看吗？"

展示？她当自己是卖艺的吗？许宣不太喜欢和低智之人交流，一时觉得有些头痛："若你想低调出去，最好还是安静点儿吧。咱们约法三章，以后井水不犯河水，若是要找齐霄麻烦，便去伏魔山庄。"

白夭夭皱眉："你要将齐霄赶出药师宫？这不是有违行医之德？"

许宣啧啧两声："他身上可没半分值钱东西，药师宫救活他性命，已是仁至义尽。"

他毫不掩饰自己的贪财，白夭夭一时倒也无话可说，只能讽了句："你倒是坦诚！"

天乩之白蛇传说1

许宣不搭理她，想点燃房中灯火，可火折子刚是一晃，便被欺身而来的白夭夭一把握住，一时间两人靠得极近，在黑暗中也是呼吸可闻。

许宣却不觉得这气氛有多么旖旎，只缓缓转过头，收起火折子道："不愿点灯？倒是奇怪。哦，对了，你绝对不能从我房里出去。"

白夭夭颔首："你放心，我绝不会牵累于你。"

许宣"呵呵"一笑："这位姑娘，你怕是放错重点了。孤男寡女深夜共处一室，大大影响了我的声誉。我可是药师宫宫上许宣，断不想这事被外人拿去大做文章，导致我身价大大跌落。"

白夭夭为他的"歪理"愣怔片刻，千年时光，她倒是第一次见到有人将"厚颜无耻"说得这么有道理的，最后嘟哝了一句："我以为你考虑的是我的名声。"

许宣傲娇地笑了一声："你有名声吗？跟我相提并论，只是提高了你的江湖地位。"

白夭夭还要反驳，却听到外面传来清风的声音："宫上，宫上你在吗？"说完便贴耳于门上仔细听着。

许宣和白夭夭立马收声，紧张地看向门外，直到听到清风大喊着离去："奇怪，房里也没人，宫上上哪儿去了？"

听得他脚步声远去，许宣于黑暗中对近在咫尺的白夭夭说："你赶紧离开，看在你还药的分上，我就不跟你计较。"

白夭夭弱弱开口："那你得帮我指路，万一我又迷路了……"

许宣讽刺道："呵呵，你干脆让我直接带你出去好了。"

白夭夭还没想到该怎么回话，窗外便又响起纷乱的脚步声，清风的声音再度响起："那妖就在宫上房中！宫上从不熄灯，但分明房内有呼吸声！"

随后是齐霄的声音："你们守在房外，我来收了她！"

许宣神色一凛，转身打开房中地道，将白夭夭一把推进去："幸好当时师父在房内修了这条密道，不然我的清誉可就毁了。你快走吧，这密道恰好能通往宫外，你要是还能迷路，便回来找我看看脑子吧，不过请走大门。"

白夭夭有些愣怔，片刻后才问："对一个三番四次与药师宫作对的人，宫上也愿意一视同仁吗？"

许宣见她一直不走，真是心急火燎："基本上这只是客套话，你可莫当真。"说完，把地道一合，许宣一抖衣服翩然坐下，对上用法杖破门而入的齐

第十一章 梦境难回

霄时,神色是十足悠然。

齐霄用火折子照亮屋中,举目巡视见只有许宣一人,霎时便愣住。

许宣却摇了摇头,颇有责怪之意:"你性子如此急躁,要不再给你开两服清热泻火的药?"边说边站起身,走到门口,见门被齐霄打出一个洞来,更是心疼地"啧啧"两声,"齐霄少侠,你连诊费都给不起,眼下又欠下一扇门钱,这可如何是好,我实在替你担忧。"

齐霄语塞,眼睁睁看着他信步走到庭中,对宋师兄说:"传令下去,撤去各方守卫,让大家早些休息。"

宋师兄迟疑:"宫上,有人擅闯宫中……"

"哦,"许宣摆手,"这事我已经查明,上次被盗的草药已经悉数奉还,既然她有心化解,我们药师宫好歹在江湖上有头有脸,无须再得理不饶人了。"

听得是来还草药的,一时众弟子议论纷纷。

宋师兄见状,忙出声安抚:"大家听宫上安排,快回去休息吧。"众弟子散去,宋师兄也向许宣拱手之后离开。

倒是齐霄,饶有趣味地上下打量着许宣,摸着下巴道:"我忽然发现你这个人很是特别。"

许宣颇为自矜,微笑道:"你现在才发现,未免也太过迟钝了。"

齐霄唇角噙了分不羁笑意:"那妖怪是你故意放走的?"

"是又如何?"许宣整理了下衣服下摆,越过齐霄,径直往房里走。

齐霄神色变冷,看着他背影的目光更是不认可:"我看错了。"

他本以为许宣也是同他一般疾恶如仇的,哪怕上次许宣不许自己去追小青,他都以为是许宣一时心软,毕竟他虽然嘴不饶人,心地却是很好,但和自己对妖的看法是大体一致的。可如今妖都潜到这药师宫来了,就在他房里,是收妖除恶的大好机会,他却故意将妖放走,连一丝对妖的惧怕或是憎恶都没有……再不是"心软"二字可以解释的了。

而是许宣根本就不认为人妖殊途!

许宣听到他的话,却脚步未顿,回到房间便关上了房门。

齐霄见其随后点燃灯,窗纸上映出他悠闲自得地坐下的身影,攥了攥拳头便愤然而去。

天乩 之白蛇传说1

2

是夜，许宣做了个梦。

一个从他记事以来已经做了不下千遍的梦。

梦是一些很琐碎的片段，但都是有关于一个白衣女子的。

印象最深的场景，是她站在满树的桃花下，微风拂过，带动她衣袖翩跹，飘然若仙。

可是无论如何，她都只是一个模糊的身影，无论他多么努力想要靠近，都看不清她的面容……

此次又是如此，她背对着他，撑了把红色的油纸伞，静静立在茫茫大雪之中，他走上前，想触碰她将她转过身来，药师宫内却突然响起晨钟声声，眼前女子的身影便在他指尖成空。

许宣睁开眼，想起梦中女子，只觉十分惆怅。

呆然片刻，他方起身，窗外晨光微亮，他推开房门，一阵晨风卷着花瓣自面前飞过。他既想起昨夜梦中满树繁花下的白衣女子，亦念起他师父冷回春。

向来冷漠刻毒的薄唇轻启，却是十分怅然若失："转眼，已是三年了。"

药师宫祠堂。许宣率全宫上下为药师宫创立者——冷回春祭奠。

他领着排列整齐的药师宫弟子向冷回春高高在上的牌位深深拜了三拜后，恭敬说道："弟子许宣，三年来谨遵恩师遗训，恪守医者正道，主持药师宫内外，不敢存半点儿侥幸怠慢。幸得恩师庇佑，药师宫上下一心，无愧于心，无愧于民，悬壶济世，心存天下。"

许宣想起幼时冷回春悉心教导的场景和关怀备至的慈爱目光，一时心痛不已，因而起身后，他抛下众人，远远地独行在前，不愿言语。

直到冷凝于身后唤他："师兄。"

他才止住步子回眸："冷凝，你怎么面色通红，可是染了风寒？"

冷凝闻言，头深深地埋了下去。

倒是清风解围："宫上，是方才诸位师兄弟在说，今日山下是桃花节，大家给老宫主守丧已是三年未曾去临安府游玩，便想带大小姐去逛逛这桃花节，但大小姐说要先问过你才去，怕是有些不好意思了。"

第十一章
梦境难回

许宣神色温柔地看向冷凝："想到山下去？"

冷凝轻轻点头，又紧张地看向许宣，没想到许宣却是展颜一笑，道："原是我疏忽了，既然今日恰逢桃花节，那大家便一同下山看看吧。"

众人皆是大笑欢呼。

许宣笑笑，又问冷凝："你在宫中闲来无聊，打算去山下看桃花。不过就是这样，为何不直与我说？"

冷凝嗫嚅着，卷着自己的发梢说："我还以为……师兄你不想去呢。"

许宣却毫不在意地说："只要你想去，那便去吧，谁让你是我唯一的师妹呢？"

说罢，便大步向前走去。

冷凝先是一呆，随后脸更似火烧一般，她害羞地掩了掩面，见众师兄弟看向她的眼神越发热切，脚稍一跺，便转身跑走了。

清风跟着许宣，侧首看着这一幕，觉得欣喜，看来自家宫上之前不知道幽会大小姐，是因为还在丧期啊。你看这三年一过，气氛都不一样了。

正想得桃花满天，却被许宣喊醒："清风，你多备些银两，桃花节上有不少古籍可以收，今年可不能错过了。"

清风只觉桃花霎时变雪风，愕然道："宫上，您不是为了陪大小姐才去的吗？"

许宣甚是不解地望向他："姑娘家的胭脂水粉与我何干？清风，你怎么会问出这样的问题？"许宣边说边摇头，率先走了。

清风呆滞地看着他的背影……宫上，你难道真的不知每年临安府桃花节，都是男女幽会的好时节吗？

"我可怜的大小姐啊。"清风内心替冷凝沮丧，脚下却忙不迭地追上了许宣。

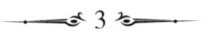

白夭夭最喜桃花，听小青提起这桃花节，自然是要一同前去逛逛的。

临安府本就热闹，此时更是张灯结彩，摩肩接踵。

白夭夭生得端庄脱俗，小青则是妩媚妖冶，二人并行，引来路人纷纷侧目。

天乩 之白蛇传说1

小青得意地对白夭夭道："小白你瞧，他们都在看我呢！"

白夭夭却神色懵懂地问："可是因为他们认出了你是妖？"

小青有些无言以对，片刻后才仰着秀气的下巴一字一句纠正道："是因为我的美貌！"

她这一嗓子，引来前面一男人回头来看，小青也不羞，反对其抛了抛媚眼，那男人顿时脚生趔趄，差点儿绊了自己一跤。

白夭夭见状，和小青笑在了一块儿。

路边有人在卖面具，小青为之吸引，拉着白夭夭兴奋地跑过去，递了一个给白夭夭把玩："这种面具，只有桃花节才有，咱们也买一个来玩玩？省得来来往往的臭男人老盯着咱们瞧。"说着，小青便付了银子，并把面具罩在脸上，冲白夭夭晃动了下头，做着鬼脸，白夭夭被她逗得发笑，也是戴上了面具。

而街头，许宣看见白夭夭在面具摊前的侧影，隐隐竟是和自己梦中的女人重合在一起，他立刻冲上前，但人影幢幢，待他挤到卖面具的摊位前时，哪儿还有方才所见的白衣女子的身影，一时怔在摊前，怅然若失。

清风喘着气跟上来："宫上，您跑得好快啊。"

冷凝随着过来，因为才跑过，白皙的面颊浮上一层薄薄的红晕，她打量了一下眼前的摊位，问许宣："师兄，您是在找什么吗？"

"没事。"许宣不动声色地缓缓摇头。

冷凝见他似是不愿再解释，虽是心头疑惑，却也不再问了，目光转而被眼前的面具所吸引，认真挑选过后，选了两个自己十分喜爱的，便付了银子，递了个给许宣："师兄！"

许宣将面具接过，看了眼，又递回给冷凝："我一向不喜欢这种庸俗之物。"

冷凝停下正要戴面具的手，怔然望着许宣，一脸失落。

许宣心头终究不忍，便转过头认命般把面具戴上，边走边道："不过偶尔也得配合世人。"

冷凝笑靥如花，戴上面具跟着他便往前走。

走到路口时，前方突有杂技表演，带来人潮涌动，将许宣和冷凝、清风二人冲散，也将与小青走散的白夭夭冲到了许宣身边，撞了他一下，险些跌倒。

"小心，这里人多，别走散了。"许宣晃一眼白夭夭脸上和冷凝一样的面

第十一章 梦境难回

具,以为是冷凝,忙伸手扶了一下,可待他和白夭夭四目交接,才知道眼前之人的眼睛和服饰都和冷凝大为不同。

许宣忙抱拳鞠躬:"在下以为姑娘是在下的朋友,唐突了姑娘,实在失礼。"

白夭夭欠身一福:"还得感谢公子相扶,何来唐突一说。"

许宣隔着面具笑了,拱手一揖:"告辞。"

白夭夭也准备转身离去,此时街边有一卖山珍野味的小摊却传出吆喝:"山珍野味,活捉现捕,大家走过路过,不要错过!"说话间,摊贩便从竹篓里掏出一条菜花小蛇,左手捏住七寸,右手拿着刀子便欲割下。

白夭夭正待上前,却见许宣已经眼疾手快地将那小蛇从摊贩手里夺下。

"我说你这个人哪儿来的!"摊贩正欲暴怒,许宣已经丢下一锭银子,起身道:"这条蛇,我买了。"

摊贩收起银子谄笑,许宣则转身离去。

他穿着白衣的身影,被灯光蒙上了一层温润的光晕,渐渐和她心底的影子重叠,白夭夭出神望着,不由自主地跟上前去。

只见许宣沿路抚着那条在他肩上摇头晃脑的小蛇,低声问它:"你呀,误入猎人陷阱,差点儿丢了命。你是不是迷了路?"

白夭夭听了这句,脚下几乎失了继续向前的力气。

紫宣……

是你吗?

你的元神当初被凌楚补好了吗?你……你终于回来了吗?

只见许宣一路走到桃花林深处,看看四周,将小蛇放在地上,声音温和如春水:"以后小心点儿,别再让人抓了,走吧。"小蛇似有所感,转身望了望许宣,冲其晃了晃脑袋,再迅速消失在桃花林间。

白夭夭倚在不远处的树干上,看着眼前这温柔一幕,忍不住抚上不断抽痛的心口。她看着许宣背影,几乎是忍不住要上前,摘去他的面具。

桃花纷飞,盈盈飘散,许宣长身玉立于花海中,仿佛听到了她内心的呼唤,抬手将面具摘去,眯眼望向眼前的繁花似锦。

白夭夭看到他的面容,如被雷击。

果然是紫宣……

那熟悉的面容,她辗转千年,不曾有一瞬忘却。

天乩之白蛇传说1

这是梦吗……

白夭夭本能地上前一步，想奔向她痴梦千年的人，却又顿住脚步，似是唯恐再近一寸，她的梦就要醒了。

在欲迷人眼的乱花之中，她眼眶逐渐湿润，扶在树干上的手缓缓攥紧，终是给足了她勇气，让她敢一步步地向眼前之人靠近。她走得很慢，怕动作大了，眼前的一切都会消失。

千年的等待真的太久了，久到她会生出幻境，既会对一切不可能抱以希望，又会觉得一切希望皆是不可能。

眼见是近了，她却突然被一只带血的手猛地抓住："小白！救我！"

这声"小白"使得她如大梦初醒，定睛一看，却是大惊："小青！"

"小白……我遇到了齐霄，他打我……"小青一身是血，神色慌张地道，"药师宫那个大小姐骂我是个罔顾人命的小人，但小白，我平时都是说着玩笑的，我从来没杀过人……"小青前言不搭后语地说完，便气若游丝地倒在了白夭夭身上，白夭夭紧紧握住她的手，再回眸一看，却发现林中再无一人。

"人呢？"她顿生焦急，反过来问小青，"小青，你刚才看到了吗？刚刚桃花林里的人呢？他去哪儿了？"

小青迷茫地摇了摇头："我没有见到林中有人，许是你看错了吧。"

白夭夭委顿在地，拼命摇头："不可能的，我看得真真切切，那就是他……他的眼睛，他的笑容……他刚刚就在桃花林中，就和千年前一般……"深深喘了两口气，她目光在四周里快速走了一遭，便神态恍惚地欲起身去寻。

小青却于此时，彻底昏死在了她怀里，白夭夭不得不将她抱住，望着依旧落英缤纷的安静林中，神情仓皇又茫然。

望着怀里的小青，她终是定了定神，施法带着小青一起回到了山洞内，运法为其疗伤。

整整一夜之后，小青终于幽幽醒转，拉住白夭夭的手："幸得你及时相救，不然我这条命怕是难保。"

"昨日到底发生何事，怎会伤成这样？"白夭夭皱眉问道。

小青嘴巴委屈地一扁，述说起来。

原来是小青因为买了糖葫芦吃，便把面具摘了，岂料刚好遇到清风和冷凝。清风出言不逊，对冷凝讲小青就是潜入药师宫偷药的贼婆娘。

小青自然不服，要和他二人理论。

第十一章
梦境难回

中间冷凝冷嘲热讽，说小青罔顾他人性命，偷盗药材，延误他人诊疗，还嘲笑她之所以还药是因为惧怕齐霄。

小青最恨有人说她胆小和本事不济，当即就掐住了冷凝脖子，而齐霄此时又正好出现，逼得她将冷凝当作人质。

"你不知道，他毫不留情，当即就默念咒语，一排符咒腾空而起，绕着我转，可怕极了。而那冷大小姐，还趁机咬了我的手一口，我自然以牙还牙，本能地就朝冷凝脖子上咬了下去。那齐霄说我妖性难驯、四处作孽，一杖打来，我几乎魂飞魄散。幸好冷凝这会儿蛇毒发作晕了过去，清风让齐霄去看，我才趁乱逃了。"

小青尚是虚弱，说完这番话便歇了好一阵才喘过气来。

白夭夭听得紧张，此时却是十分严肃道："你不该咬她，要知道你这口毒牙可能会要了她的命！"

小青眼神中有着愧疚，但犹自逞强："那又怎样？"

白夭夭无奈地摇了摇头，唤来小灰："小青伤了人，齐霄不会善罢甘休，我修书一封，你替我送去。我会出面医治冷姑娘，请他暂时放过小青，日后我会携小青去药师宫负荆请罪。"

小青还不肯服输，梗着脖子说："我又没错，为何要去请罪？"

"对……对呀……"小灰也是迟疑地摸了摸自己的脖子，"何况那齐霄那么厉害，小的我怕……"

"你怕他？"小青眼睛一眯，立时便被转移了注意力。

小灰忙摇头，比起齐霄远远的威胁，近在咫尺的山君还是更为可怕一些："小的为了山君愿意赴汤蹈火，何况小的……小的根本不怕齐霄。"小灰边说边弹眼泪。

小青满意地哼了一声："这还差不多。"

白夭夭起身："我现在便去药师宫救人，你不要到处走动，若再生事端，小心我回来重重罚你。"

小青委屈地扁嘴，低下头小声道："知道了……"顿了顿，又补充了句："小白你注意安全……"

白夭夭嫣然一笑，挥手施法消失。

第十二章
重逢不识

1

白夭夭用了障眼法，围着药师宫侦察了一周，只见如今的药师宫戒备森严，穿着黑衣的断阳宗弟子的防卫几乎遍布每一个角落，而药师宫四周全撒了厚厚的石灰粉，可见他们是知道小青是蛇身了。

终于被她寻着一处没有守卫的地方，她一挥衣袖吹散石灰粉，再飞身而入。然而，刚一落地便觉不对，地上竟有一股强大的吸力将她吸向背后的山洞，她拼尽全力都无法摆脱。

那山洞也是古怪，一路斜着向下延伸，不过恍惚，白夭夭已处在山洞中央，洞中地面有明火处处，不知引的是什么燃料，熊熊不熄，而她甫一进入，火势也猛然变大，竟是有些灼人，而白夭夭再看向自己手臂，竟已现出白鳞，下半身也化为蛇尾，无法站立。

白夭夭想施法，更恐惧地发现自己一丝法力也使不出，根本无法变回人形。

"药师宫里怎会有这么强的结界……"白夭夭只觉心口灵珠也在不由自主地上浮，地火越发汹涌，洞外传来人声鼎沸。

"地火处有异象，快进去看看！"

白夭夭心里越发焦急，心知若自己这副模样被药师宫的人看见，定会生出更多事端。只好完全化作蛇身，希望能待他们离去再说。

却不防有一名弟子看到她便是一声惊呼："这里竟有条白蛇！太好了，大

第十二章 重逢不识

小姐有救了!快抓住它!"

一群人拥上来,将毫无还手之力的白夭夭抓在手里。

"我不是说了吗?用蛇胆解毒是下下策。"一个清朗的声音在人群后方响起,白夭夭觉得那声音有些耳熟,却一时想不起来是谁。

"可是宫上……宫中暂时没有苍琼莲花,宫外我们也努力去求了,没有一家药店或者药商有卖,大小姐她怕是等不了多久了。"抓着她的弟子委屈地解释道。

"唉……"

随着众弟子的散开,白夭夭眼前出现了一个她熟悉入骨的身影。

只觉四周一下安静,时空皆已静止,她满心满眼,只有眼前之人,这个她等待了千年的人。

"紫宣……"

原来昨夜桃花林里的一切,都不是她的错觉。

二十年前,凌楚竟然真的修补好了他的魂魄,此生,他竟然成了药师宫的宫上……可笑此生第一次重逢,在黑暗中,她无法识出他。

第二次在街头,他们都戴着面具,她亦没有认出他。

如今,终于,她终于是找到他了。

白夭夭无法出声,只能努力扭动着身躯,可抓他的人抓得死紧,她压根无法挣脱。

只见紫宣朝抓自己的人伸出手来,白夭夭念起千年前的九奚山,凌楚要杀她取心,是紫宣一把将她救下,而如今……

眼前的人接过她,却是冷冷说道:"去丹药房,我要亲自取胆。"

白夭夭愣住,一时陷入深深的迷茫。这样冰冷的眼神和语调,真的是她的紫宣吗?

可她根本无法从眼前的面容上移开她贪恋的目光。而许宣并没有将她带到丹药房,却是以"这条蛇身患隐疾,我要先替它医治,方能有健康的蛇胆可用"这一理由,堂而皇之地中途改道,回了自己的房间。

进门之后,他也什么都没做,只将她随手放在桌上,就给自己倒了杯茶,坐下,思索着自言自语道:"还有什么方法能解师妹身上的毒呢?我是真不愿杀这蛇……"

白夭夭见他皱眉头痛的样子,又觉他良善非常,隐隐找到了紫宣的影子。

可许宣下一句话却让她险些咬着自己舌头："唉，毕竟用蛇胆医治，实在有辱我的医术。"

"罢了罢了，再等一日吧，若明日送苍琼莲花的货船再不到，便只有行此下下策了。"许宣觑了眼白蛇，用手摸了下蛇头，又嘀咕一声，"愣头愣脑地看着我干什么？感觉傻傻的，冷凝真用了这蛇胆，怕不会也变傻吧……"便出得门去。

白夭夭见他如此，几乎是要神经分裂，明明是和紫宣一模一样的相貌，为何性格却是这般相去甚远。

彼时的紫宣，温润如玉，唇角始终有春风般温和的笑意，哪怕她后来恨极了他对天下苍生都一般无二的温柔，可而后千年，经历了无数人间冷暖，方知道那份胸怀天下的大善是紫宣的多么可贵之处。

而药师宫宫上许宣，为人刻薄贪财，说齐霄无钱医治便要将其赶出，对自己的医术骄傲自豪到眼里容不下他人的地步，嘴上更是不饶人，冷漠又自私。

这中间到底是哪里出了差错……

夜里，趁着许宣睡着，白夭夭决定入其神识一探。

他若真是紫宣，体内必然会有紫宣的元神。

白夭夭将手放在许宣额头，默念法诀，进入了他的神识。

只见其中纯白一片，随后，她便看到了许宣淡如烟尘的身影，正待向他走过去，却突然斜斜钻出几道紫色的藤蔓，将白夭夭卷在其中，她想要施法挣脱，却完全无法动用半点儿法术。

"怎会……明明他身上全无半点儿仙气，意识中怎会有如此强大的防御，让人完全无法靠近。"白夭夭往地下一滚，终于躲开藤蔓，而眼前紫宣的神识中渐起大雾，她仿佛失足踩空，就这样被逼了出来。

这一番挣扎，白夭夭已是面色苍白，元气大伤，不免伏在床边，望着许宣安静的睡容喘气。

"宫上！不好了！"忽有急促的脚步声传来，白夭夭忙再度化身为一条白蛇，缩在桌边。

原来是清风，他气喘吁吁地闯进门，道："大小姐……被妖怪抓走了。"

许宣猛地从床上坐起，惊问道："什么？"

第十二章
重逢不识

2

药师宫刚抓到化为白蛇的白夭夭时,由于众弟子十分喜悦,交相传递着"大小姐已然有救,不用再去抓蛇"的消息,就这样传进了前来替白夭夭向齐霄送信的小灰耳里。

因而小青这边刚得到齐霄既往不咎的好消息,还没来得及得意,小灰的下一句话便让她勃然大怒,一耳光向小灰扇去:"这么重要的事,你竟放在齐霄之事后面来说!不行,我要去救小白!"

她旋即起身,却是气虚脚软,险些跌倒。

小灰眼泪汪汪地扶住她,劝道:"山君,您伤势未愈,千万不能意气用事啊!"

"不行!"小青甩开他,站稳身子,气势磅礴地道,"今天我就算是踏平药师宫,也定要救出小白!"

小青脚步虚浮地强撑着,带着众小妖来到药师宫前,待到弟子子时换班之时,让众小妖布阵吹散了地上的石灰,便飞身而入。

眼见她进入药师宫,小灰竟然偷偷地转身潜走。

小青不知道白夭夭关在何处,因而只有一个途径,便是用冷凝做人质来交换。她刚将冷凝从房内带出,药师宫便是警钟长鸣,无数黑衣弟子将她包围在内,小青竟有些抵挡不过断阳宗的奇毒,只能用术法让冷凝升至半空,再挥出一道青色长绫绕过冷凝脖子,厉声对眼前的黑衣弟子道:"看看是你们的毒快,还是我的术法快,小心你们的大小姐人头落地!"

"断流,不可,两毒齐发,大小姐怕是受不住。"宋师兄拦住旁边要施毒的黑衣弟子,看向小青的眼神恨到极处,"咬伤了人还敢到药师宫来放肆!"

小青也是目光冰冷地看着他:"你们为了救她,不惜杀了白蛇,既然如此,不如杀了她一了百了!"

"住手!"许宣带着清风及时赶来,穿过众人,来到小青面前,冷声道,"姑娘是真以为药师宫无能,可以任你几次三番地来去自如吗?"

小青知他身为宫上,能做得了主,便缓下语调说:"我无意找碴,只是为了你们抓的那条白蛇而来。"

"白蛇?"许宣恍然,"那条蛇是姑娘所养?难怪看上去有些笨。"

小青面容不自觉地抽了一抽，嘴唇微颤："笨？"

许宣微微一弯唇角："你来，是想让我们放了白蛇？"

小青还没回答，宋师兄便已急急抢道："宫上！白蛇蛇胆药力最佳，却也难寻，眼下苍琼莲花久寻不得，只有那白蛇可以救大小姐了。"

小青大怒："你们为了救冷凝，便不顾那白蛇的性命了吗？"

宋师兄斥道："畜生罢了，怎可和人命相提并论！"

小青正欲上前揍宋师兄，许宣已缓缓开口："众生平等，小青姑娘说得没错，但是，我不会把白蛇放了……"他冷冷看着小青得意的神色在脸上僵死，"我平生最恨受人威胁，尤其是这么赤裸裸的要挟，来人，摆阵！"

"我杀了冷凝！"小青大怒，手上施法，那青绫便是越收越紧，冷凝痛苦地挣扎着，而断流领着四名断阳宗弟子的长剑，也已将将抵至小青腰上。

忽然一道白光打来，将五柄长剑震飞，又荡开小青，晕成一团柔和光影托着冷凝缓缓落至地面。

许宣众人忙不迭地拥上去查看冷凝情况，而白夭夭则衣袖翩跹，反手负剑挡在了小青面前，向着许宣道："还请宫上对小青手下留情。"

许宣抬首，看向白夭夭，不由得一震。

怎么会如此熟悉……

"宫上，大小姐她晕过去了！"

清风的呼唤让许宣略微回神，他抱起冷凝，声若寒冰："她可没对我师妹手下留情。"

小青牵了牵白夭夭的袖子，虚弱地道："小白，我是来……"救你的，不是为了害她性命……

可惜她话未说完，便晕了过去。

许宣凉凉地看了一眼，只是抱着冷凝急急离开，并冷声开口："将小青关入地牢。"又将清淡视线落在白夭夭面上，"若是这位姑娘不从，便一并关了吧。"

眼见他高傲离去的身影，白夭夭气得齿根发痒。

他一定不是紫宣，不然断不会如此冷血无情！真是白白糟蹋了紫宣的好样貌！

虽然气，她却心下一定，眼下若想化解小青和药师宫的恩怨，还得先治好冷凝才是。

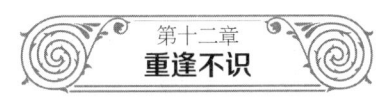

第十二章
重逢不识

于是她任由黑衣弟子抬走了小青,又随另一名弟子的引导前往大厅等候。

但终究是坐立难安,没坐一会儿,便起身寻冷凝房间去了。

白芺芺到的时候,许宣才为冷凝施完针,后者脸色已悠悠好转,但他依旧叹道:"毒已入心脉,恐怕撑不过一天。"

清风在旁边着急道:"这可如何是好?我方才去寻,那白蛇也已经跑掉了。"

许宣听了竟是自讽般一笑:"跑了?看来这条蛇是装傻。走吧,我们去寻些其他能解毒的药材,看能不能再拖上一拖。"

许宣起身,便正对上门口白芺芺略微愣怔的眼神,心底熟悉感渐盛,但他还是率先回过神来,问道:"姑娘来做什么?"

白芺芺也匆匆收起视线,闭眼定了定心,才福了福身,道:"不请自来,还望宫上见谅。"

许宣稍稍眯了眯眼,随后对清风道:"你去门外等我,我有些事想问这位姑娘。"

清风担心地打量着白芺芺,又看了看许宣,见他神色坚决,便退出了房间,并把门带上。

许宣率先冷冷开口:"我从不跟身份不明的人谈事。"

白芺芺怔了怔,忍下脾气正色道:"在下白芺芺,师从骊山老母,此次奉命来点化小青……"

"好了!我清楚了,"许宣打断她,"若你是来替小青求情的,请回吧。"

白芺芺咬了咬牙,深深呼吸两下方能平心静气继续道:"既然小青有错,我愿意救治冷姑娘,还请宫上放她一条生路。"

"你?救治冷凝?"许宣居高临下地俯视着白芺芺,不屑地连哼几声,又怒极反笑,"请回吧!"

白芺芺真的快被惹她入骨相思的面容却说出刺骨寒凉的话语给逼疯了,然后就是无止境的生气,气他这样刻毒自傲的人,凭什么拥有紫宣的模样。

停了许久,她才又忍了下来,只是无措地望着他:"既然宫上束手无策……"

"是啊!我束手无策!"许宣也是气极,眯着双眸盯着白芺芺,"既然我都无能为力,你又凭什么?"

"宫上医术天下无双，"白夭夭垂下眸，"但宫上可知，世上救人之法，除了医术外，还有术法。"

"术法？"许宣拨弄着手里的银针，浓眉稍扬，好整以暇地打量着白夭夭，"那我倒想见识下。"说罢，他唤进清风，在其耳边低语片刻，见其错愕迟疑又不耐地挥了挥手。

片刻后清风取来一个小小竹篓，递给许宣。

许宣从中取出一只五彩斑斓的蜘蛛，他随即噙着三分讥笑，问白夭夭："你可知这是何物？"

白夭夭拧眉："西域圣蛛，天下至毒……"

她话音未落，许宣已将一根银针扎入那圣蛛，圣蛛吃痛，立马一口咬向许宣指尖，血珠霎时渗出。

白夭夭大骇，清风更是赶紧将那圣蛛拿开，捉回笼内，正要大喊，却被许宣制止。许宣笑意凉薄地看向白夭夭："此毒虽不如妖毒难消，却能快速要人性命。你只有一炷香的时间，让我见识一下你强大的……术法。"

白夭夭愕然看着许宣被咬之处，只见一段碧绿自他指尖而起，沿着手臂快速游动攀升，很快就藏入宽大的衣袖，她喃喃问："为了测试我，宫上竟然豁出性命来赌？"

许宣郑重地说道："师父于我有大恩，临终只托付两件事，一为药师宫，二为师妹，如今师妹面临生死大劫，我不能随便将她托付给一个来历不明的人。"

白夭夭听了，愣怔了片刻，心中刺痛、纠结、疑问、愤恨、自讽多种情绪反复出现，却反而平静了。她在桌边悠然坐下，为自己斟了杯茶，徐徐道："我师承骊山老母修行多年，唯一门规便是不打诳语……"又笑着看向许宣额间渗出的细密汗珠和渐渐蹙起的眉头，捧着脸说："你在硬撑吗？中了西域圣蛛的毒，应该很难受的。"

许宣控制住自己越发急促的呼吸，强作无事地说："行医之人，亲身试毒的大有人在。"

"是吗？"白夭夭放下茶杯，起身朝外走去，"那你慢慢试吧，恕不奉陪。"

"白姑娘！"清风见她要走，忙着急喊道，又看向许宣，惊呼，"宫上！"

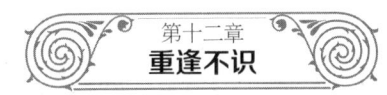

第十二章
重逢不识

许宣只觉心痛如绞,手上一时失了力气,再握不住那根银针。

而就在银针落地发出"叮叮"两声之时,只见白色袍影浮动,从清风手中接过已近晕厥的许宣,拉开他胸前衣襟,缓缓将仙气注入他已呈碧绿色的胸膛,毒气随着仙气的涌入逐渐退去,许宣重重咳了一声,吐出一口黑色的血。

白夭夭看着他苍白的面色,恼道:"你难道就不会自封心脉吗?万一我不回头……"此时他便已经是一具死尸了。

"若我自封心脉,又怎么测试你的本事?"许宣面上却是浮上些得意,"这一局是我赌赢了。"

那也是她确有本事好吗?他的重点到底在哪里……自大成这个讨厌的样子,若不是因为和紫宣分毫不差的面庞,她才不会救……

许宣却不知她心中的弯弯绕绕,在清风搀扶之下缓缓站起,道:"等你救回冷凝,我便让你把小青带走。但你的术法只能用来救人,不可在药师宫任意妄为,若冷凝有个万一,我定不会对你和小青客气。"

白夭夭轻叹口气,随后起身,一把捏在他脸上:"宫上,你是不是戴着人皮面具呀,怎么会差这么多?"

许宣先是双眸圆睁,半晌发出一声大喊:"啊!"

白夭夭看着许宣的表情,甜甜笑了。

终于出了口恶气。

白夭夭收回手,伸了个懒腰,便出去了:"我去准备一下。"

清风看着白夭夭惬意的背影,再看看他气得一边揉脸一边把头发吹得一飘一飘的宫上,迟疑了许久才说:"宫上,您怎可用自己试毒,清风就在旁边,您大可以……"何况还有药师宫上下这么多人,"万一白姑娘不救您呢?"

"那我只能去阎王那里替师妹探探路,"许宣望着门外白夭夭消失的地方,眼神愤愤,"其实我应该拿白夭夭来试毒的,失策失策。"

清风额角青筋不自觉地跳了下,哀怨道:"宫上您也太不把命当回事了。"

许宣却不以为意地整理了下自己的衣袖,对清风吩咐:"让人在冷凝房中摆上暖炉,不可间断,别让寒气攻心。"

"是。"清风得令,迅速出门安排去了。

而许宣回头看看床上的冷凝,又前后打量了下自己已经全然无恙的手,脑海中浮现白夭夭气鼓鼓的样子,唇边弯出三分笑意:"术法?有意思。"

而此时伏魔山庄外不远的林中，小灰颤颤巍巍地站在一着黑袍戴面具的高大身影前，恭恭敬敬地道："主人急着召唤小的，可是有什么吩咐？"

黑衣人声音极为低沉沙哑，更带有三分浸着血意的肃杀："白夭夭今晚要替冷凝解毒，冷凝身上的妖毒已入心脉，白夭夭唯一的办法便是让灵珠出体净化，而彼时会是她法力最弱的时候，我要你想办法把那灵珠夺来。"

小灰脚下一软，便是跪在地上道："主人吩咐，属下不敢不从，只是……白夭夭有千年法力，就算没有灵珠护体，小的也不是她的对手啊。"

黑衣人冷笑一声，威胁道："你可知我从不留无用之人。"

小灰伏倒在地，冷汗直直浸入面前沙土："主人，属下一定会尽力，只是我的家人……"

黑衣人语气残忍嗜血："若你做得好，我自会留他们性命。"

小灰忙着磕头，直到眼前突然落下一紫色鳞片。

黑衣人笑道："蛟龙之鳞，上附有强大法力，能破火之结界，拿着吧，此物定能帮你不少。"

小灰拾起鳞片，抬头，却哪里还有那黑衣人的身影。

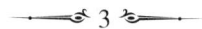

3

暮春三月的夜里，仍是微凉如水。

白夭夭站在庭院里，仔细琢磨着药师宫的地火。

那处的结界之强，几乎逼得她现出了原形，想是仙力高深之人所设，但究竟为何会在这药师宫设下此结界……忽然感觉有人靠近，白夭夭望过去，便见到了神情将信将疑的许宣。

许宣暂时收起怀疑与揣测，对白夭夭道："白姑娘，我已命人准备妥当，可以开始为冷凝解毒了吗？"

白夭夭却问许宣："宫上，你可曾进过地火之中？"

许宣颔首："基本上，药师宫的人都曾进入地火中。那地火一年四季皆不同，我常借助它来炼制药材。"

白夭夭只觉惊奇："难道就没有人遇到过什么异样？"

"异样倒是没有的，"许宣思忖片刻，又补充道，"只是……师父在世的时候曾说这地火颇有蹊跷，明明终年燃烧不止，地上却是一片冰凉，有违天

第十二章
重逢不识

象。"

白夭夭不语，心里却逐渐有了主意。

看来若是人，便可自如地进入地火，而不会受结界所扰。既然如此，她只需卸下仙力，化作凡人，便不会在那地火之处现出原身，而更可借那处对灵珠的强大引力逼出灵珠来为冷凝疗伤……

主意拿定，她便抬首冲许宣道："我想好了，就在地火之处为冷姑娘解毒，还请宫上派人护卫，切勿让人打扰。"

许宣点头："白姑娘放心，不用你交代，我早已安排好。"

"那事不宜迟，就请宫上将冷姑娘带来，我们地火处见。"白夭夭说完，便径直往地火去了。

许宣望着她背影，若有所思。

待他将冷凝从房间抱至地火，白夭夭已经打好坐静静等待。

冷凝烧得迷迷糊糊，胆子却比平时大上几分，环着许宣脖子道："师兄，我怕……这毒连你都无计可施，万一……"

许宣看了看白夭夭，安慰冷凝道："别往坏处想，白姑娘有法子救你。"

冷凝含着泪水，紧紧依偎在许宣胸口："师兄，我还不想死。"

"别担心，有我在……"许宣安抚完她，便将她放在白夭夭对面，让她盘腿坐好，再待对上白夭夭时，神色竟突然有些尴尬，连他自己都不甚明了为何会有这样奇怪的情绪，仿佛做了什么不好的事情被人抓了个正着。

白夭夭方才也是看着他和冷凝的亲昵互动，难免有些苦涩情绪在心里蔓延，她勉力控制着，平静地对许宣说道："宫上，你可以出去了。"

许宣愣怔片刻，便是一拱手："那师妹便拜托白姑娘了。"

"宫上可以放心。"淡淡说完，白夭夭便不再看许宣，只是目光静静望向前方。

许宣见状便转身出去了。白夭夭眸，深深吐纳片刻，睁眼，由着自己冰蓝色的灵珠受吸力所引，缓缓从心口离体，再奋力一推，将其放进了已然昏睡过去的冷凝唇内。

冷凝一震，霎时身子四周闪烁着华光，白夭夭额头却沁出了重重汗水，不停滑过她光洁脸颊，顺着她小巧下巴滴落。

白夭夭此时动用不了仙力术法，只能凭着对自己灵珠本能的控制，诱导着它在冷凝体内运转，随着时间过去，冷凝的脸渐渐恢复了血色。

第十三章
强抢灵珠

— 1 —

此时的小青,却正在地牢里发火。

她觉得自己的一片真心被白夭夭全然辜负,自己不顾重伤前来营救,她不仅没说一句"谢谢",反而帮着药师宫将自己关进地牢,她决定待她出去后定要与白夭夭说个清楚,可望着四周却是一筹莫展,齐霄送来的降魔杵就挂在牢门上,她根本使不出半点儿法术,甚至一贴近牢门便会遭到巨大反噬。

小青躺在地上,摸着自己"咕咕"直响的肚子,喃喃道:"怎么不送饭来,饿死我了。"

忽然,有一粒石子砸在她身上,小青起身,左右张望,却没有见到人,只隐隐听见小灰的声音在喊:"山君,山君……"

提到小灰,她也是生气,为何闯进了药师宫他就失踪了,估计也是个叛徒。正愤愤,脑袋却又被一粒石子砸中,小青怒气冲冲地顺着看过去,就看到了小灰趴在天窗栏杆处的脸,正畏畏缩缩地道歉:"对不起啊,山君,没控制好力道。"

小青卷了下袖子,正待指着小灰开骂,小灰却急急打断她的话:"山君,我是来救你出去的。"

"你?救我?"小青觉得自己听见了莫大的笑话。

小灰却不言语,只用手里那在夜色中闪烁着紫色光芒的鳞片一挥,降魔杵便应力而落。

第十三章
强抢灵珠

小青简直瞠目结舌，小灰却催促她："快啊，山君！"

小青忙捏了个诀变回原身，从牢门栏杆之间爬行而出。

小灰在外面接应她，拉着再度变回人形的她快速地跑，但没行多久，小青就发现了不对劲："这不是出宫的路，你想去哪儿？"

小灰边跑边说："山君有所不知，白娘娘就在前面的山洞里用灵珠救人，这是咱们千载难逢的好机会。你若是能趁此机会夺得白娘娘的灵珠，有了她的千年法力，将来咱们还用再看别人脸色吗？更可一洗这几次的奇耻大辱！"

小青停下脚步，甩开小灰的手，道："我怎么忽然觉得你这小子不对劲，不但单枪匹马闯了地牢，轻而易举就弄掉了降魔杵，现在还想出这么缺德的点子……"小青揪住小灰耳朵，厉声问："说，你是不是有事瞒着我？"

"冤枉啊，山君，"小灰忙捧手告饶，"小的全心全意为着山君着想，若是山君怕了白娘娘，甘愿一辈子受气，那咱们回去便是。"

"呸！"小青松开小灰耳朵，啐了一口，"谁会怕她？"

小灰又拖着小青前行："咱们走吧，山君，再晚怕就来不及了。"

二人来到山洞前，远远见着山洞门前不少守卫，而越接近那山洞，小青就越察觉到里面有强大的吸力要将二人吸入。

小青忙不迭地后退，藏身于角落处平息呼吸，只觉胸口翻腾、烦闷异常。她惊讶地看着小灰："这里的结界怎会如此强大？我们一旦进去就会化为原形，被那群凡人看到，怕是灵珠不得，还会惹来一身麻烦。"

小灰解释道："白娘娘是卸下了仙力进去的，咱们也可效仿，而且这地火还有另一处入口，怕是连药师宫人都不甚清楚。"

小青狐疑："那你如何知道？"

小灰眉目间滑过一丝惊慌，只能催促小青来掩饰："山君，当务之急是灵珠啊！若是不趁着白娘娘灵珠出体的机会拿到她的灵珠，怕是山君一世都只能被她牵着鼻子走！山君你想想，你为了救她连命都豁出去了，她却全然不顾姐妹之情，配合着药师宫众人将你关入地牢……"

"好了！"小青恼然打断小灰，看着地火咬牙道，"白夭夭，是你先对不起我的……走！"

小灰喜笑颜开，带着小青来到他从黑衣人处得知的入口，果然无人把守，且结界也较方才的正门弱上许多。两人卸去法力，悄然潜入山洞，只见火焰升腾之中，白夭夭脸色苍白，汗湿衣衫；而对面的冷凝胸口闪着冰蓝光芒，脸色已然恢复正常。

小青看得恼怒："小白的仙力用来救这丫头真是糟蹋了！"

小灰却道："山君，灵珠在那丫头体内，咱们该动手了！"

小青点头，两人慢慢从后面接近冷凝。白夭夭感到异状，倏地睁开眼睛。

小青旋身一闪，运掌朝白夭夭攻来，因卸下了仙法，只剩武力可拼，因此这一掌全无掌力，白夭夭弯腰避开，站起身来。

小青冲小灰喊道："快取出冷凝体内的灵珠！"

小灰一个快步，一掌抵在冷凝胸口，想逼出灵珠，却也因没有法力而无法得逞。他心急如焚，冲小青喊道："不行！逼不出来！"

白夭夭冷眼看着小青，心里大为失望："你竟然打灵珠的主意？"

"是你逼我的。"小青无辜地耸了耸肩，又是一掌向白夭夭攻去，二人一拆一解地在山洞里过招，白夭夭灵珠离体，又卸下仙力，行动颇为吃力，一时不察吃了小青一掌，竟是心口一震，跌坐地上，唇角渐渐涌出血来。

小青有丝愧疚，却也不愿露出，只叹惋道："咱们修仙之人，不到万不得已，灵珠不得离体，小白，这次你太轻忽了！"

白夭夭叹气："你认为是我的错？你当我是为了谁……"

小青冷哼一声："那定不会是为了我的。咱们是妖，该齐心对付人，你却为了人来为难我，不过已经不重要了，我得了灵珠后功力大增，自然不计前嫌，你以后要是遇上困难，别忘了来找我！"

"山君！该走了！若是被外面的人发现了……"小灰扛起冷凝，跺足对小青急道。

白夭夭摇了摇头，劝小青道："这灵珠上附有一种极霸道的命格，对你有害无益！"

小青转身，冷声说："我不信什么命格！若等你取回仙力，我就不是你的对手。"说罢便与扛着冷凝的小灰一同往另一处出口而去。

白夭夭想撑起身子去追，但此时已是极为虚弱无力，压根站不起来。

小灰缓缓行着，回头打量了下白夭夭，一闭眼，将手中的紫色鳞片丢了出去。霎时间地火猛然蹿起，烈焰扑面而来，渐渐要将白夭夭吞噬其间。

小青感受到热浪，回头一看，便是大惊失色："地火怎会突然如此汹涌？不行……小白会有危险！"

小青说着就要往地火里冲，却被小灰拉住："山君，切莫节外生枝！药师

第十三章 强抢灵珠

宫的人会救白娘娘的！"

小青摆脱小灰的手，却被突然蹿起的火苗点燃了衣角。

小青上蹿下跳地用力拍打着，待火熄灭，她隔着熊熊火焰望着白夭夭，对上她平静的神色，终是知道自己也无能为力了。

听得另一处洞口渐有人声喧哗，小青跺了跺脚，终是扭头而去。

火光大到在山洞外都能感受到灼人的温度，药师宫众人紧急取水往地火里浇去，但火势愈演愈烈，全然无法控制，而越来越多人因靠近地火而被灼伤，被逼得连连后退。

许宣紧蹙眉头望着火势，清风紧张道："宫上，大小姐和白姑娘还在里面，怎么办？"

宋师兄迟疑说道："白姑娘本事挺高的，应该无事。"

许宣却摇了摇头："若是白姑娘能用术法，火势不该如此之大。"

清风蓦地抬头："宫上，该不会是白姑娘想对大小姐不利吧……"

许宣眉头锁得更死，这时，一名小弟子跑来，神色慌张地说道："不好了，宫上，地牢里的那只妖怪逃了！"

许宣不由得一惊，急声道："快带人包围山头，务必抓到小青！"

宋师兄拳头攥得死紧："这火莫非是小青……"

许宣沉思片刻："齐霄留下了元一大师的降魔杵，她能逃脱定然是有人帮了她……"话音未落，他拦住一正奔跑着的弟子，从他手里接过水桶便举过头顶，把自己浇了个透，随后便往火里冲去，只吩咐道："你们守在这里，绝不能再出任何意外！"

宋师兄和清风来不及阻拦，只能急声冲那消失在火场里的背影大喊道："宫上！"

清风本也想冲进去，却被宋师兄拦腰抱住，只能望着山洞唉声叹气。

本在伏魔山庄炼妖的齐霄，远远透过窗子望见药师宫火光冲天、妖气盘旋，也忙赶了过来，正看着许宣冲进火海，忙问宋师兄和清风："怎么回事？"

宋师兄和清风你一言我一语地把情况说了，齐霄顿了顿脚，转身便跑：

天乩之白蛇传说 1

"我去把那蛇妖抓回来！"随后便是一阵风般地消失了。

许宣冲进山洞，透过四窜的灼灼火苗，看到了倒在洞中央的白夭夭，她脸色苍白却勉力要站起来的样子，不知为何似把利剑戳中了他的心脏。他将手放在心口，不解地自言自语："这心痛……怎么回事……"

火光一爆，许宣闭上眼，后退了几步，再睁眼时，不知为何，他只被一种强大的思想操控——他要救她。

他定要救她出去。

于是他一步步走向白夭夭。

白夭夭早已神志不清，彼时支撑她不断站起来的只有一个念头，就是要救回冷凝，因为这是她答应过许宣的事情，她不能让他看不起。此刻，她于挣扎中隐隐见得一个身影，从熊熊烈火中向自己大步走来，那身影渐渐清晰，她看得清楚明白：是紫宣！

"紫宣"蹲下身，将手放在白夭夭额上，问她："你怎么把自己弄成了这样？"

白夭夭握住他的手，缓缓坐起来，眼睛一瞬都不敢移开："紫宣……是你吗？"

"紫宣"将她缓缓抱起："走，我们先出去。"

白夭夭紧紧地抱住他，号啕大哭，就如同千年前那般一样，毫不矜持，亦不勇敢，她就是那条他保护得太好的小白蛇："你不要再丢下我了，紫宣，这千年来，我真的好怕……怕你再也回不来了……这样的日子，这样日日在三界寻觅你的元神而不得的日子，这样每天温养你的元神却不知道你能不能回来的日子，我再也不要过了……"

"……不怕，我来了。""紫宣"长长叹出口气，徐声安抚道。

"答应我！别再离开我！"白夭夭用尽浑身力气，抱住"紫宣"的腰，唯恐一松开，这一切又成了幻象。

她的软弱和依赖，在这一刻展露无遗，"紫宣"望着她，低头低声道："睡吧。"

白夭夭如被催眠般，缓缓闭上眼，就此陷入深眠。

而此刻的许宣，身上不知哪里来的术法，一路自火海走来，四周火苗便纷纷退散让开，他就此抱着手里的白夭夭，一步步稳稳当当地缓缓走出山洞。

待许宣走出山洞，正准备披着用水浇得透湿的披风冲进山洞的宋师兄和

第十三章
强抢灵珠

清风长长地舒出一口气,而待看清楚他怀中之人时,宋师兄愣愣地问道:"宫上,大小姐呢……"

许宣也是蒙了,为何在山洞中,他竟完全没有想起冷凝……

彼时就像着了魔,眼里、心里,都只容得下此刻怀里的白夭夭一人。

"冷凝……"

就在此时,忽然一道白芒从许宣眉心闪出,冲向天际,他浑身一震,膝盖一软,便直直跪在地上,仿佛虚脱一般,晕倒在地。

众人大惊。

而就在此时,身处九奚山俯望人世间的青帝见到那冲天白芒更是难掩讶异。

他掐指一算,又幻化出冰镜一观尘世,越发心惊。

原来当时紫宣拼尽浑身法力用自身魂魄设了结界来封印蛟龙,现如今火界已破,究竟是凑巧,还是人为……

若是人为,只怕三界将又是一场轩然大波。

青帝一面想着,一面到了紫宣房中,望着紫宣房中一如千年前的陈设布置,他一时竟是喜忧参半,不免喃喃念道:"紫宣,你说为师当初没毁了聚魂灯,究竟是对是错……"

而此时,被青帝妥善存好的聚魂灯上的五片花瓣,已有一片怒然绽放,花瓣上燃着小小的焰火,仿佛紫宣重新燃起星星之火的生命。

3

齐霄找到小青的时候,正见到冷凝自山坡滚落,小青没有拉住,便冲着旁边的小灰发脾气:"你怎么没拦住她?这可如何是好?我只想要灵珠,没想要她的命!你愣着干什么!快给我去找她呀!"

齐霄见到此景也是大怒,斜刺里冲出,冷凝早已没了踪影,回身冲着小青便是一杖打去:"妖女!当时留你性命果然是错!"

小青慌忙避开,吃力地躲闪了两下,突然瞥见自己手中从冷凝身上才逼出的灵珠,不管三七二十一,连忙吞下。

只见小青缓缓飘起,周身晕染开幽蓝色的光晕,稍一定神,便是冲着齐霄一剑刺过,霎时剑光夺目、光华万丈,齐霄就地一滚躲了开去,竟是险些避闪不及。而她剑光过处，青草、树木俱成焦土，齐霄难免失色，冲小青吼道："你做了什么？"

小青也是为这力量所惊，望着自己的手怔然半晌，随即面现得意之色，轻哼一声道："你若现在求我，我可以考虑让你死得痛快些！"

"休想！"齐霄一跃而起，又是挥杖逼向小青，可小青丝毫不如以往般左支右绌，不仅应付自如，反倒于反攻间将齐霄逼得连连后退，唇角渐渐咬出丝丝血迹来。

可好景不长，不过百招之间，情势便已发生剧变，小青突觉胸口一阵刺痛，竟是全身乏力，一个回转便跌倒在地，捂住胸口，面色惨白："这灵珠……"

齐霄的惊讶转瞬即逝，法杖往地上一敲，轻嗤一声："哈！我当你有什么本事，原来不过是虚张声势，还不快快受死！"说罢，便是高举法杖，直直劈去。

小青只能闭上眼睛等死，小灰吓得跌坐在地，竟是没找到力量去救下小青，而齐霄那虎虎生风的一杖却没有落在小青身上。

小青不敢相信地睁眼，只见一股青色法力缠绕住了法杖，令其停在自己眼前不过三指的距离，再也无法动弹。

齐霄抬头回望，有些气馁地冲来人说："师父，你做什么……"

只见远方走来一穿着黑色道袍的道人，背着装满新鲜草药的竹篓，仙风道骨，样貌清癯，正是齐霄的师父，伏魔山庄的庄主——元一。

元一走近，一敲齐霄的脑袋："还敢问我，为师让你看着丹炉，你到这儿来又是做什么？"

齐霄如撒娇般告饶："师父冤枉啊，我是来收妖的。"说着，又恨恨地看向眼前伏在地上的小青，"她三番两次作乱，今天更是一把火险些烧了药师宫，方才更将药师宫大小姐推下了山。"

小青挣扎着出声辩解："我没有……我取了灵珠本是想放她回去的，是她自己失足……"

"还在狡辩！"

齐霄再欲挥动法杖，却被元一轻轻用手弹开。元一走上前看着小青，仔细打量许久，只见她胸口灵珠闪光，不免皱眉，掐指一算，脸上划过一丝讶然："七杀格？"

第十三章
强抢灵珠

　　齐霄不解，追问元一："师父，您在说什么？"

　　元一回过神，微微笑了笑："无事，只是她方才吞下的这颗灵珠命格太过霸道，已经开始反噬，再不取出，她怕会失了性命。"

　　小青不免一惊，齐霄却是无所谓的样子："反正我也要杀了她，倒是能给她个痛快！"

　　元一缓缓摇头，对齐霄说："你不能杀她。"

　　齐霄瞠目，不解道："师父您老糊涂了？当初不是您让我去山上收她。您之前也说伏魔山庄以收尽天下妖怪为己任吗？"

　　元一徐徐叹道："万物终有因果，你日后自会明白……"说罢，又看向地上苟延残喘的小青，"解铃还须系铃人，这灵珠只有让它的主人来取，方能保你安然无恙。"

　　说罢，将自己背上的竹篓丢给眼神愤愤却又无可奈何的齐霄，带着他转身走了。

　　小灰见他们离去，忙不迭地冲小青扑上来："山君，您可无碍？"

　　小青紧紧抓住胸口，面色痛苦："快，扶我去找小白。"

第十四章
重新相处

— 1 —

白夭夭刚从昏迷中醒来，便径直施法去了九奚山。

青帝感应到她的气息，从紫宣房中出来，看向神色凄然的她，冷声道："你来做什么？"

白夭夭踌躇半晌，终是抬眸定定望向青帝清冷面容，似是要从那万年死寂的情绪中寻出丝毫痕迹来，轻声问道："地火中救我之人……可是紫宣？"

青帝依旧是古井无波的模样："自然不是。"

"可是我分明看到了他，也感应到了他的气息。"白夭夭语气坚定，似是要给自己力量。

"那是你心中的魔魇，"青帝依旧是不以为然的样子，"不过是相貌相同的许宣救了你。你探过他的神识，应该清楚他没有半分紫宣气息。许宣，并非紫宣。"

白夭夭不由自主地摇头否认："不对，不会这么巧，我温养紫宣元神多年，怎会如此凑巧到刚进入许宣的神识，就见到了紫宣？"白夭夭越说越是激动，不由盈盈拜倒在地，冲高高在上的青帝恳求道："青帝，您是紫宣最敬爱的师父，我也知您疼他惜他，可否念在我为紫宣奔波千年，告诉我那日凌楚用了聚魂灯是否重聚了紫宣的魂魄？聚魂灯，是不是没被您和白帝毁去……"因此紫宣方能用许宣的身子回来……

青帝阖眸，长嗟道："聚魂灯已破，紫宣亦再不会回来，离开药师宫吧，

第十四章 重新相处

离许宣远远的,别再沉溺于妄念中,终是害人害己。走吧。"青帝不愿再谈,袍袖一挥,白夭夭便被逐出了九奚山,再睁眸时,又是人间。

她环顾四周,绿草萋萋,春意浓浓,心里却更惦念千年前日日夜夜的白雪皑皑与寒风刺骨。

"紫宣……"这个在心里呼唤过亿万次的名字,却仍如一把刻刀,次次锥心。白夭夭凄然地望向药师宫,莫非终究是一场空。

空站许久,她终是施法,回到了药师宫。

正听得许宣气急地命令清风:"派出所有断阳宗弟子,务必要将冷凝带回来!"

清风领命而出,迎面看见她,不由得有些惊讶:"白姑娘?你方才去了哪里?"

白夭夭还未作答,许宣便已在房里冷冷开口:"烦请白姑娘进来片刻,我有话想同你私下说。"

经历地火一事,她见他始终是急切却又迟疑……白夭夭贝齿缓缓刮过下唇,终究提步向他房间走去。

清风本欲跟着进来,却被许宣喝道:"做你的事情去!"迟疑半晌,清风方才退出房间,将门带上。

许宣看着白夭夭,眼底哪里有半分温柔,如同审犯人一般凛然开口:"方才姑娘不在房中,不知去了哪里?"

白夭夭凝眸看向许宣,仿佛要将他面容搜寻个彻底,脑海里却响起青帝殊无感情的声音:"他不是紫宣……那只是你心中的魔障。"

拳头紧攥,她别过脸,低声道:"去了趟九奚山。"

许宣觉得隐隐熟悉,狐疑抬眉:"九奚山?"

白夭夭心里纠结,既想放声大哭,又想放声大笑,终究是眼眶酸热,情绪惆怅,便自言自语般解释道:"想查明一些事情,你们个性相差甚多,不过在地火之中又让我燃起了一丝希望。"摇了摇头,她沮丧地道:"到头来还是错了,一切不过是我的幻觉。"

许宣听得云里雾里,但他却没心情关心她的答非所问,站起身来,一把拉住她的手,将她拽到自己面前,逼问道:"你以为能用术法将我玩弄于股掌间?说些高深莫测的话,便能取得我的信任?那日在我房中的人其实是你吧!我却将你误认为小青,妖的脉象低缓而沉,与人大为不同,若你是修仙之人怎

天乩 之白蛇传说1

会与妖的脉象一样？还有一点，小青的气息与你明显不同，当日我房中的气息是你的！如果当日我不放走你，是否就不会出这么多风波！只怪我不仅错放了你，更错信了你！竟将冷凝的性命托付你手！如今，冷凝究竟在何处？"

白夭夭近距离看着眼前这陌生又熟悉的面容，他厉声逼问自己关于他师妹的下落，他满心牵挂的都是他的师妹……而在地火之中，她却将他误认为了紫宣……真是可怜又可笑……

白夭夭死死咬着下唇，借着痛感让自己逐渐清醒，她低眸，缓缓开口："我是修仙之人，脉象低沉而缓，自然与妖相似。至于小青……她一错再错，造成药师宫的困扰，我会担负起责任。"

许宣一甩衣袖，放开了她，冷冷道："我师妹危在旦夕，何止是困扰？"

"放心，冷凝的安危有我保证，我定会给药师宫一个交代。"白夭夭扶着桌边，自嘲地笑笑，"至于宫上的救命之恩……"

许宣听到此处突觉心慌，立马矢口否认："若是知道地火中只有你，我绝对不会冒险进入！"

白夭夭唇角自嘲的笑意更浓："但毕竟是宫上顺带救了我，这个恩不得不报。"

"那是自然，但这救命之恩我们以后再算，"许宣傲然说完，又皱眉提起冷凝，"目前，你必须将冷凝完好无损地带回来，若是小青伤我师妹半分……"

白夭夭有些疲倦地抚住额头："任凭药师宫处置！"

许宣瞥她一眼，还未开口，清风就急急地在门外道："宫上，那个妖女来了！"

许宣浓眉死皱，与同样惊讶的白夭夭对视须臾，便甩袖子当先走出房间，并一路急行来到药师宫外。

宋师兄带着几名弟子已将小青、小灰团团围住。小青面色苍白，额头汗珠如黄豆般大粒滚落，手臂、肩头有多处剑伤，却梗着脖子坚持道："想要见冷凝，就先让我见白夭夭！"

许宣冷笑一声，喝道："药师宫从不与人讨价还价！"几名弟子得令，正欲提剑攻向小青，地上的小青却被一掌劈飞，重重撞向身后树干，再跌落在地，她口吐血沫，抬头望向伤她的人，这才讶然发现，竟是白夭夭。

白夭夭挡在药师宫众人与小青之间，手中扶着的，却是昏迷不醒的冷凝。

第十四章
重新相处

"师妹!"宋师兄上前,从白夭夭手里接过冷凝,许宣也急忙上前查看冷凝的情况,半晌发觉冷凝并无大碍,才吩咐宋师兄先将冷凝送回宫中,起身看向白夭夭:"白姑娘,你何时找到的师妹?"

白夭夭自不能说动用了法术,来去不过须臾之间,便淡定胡诌道:"方才我回来之前,已经救回了冷凝,只是来不及与宫上说,眼前见你对小青杀心甚重,才将完好无损的冷凝带来,让你确认。"

许宣气极反笑:"你这样说,倒是我的不是了?"

白夭夭不搭他话,只再一字一句说道:"冷姑娘并无大碍,也请宫上遵守诺言,放过小青。"她眼神坚定地望着他,等待着他的决定。

许宣面色冷峻,凤眸微眯:"我相信白姑娘会还冷凝一个公道。"

白夭夭听罢,面现不忍,但终究是狠心抬手,一道闪电劈向小青,小青飞出几丈远,再度吐出一口血,眼底惶恐非常,摇头道:"白夭夭……不要……"

白夭夭蹙眉:"小青,你不该一错再错!"说罢,又是抬手,只见幽幽蓝光笼罩着小青,小青捂着胸口,似是近乎窒息般痛苦不堪,却只是圆睁着双眼,直直盯着白夭夭,断不肯哀号出声。

"白娘娘,放过我们山君吧,我们山君知错了,这样下去她会死的啊!白娘娘!"小灰在一旁不住磕头,头皮都蹭破了。

白夭夭却看向许宣,眉间亦是不支之色:"如此,宫上可还满意?"

许宣冷着脸一言不发,却转身带人离开了。

白夭夭见他走远,慌忙收手,本准备上前去扶小青,没想到眼前一黑,自己却先晕了过去。

小青疾呼一声:"小白!"

许宣背影一颤,侧眸回身看了片刻,便大步过来,将白夭夭抱起,再走向药师宫,愤愤道:"看在你救了冷凝的面子上……"

他走了几步,又顿了顿,丢下一句:"如果还能自己走,便进药师宫来,你的伤我也顺便给治了,省得以后传出去说我们药师宫仗势欺妖。"

小青怔怔地看着许宣疾步离去的背影,旁边的小灰却喜形于色地来搀扶她:"山君,快,我们进宫去让宫上给看看!"

小青撑起身子:"我已无大碍,只是觉得这宫上……"低声喃喃说罢,她自嘲地摇了摇头,对小灰说:"走吧,我们进去看看小白的情况。"

2

三日过去，冷凝已经大好。

这日，天朗气清，春风和煦，许宣陪着冷凝去竹林散步。

冷凝看着唇边微微带笑、心情颇好的许宣，自己也不由自主带上三分笑意，不防许宣突然回眸看她，立马羞涩地躲开视线，装作不经意地看着温暖的阳光从密密的竹叶中投下的细碎光影，脸却红得无以复加。

"看来稍微运动一下，师妹的气色果然更加不错了。"许宣满意地点点头，又复将视线移向前方。

冷凝柔声道："还得多谢师兄照顾，身上的余毒全都清了。"

"这次出手救你的人却不是我，是白姑娘，"许宣缓缓摇头，又颇为疑惑地道，"你从山谷中跌落，身上竟然连一点儿外伤都没有，反倒是白姑娘送你回来之后，像是生了一场大病，气息紊乱，如今还需好好休养调理。"

冷凝听罢不乏担忧："那师兄一定得治好白姑娘，她毕竟是我的救命恩人。"

许宣颔首，笃定道："这是自然，你无须担心。"

冷凝眼眸一转，渐渐泛出点儿恨意，又问："那师兄打算如何处置小青？"她听宋师兄说，许宣不仅似是不打算追究，反倒为那蛇妖开了两服药疗伤，她有些不信。

许宣望向冷凝："既然白姑娘治好了你，她答应的事情也都已办到，我答应她不为难小青，自然也该信守承诺。"

冷凝颇为失望，但强行忍住，只是轻描淡写道："小青倒是交了个好友。"眼底的恨意却冷得刺骨。越想越觉得烦闷气紧，竟是生出森寒杀意，她心内暗惊，怕被许宣看出端倪，便扯了扯许宣衣袖道："师兄，我有些累了，要不先回去吧。"

"嗯，你大病初愈，不适合在外太久，我这便送你回去。"许宣不觉有异，转身搀扶着冷凝，将她送回房间。

白夭夭的情况如许宣所说一般，三日过去尚十分虚弱，此刻她无精打采、脸色苍白地看着来探望她的小青。

小青怯怯地坐在旁边，嗫嚅了很久才开口问："你是如何寻到冷凝的？"

第十四章
重新相处

白夭夭轻咳了一声:"她体内还有我灵珠残留下来的气息,要寻她自然不难,只是身上有些划伤,我怕许宣看到了麻烦,便又用术法为她治了治……"这才导致精疲力竭,时至今日也无法恢复。

小青既感动又愧疚,抓住白夭夭的手,低声唤了句:"小白!"

白夭夭一点点将手从她的手里挣脱,望着地面,冷冷道:"小青,你一而再、再而三地犯错,我教不了你了,这件事已了,以后我们就各走各的路吧。"

小青摇头,再度握住她手:"既然你明知我错无可恕,你又何苦为我解围?我以为你会重重责罚我,原来不过是取回灵珠。"而自己却连累白夭夭到如此地步,若不是自己咬了冷凝,白夭夭不会用灵珠为冷凝疗伤,而若不是自己鬼迷心窍对灵珠起了贪念,白夭夭也断不会折损至此。

小青此时幡然悔悟,才知道白夭夭为了自己付出了多少,自己被称作狼心狗肺都不为过。

"因为在地火之中,你不曾弃我而去,还想着要回来救我……"白夭夭望向小青,见她一向骄纵的美丽面容上此时只有痛悔,心里也是有些软了,可她知道必须要给小青一些教训,才能将小青引向正确的路,当初紫宣教过她的,是人是妖,全在一念之间。想到紫宣,她心口抽痛,不想显露分毫,便别过头,向着床里继续道:"小青,你心中尚存一丝善念。日后,好自为之吧。"

说着,白夭夭便准备再度躺下,却被小青一把抱住:"小白,这一次我真的知道错了,我没有父母,没有手足,甚至没有朋友,在人间修炼了一千年,也没有师长传承,横竖论下来,也只有你这么一个亲人,你千万不要放弃我,好吗?"

白夭夭愣了愣,感受到小青伏在自己颈窝处的眼泪湿热,心里越发柔软,她缓缓拍了拍小青的背,轻声问道:"这回是真心的?"

小青抬身起来,泪眼蒙眬地狠狠点头:"再真不过!"

白夭夭看她哭得鼻头通红的样子,又觉得可爱,便绷着脸瞪她:"若日后你犯错,我将你变成一块木头,受尽天打雷劈化作一块焦柴,你还会认我?"

小青咬着牙,一脸壮士断腕的坚决:"认!"

白夭夭忍笑忍得辛苦:"甚至收了你,你也会认我?"

小青干脆举起右手三根手指,对天发誓道:"我小青这一辈子,除非你死了心不认我,否则,我小青都会跟着你,做你一生一世的好姐妹。"

白夭夭再忍不住笑意，而小青看着她笑了，也是心内稍安，放下手来，再度抱住她，有些撒娇意味地道："小白，以后你就做我姐姐可好？"

白夭夭抚着她乌黑长发，点头道："好。"

小青更紧地抱住了她，只觉自己漂泊千年，终于有了依靠。

3

小青走后没多久，送冷凝回了房的许宣便来替白夭夭诊脉，边诊边露出满意的微笑，嘴上也不忘自得："你的术法再厉害，还是得靠我的医术医治。"

白夭夭几乎没忍住翻白眼的冲动，咬着牙说："谢谢宫上费心替我调养。"

许宣心满意足地点头，又问白夭夭："今日再下一盘棋吗？"见白夭夭正要摇头拒绝，他又道："昨日你输了后，看你十分不忿，难道你不想赢回来？"

白夭夭用手扯起唇角方能维持笑容："你昨日逼着我让了你三子。"

"救命之恩，让了三子又如何？"许宣打开手中折扇，摇了摇，又道，"今日自然还是老规矩……毕竟救命之恩……"

让三子之多，白夭夭自然依旧输得如昨日一般难看。

许宣得意地举起手，招呼过咬牙切齿的白夭夭，再屈指狠狠地弹了一下白夭夭的额头，晃着折扇，露出颇为自得的笑意。

白夭夭捂着额头，瞪着他那笑容，气得心肝肺疼，这许宣凭什么和她的紫宣长得一致，却是这么讨人嫌。

眼下天天见他，几乎把她逼成了一个怨妇，还是神经错乱的那种。

或许，真该如青帝所言，尽早离开吧。

轻咳了两声，白夭夭道："宫上，多亏你医术高超，我觉得我身体已然大好，不如明日我便离开药师宫，不再叨扰了吧……"

许宣脸一黑，但旋即唇角又扯开一丝薄凉笑意："是吗？那便把诊金结一结吧。"

"诊金？"白夭夭讶然。

"对呀，看病哪儿有不要钱的道理，"许宣晃晃扇子，"不知道你身上可有什么值钱的东西？"

白夭夭本能地摸了摸腰间和袖口，再无奈地摇了摇头。

第十四章 重新相处

许宣唇角放松一勾,折扇摇得更为自如:"那就只能以身抵债了。"

白夭夭盯着他那把最近不知从哪儿找出的写着"大医精诚"四个大字的折扇,心里暗骂,春天就拿扇子出来四处嘚瑟不说,还自诩"大医精诚",真是哪里来的这样自视甚高、傲慢无礼、贪钱刻薄之人……真想作个法让他一扇子把自己给扇飞了。

见她瞪着自己不说话,许宣阖起扇子在她眼前一晃:"你可千万别想偏了,我只是觉得丹药房还缺个劳动力整理药材,你从明天起便到丹药房来吧。"

白夭夭就差把银牙咬碎,还得堆起笑容:"可是上次齐霄也没留下值钱的东西。"

许宣"唉"地叹了一声:"我又不蠢,亏本的生意,难道我会做第二次?"

白夭夭"呵呵"干笑两声:"那要不我拿些名贵的药材……"

"你的东西?"许宣不屑地冷笑,"我不收来路不明的药材。"

白夭夭再挂不住笑容,面容扭曲地举起手,真心想一掌拍死许宣。

可许宣却浑然不觉,还是那样保持着欠揍的笑容继续道:"对了,你食量挺大的,这饭钱也得算上,不过你们修仙之人难道不是喝喝水就行了吗?"

白夭夭赌气道:"我术法不高,还未辟谷!"

"哦,"许宣点头,"你清楚就好,人贵自知。"

说罢,许宣起身,晃着折扇得意扬扬、心满意足地走了,出得房门才抛下一句:"别忘了明天到丹药房来!"

白夭夭握紧拳头,没忍住"啊"地放声大喊,真是千年来的修养端庄,全被许宣毁了个一干二净。

她怎么会一时不慎竟欠了他的救命之恩。

次日清晨,白夭夭就被许宣喊醒,随着他去了丹药房。

一整理就是大半天,而且还不断被许宣喊去仓库搬其他药材过来。

搬完后山的药材后,白夭夭已经累得满头是汗,直不起腰来,喘着气抱怨道:"为什么不让我施法,明明那样做轻而易举地就能把这些药材运来。"

"那样就没意思了。"许宣玩味一笑,一把握住白夭夭的手。

"宫上难道不知道男女授受不亲吗?"

白夭夭想要挣脱,许宣却将食指竖在唇边示意她安静,片刻后缓缓点了点

头,"不错不错,脉象比昨日好多了,气属阳而生于阴,血属阴而生于阳。让你从后山走来,才能让气血顺畅。"

白夭夭有些愣怔,想对他刮目相看,却又不知该不该信他,毕竟他恶迹斑斑,便半信半疑地道:"看不出宫上用心良苦。"

许宣缓缓摇头:"要看透我的用心,以你的智慧来说,的确有点儿难!"

白夭夭懒得搭理他,干笑两声便问:"宫上,如果你没有别的盼咐,我便先回去休息了。"

许宣却问:"你会弹琴吗?"

白夭夭愣了许久,才慢慢点头。

许宣微微笑了:"既然如此,便教我弹琴吧。"

白夭夭不知自己为何会同意许宣的提议,此刻竹林里,夕阳下,她指导着许宣弹琴,微风拂来,不时将她的耳发拂过他的面颊,他似也不觉得痒,只专心致志地听她弹琴和讲琴,再时不时望着她微微一笑。

这样平和的相处,他如此温和的笑容……

白夭夭想起了千年前,不过那时,是紫宣教她弹琴……

稍一晃神,白夭夭手下一变,奏出了另一首曲子,曲声悠扬又平和,便恰如此时拂面的春风,却依旧偶有铮铮铁骨,似是要荡清世间恶气,白夭夭阖起双眸,弹得专注,仿佛天地间,又见当初那个舍身护三界的男子,他有着世间最温暖的笑容和最纯净的心灵。

一曲作罢,白夭夭久久不能回神,直到许宣轻声开口:"这首曲子从没听过。"

白夭夭睁开杏眸,其上如蒙了层薄薄水雾,她低低开口:"是紫宣所作。"

"紫宣?"许宣微眯双眼,面现不愉之色,这不就是她在地火中一直呼唤的那个名字吗,"他是谁?"

白夭夭唇边泛起杏花般柔软的笑意:"紫宣,是个琴棋书画无所不能的人,这世上似乎没有能难倒他的事情,他待人温柔,术法高超,当他举起天乩剑……"说到此处,白夭夭突然停了话语,怔怔望着前方,片刻后,她起身,也不看许宣,只轻声留下句:"今日有些疲倦了,我先告辞。"便缓缓离去。

许宣望着她略显孤寂纤细的背影,抬手拨弄了一下琴弦,想起她方才眸中浮现的温柔与黯然,狐疑地喃喃:"紫宣与她究竟是什么关系……"

白夭夭双眸无神地往自己房间走,却在经过花园时,被冷凝喊住:"白姐

第十四章
重新相处

姐。"

她抬头望去,只见冷凝和一位三十岁不到的年轻妇人站在一处,见到自己,便走过来,笑意盈盈地对她说:"白姑娘,听说你今日帮师兄整理丹药房了,若有什么需要协助的,尽管告诉我一声。"

白夭夭微笑着还礼:"冷姑娘客气了,我正在还宫上的救命之恩,过几日若是他允许,我便可以出宫离去。"

冷凝愣了下,随即又笑着点头,拉过正在上下打量白夭夭的年轻妇人,道:"我来介绍下,这位是宫上的胞姐,平时遵着宫规,又因为药师宫中毒物繁多,所以不怎么进宫来。"

白夭夭还未开口,许姣容倒是先出声道:"这位想必就是白姑娘了?"

"姐姐,白姑娘是师兄的客人,眼下正住在宫中。"冷凝忙出声解释。

白夭夭只觉许姣容打量自己的眼神让人非常不舒服,但还是循礼问候:"许姐姐,我曾听宫上说起过你,今日终于见面。"

"白姑娘倒是一如别人说的那样貌美。"许姣容眸中露出点点精光。

冷凝听了却是十分紧张:"姐姐,莫不是师兄所说?"

许姣容笑笑,却是冷不丁从怀中掏出一本书来:"这倒不是,只是身为临安第一媒婆,必须随时更新未婚女子的信息,瞧白姑娘这模样,肯定能找门好婚事。"

白夭夭十分错愕:"好婚事?"

许姣容却是一拍胸口:"白姑娘既治好了凝儿,又是弟弟的客人,此事自然包在我身上。不若先说说你喜欢什么样的人,我有个方向替你找?"

白夭夭听了,神色一敛,缓缓说:"我喜欢的人……已经不在了。"

许姣容和冷凝听了俱是脸色一沉,却又不知道如何开口安慰,倒是白夭夭继续道:"我也不打算再谈婚事,这便先谢谢许姐姐了。"

稍福了福身,白夭夭便径直离去。许姣容握了握冷凝的手,冷凝从白夭夭的背影上回神,见到许姣容示意自己"安心"的眼神,知道自己的情绪瞒不过她,便缓缓呼出一口气,放松道:"或许真的是我太紧张了些。"

许姣容刮了刮她娇俏的鼻梁:"你呀。"

此刻药师宫外的山林中,戴着面具的黑衣人,在土地内埋入一块紫色的鳞片,鳞片紫光一闪,随即消失。黑衣人起身遥望药师宫,冷哼一声道:"紫宣留下的结界果然被妖帝推算对了,如今总算是破了一个,剩下的,看来只能与

他联手了。"

紫色的鳞片在土地内一闪而逝，黑衣人喉咙中发出极其低沉的笑意："妖帝，咱俩联手，药师宫就要变天了。"

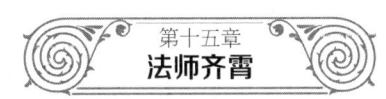

第十五章
法师齐霄

第二日,许宣竟没有让白夭夭再去整理药材。

白夭夭用过早膳,忽闻一阵琴音飘扬,正是她昨日所奏之曲。

随着琴音寻往竹林,远远望着正专注练琴的许宣,模样清俊,气质高远……这样一看,与彼时的紫宣,倒是几乎没有什么不同。

白夭夭不想惊扰此情此景,便驻足看了许久,听他循环往复地奏着紫宣所作之曲,回忆与现实慢慢重叠。

直到冷凝带着笑意前来,停在琴前,问许宣:"师兄今日的琴音格外不同。"

许宣听了也是微笑盈唇:"哦,白姑娘琴弹得不错,昨日跟她学了一学,感觉倒是颇有长进。"

"是吗?"冷凝笑容有片刻不可察觉的凝滞,但她稍稍低头掩饰住了,只甜甜说道,"师兄一向好琴,却苦于医道和药师宫事务缠身,不得好好寻一师父学习,眼下白姑娘有此所长,倒是正好。对了,师兄……要不要告诉你一个大消息?"冷凝话锋一转,抬眸望着许宣笑得神秘又天真。

许宣看着她,眼神也是颇为宠爱:"瞧你这表情,肯定是好消息。"

冷凝上前,挽住了许宣的手臂,笑靥如花地坐下:"不好玩,你一猜就猜中了。"

"没猜中,你又会说师兄不了解你,女孩子家别这么多复杂心思。"许宣虽似是在讲道理，唇边的笑意却十足温和。

白夭夭远远看着二人自小熟悉又亲切的互动，心头微痛，方才的幻境终是不复存在。长长叹了口气，白夭夭转身离开，而身后的冷凝却对许宣附耳道："这个消息跟白姑娘有关。"

许宣脸色不经意一变，问："白姑娘能有什么事？"

冷凝嘻笑望着他："昨日傍晚姐姐过来，说要给白姑娘找户好人家！"

许宣一惊，直接站起："胡闹！婚事岂能儿戏！"

冷凝没料到他反应竟如此巨大，唇齿一碰，嗫嚅道："师兄，男婚女嫁再自然不过，怎么会是胡闹？"

许宣也道不清自己为何竟如此失态，转而抱起琴，冷冷道："总之，你们别瞎掺和，真是闲得没事，便替清风先找。"

眼见他抱着琴疾步离开，冷凝狠狠一跺足，扶着旁边竹子的手，竟在青绿翠竹上掐出几道白印。

白夭夭左右无事，便出得药师宫，又施了术法，进了临安府，漫无目的地逛了许久，又在日落前走到了西湖边。

此刻的西湖，最是温柔又灿烂，西下的夕阳，在湖面洒开金色的波光，如贵妇打开了装满钗环的妆匣，却又毫不艳俗。

"欲把西湖比西子，淡妆浓抹总相宜。"白夭夭轻声吟着，想到紫宣教自己念诗时头痛却依旧温柔的样子，唇角微微一勾，喃喃道，"紫宣，你若活到此时，定也会喜欢此诗，喜欢这样平静美丽的西湖。"而不是蛟龙作乱时的黑云压城、波浪滔天。

远远地，忽然飞来一道精致的符纸，围着她转了几圈便落于她的手上。白夭夭循着来源望去，只见一胖乎乎的小捉妖师，背着葫芦，笑得灿烂，迎着夕阳向她跑来，问她："请问这位大姐姐，可曾见到我师兄？"

白夭夭温柔地笑着，帮他理了理额前汗湿的头发："你师兄长什么模样？叫什么？人在何处？"

小捉妖师指着前方道："他此刻应该在前面的菩提树下，我腿短跑得慢，这传讯符我又不大使得会，能不能麻烦大姐姐替我去瞧瞧，我家师兄一练功，就容易忘了时辰，师父此刻正找他呢。"

白夭夭颔首："好，那你稍等。"说罢，便朝着前方提步而去，待寻到那

第五章 法师齐霄

棵菩提树时,白夭夭一见树下正练习术法的身影,便是诧异不已,眼前之人,不是凌楚又当是谁?

她忙匆匆上前,声音颤抖地问道:"凌楚,你为何在此?"

齐霄缓缓睁开眼,凝视着白夭夭,脸上有着戒备之色:"凌楚?你认错人了,我可是伏魔山庄的齐霄。"

白夭夭观他神色,不似作假,脑海中缓缓浮现了二十年前凌楚在她面前消失的一幕……白帝说他下了凡界历劫,莫非……

她喃喃问道:"齐霄?是与小青有过争执的捉妖师?"

齐霄面上戒备之色更重:"你怎么会认识那条蛇妖?哎呀呀,要不是有人求情,我早收了她!你们什么关系?"

"听小青说你师从伏魔山庄,这么说来,你是李元一的徒弟?"白夭夭稍稍回过神来,继续追问。

齐霄也是惊讶:"你认识我师父?"

白夭夭细细打量着齐霄,眼前浮现出凌楚形象,两人完全是一模一样,没有差别。

白夭夭原本已经安定的心头再度掀起轩然大波。

许宣与紫宣,他与凌楚,都有着完全一致的相貌,而他和许宣都是二十岁的年纪,时间也能对得上,这绝对不仅仅是巧合。

齐霄,必然是当初下凡历劫的凌楚,而许宣。

齐霄见她只是目光呆滞地盯着自己,面上有些发烫,不知所措地抓了抓脑袋,道:"你怎么了?这么盯着我瞧,虽说我是个不拘小节的人,但你这赤裸裸的眼神……该怎么拒绝你呢?"

白夭夭回过神,只觉又好气又好笑:"你恐怕误会了,我刚刚见到一位小师父……"边说边转身去寻,却见方才来处空无一人,哪有什么小捉妖师的身影,她不免奇怪地继续说:"刚刚这儿有一位小师父,背着葫芦,八九岁的样子,他说是你的师弟,托我……"

齐霄见她行为怪异,防备心早已甚浓,此时更打断她:"我没有师弟!难道……但此处并无妖气,你眼睛没问题吧?"

"对了,传讯符!"白夭夭忽然想起手中的传讯符,便比给齐霄看,"你看,这是那小捉妖师使得不好的传讯符,落在了我手上……"

齐霄莫名其妙地看着她空无一物的指尖,再看看她神态痴傻的样子,道:

"看来你是见到了幻境，该不是被妖魔缠身，不过正好遇上了我，算你幸运，我无妖不除……"

"你看不见？"白夭夭也不知为何方才那小捉妖师不见了踪影，竟让眼前的齐霄对自己疑神疑鬼，真是万般无奈。

齐霄缓缓摇了摇头，侧眸打量着白夭夭："看来你的心魔不轻，不过你身上倒是没有妖气，这是怎么回事？"

边说边是一掌挥出，却发现白夭夭于他出掌测试之间，身上笼罩起盈盈白光，他不由得问道："你有法术？"

而白夭夭也于他这一掌间发现他身上也早无半点儿仙气，微微一笑，道："曾在骊山老母座下修习。"

齐霄猛然想起几日前小灰前来找自己，说小青受骊山老母座下的白夭夭上仙感化，恳请他网开一面、既往不咎……便问："请问姑娘可是骊山老母座下白夭夭，曾请托小灰前来言和？"

白夭夭颔首，又徐徐道："小青与法师有过节，但她已经醒悟，日后定当好好修行，还请法师别与小青计较。"

齐霄嗤之以鼻："你为人正派，但你眼力不好，那青蛇妖性顽劣，你竟然还收了她在身边。"

白夭夭想到凌楚当年对自己的态度，觉得好笑："你这口气跟凌楚一模一样，一点儿都没变。"

"凌楚？"齐霄浓眉一拧，"你再三提到这个人，我怎么没听过这号人物，他也是收妖之人？"

白夭夭眼神一暗，轻轻叹了声："说来话长，日后有机会再与你详谈。曾有人告诉过我，是人是妖取决于自己，小青今日是妖，将来未必不能度化成仙，人妖魔区别仅在于心……"

齐霄因白夭夭的这番话而陷入沉思，白夭夭却因手上的传讯符突然飞走而率先回过神来，匆匆作揖道别："在下还有其他事情，先行告别。"

"诶，白姑娘，以后咱们可以多交流如何除妖啊。"齐霄望着她远去的背影，想要唤住她，声音却又弱了下去，喃喃道，"为何觉得白姑娘有些眼熟？难不成交过手？"

第十五章
法师齐霄

2

白夭夭循着传讯符,来到了蓬莱仙山。

行色匆匆地走过绽放的奇花异草,白夭夭来到仙鹤房门前,心里一定,推开房门,却一眼望见房中仙鹤手上的红色疤痕,大惊失色,也顾不得心里的疑惑,抢上前去仔细查看:"姐姐手上的伤是怎么回事?是因为受了伤,才传讯要我前来?"

仙鹤却是摇头:"与这伤倒无关系。我利用幻术幻出那小捉妖师指点你与凌楚见面,我想从他身上或许能查到一些关于紫宣的信息。"

"他果然是凌楚?姐姐是如何得知?"白夭夭面上现出一丝急切。

仙鹤眉间微蹙:"前几日,蟠桃大会上,我听见白帝私下讨论凌楚下凡历劫之事,于是我查了凌楚下凡后的身份,才安排了这场相会。"

白夭夭也是慨叹:"当日凌楚私盗聚魂灯,若不是白帝徇私,恐怕不是下凡历劫如此简单。而凌楚下凡历劫后,早无先前的记忆,已是凡人之躯……"

仙鹤缓缓摇头:"并不只是聚魂灯,凌楚下凡与紫宣定有莫大关联,以白帝性格,一来好面子,二来最是护短,想必怕你知道紫宣下落,才匆匆让凌楚下凡。可惜,毕竟是问不出什么了,不然当能印证我俩心中所想。"

白夭夭想到了许宣,柳眉便拧在了一处:"那药师宫的许宣空有一副紫宣的样貌,脾性却差了十万八千里,是否那日聚魂灯出了什么差错,导致紫宣性情大变?"毕竟就连凌楚下凡历劫,个性却依旧如千年前那样"见妖就要除"活脱脱的一个模子。

仙鹤也是叹惋:"眼下的确不能妄下定论,他们是否有关联。"

白夭夭又忆起另一处疑惑:"我探了许宣的神识,并没有紫宣的气息。"

仙鹤站起身来,由着白夭夭搀扶着自己,去寻了伤药,再帮自己缓缓撒上,她继续说道:"若是凡人之躯,不可能残留仙人气息。千年前,若不是我们三人各怀私心,也不会让紫宣遭受如此大的劫数。凌楚心中的苦并不少于我们,他一向心高气傲,从不示弱,定是拼了命也想为紫宣死而复生争上一争。但聚魂灯一出,必定掀起波澜。更何况,他现在的身上,仍怀有命格,毕竟于凡人,这并非好事啊……若是许宣真是紫宣重生,身上也当有七杀命格。"

白夭夭大惊失色:"凡人之躯,也能承载命格?"

仙鹤笃定颔首:"白帝亲口所言!"

说着,仙鹤突然倒吸了一口凉气,只见她手上伤口与药相互抵触,竟有黑烟缓缓冒出,白夭夭心惊肉跳,忙用一旁的清水清洗:"这不是普通的伤,竟能腐肉蚀骨。"

仙鹤匆匆将伤口盖起,神色也是郁郁:"没想到这小小伤口,竟得卧床调养。"

"方才姐姐说这伤口与凌楚之事无关,那……"

"这便是另一件我要托付你帮忙的事,"仙鹤拿起一段枯萎的无疾兰,递给白夭夭,"不知是谁盗了无疾兰的根,更是狠毒地用根上汁液毁了其花,要知道无疾兰之毒全在根上,十年开花,百年结果,花同果实均能治百病。眼下百草仙君正为这事伤神。我有伤在身,你帮我查查此事。"

白夭夭仔细看着无疾兰,眼神也是十足忧郁……无疾兰之根,能炼制百病,引天下重疾,不知是谁有这等本事,能进蓬莱仙山盗药,而他炼制百病的目的又是什么……

白夭夭凝神观察,发现无疾兰上竟隐隐飘散着黑色妖气,心思稍定,看来,唯一可以追踪之法,便是循着这妖气去寻了。

而就在几乎同时,药师宫外山林间,一重伤之人伏在马背上,鲜血沿着马腹滴落而下,那人紧抓马缰,拼着最后一口气纵马朝着药师宫方向疾驰,宋师兄领着断阳宗弟子严密戒备:"小心,有人要闯药师宫!"

马奔至药师宫前便已是精疲力竭,马背上之人也重重滚落至地,宋师兄比了个手势,断阳宗弟子便将人围了个严实,宋师兄小心翼翼地上前查看,却是面现不忍之色:"是谁下手这么狠,几乎将人经脉都砍断了。"说罢,将人翻了过来,脸色大骇,"这是城外十里的药商吴掌柜,赶紧的,送进去让宫上看看!"

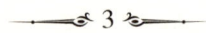

药师宫大厅内,许宣正端着杯茶坐在上首,悠闲地用杯盖撇开茶沫子,再看看下面的小青和小灰,道:"说吧。"

小青抓了抓头,一脸尴尬:"是小白非要我带着小灰来,向你们解释清楚地牢之事。"

第十五章
法师齐霄

许宣笑了一笑:"药师宫恩怨分明,你们主仆二人做的好事,总要有个交代。"

小青不知为何,觉得他那笑容冷得可怖,竟是不由自主地打了个寒战,回头催促小灰:"你还不快说,是怎么助我逃出地牢的。听说之前从没人逃脱,你是哪里来的这么大本事,我以前竟然从不知道。"

小灰双眼骨碌直转,十分心虚害怕,一会儿看看许宣,一会儿看看小青,吞吞吐吐道:"其实……我……我也不太清楚。"

"你不清楚,还是故意隐瞒?"

许宣重重地把茶杯一放,吓得小灰一个哆嗦,险些跪坐在地,忙抓耳挠腮地解释:"我真不敢隐瞒,我一到守卫就全倒下了,才顶了这个功救出山君。还有那降魔杵,兴许是个假的,我一碰它,就掉了下来。"

小青一巴掌狠狠打向小灰:"你竟敢骗我,我以为你对我忠心……"

小灰掩着脸,连连告饶:"求山君明见,我的确一心想救山君。"

许宣思忖着问:"事情真这么单纯,还是有人暗中帮了你?"

小灰额上冷汗涟涟,却依旧矢口否认:"绝对没有……我……我哪儿来这么大面子找人帮忙……"

许宣又问:"那你们二人,又是怎么进入地火的?我带人在入口把守,怎未看见你们?"

小灰在许宣的炯炯目光下,更是紧张急迫,结结巴巴地想法子解释:"就……就是……"

他还没"就是"完,宋师兄就突然一路大喊着跑进来:"宫上,不好了!"

许宣看向门口,不免叹息:"慌慌张张,每天除了'不好了'就听不到半点儿新鲜的消息。"

宋师兄着急跺脚:"哎呀,真的不好了!药商吴掌柜身中数刀,奔驰了十里刚刚到门前。"

许宣一听也是大惊:"吴掌柜从不沾染江湖中事,怎会惹上这样的麻烦?我们走!"起身大步走出大厅,经过小青、小灰时,淡淡说道,"地牢的账,咱们回来再算!"又问宋师兄,"到底什么情况?"

"我也不知,我暂且在客房里安置了他,他身上的刀伤看来像是乱砍,并非有武力之人。"

许宣与宋师兄声音渐远,小青转过头望着小灰,眼光严厉:"小灰,地火

那里的另一个入口,你到底是怎么发现的?"

小灰低头,心神更加不宁,支吾半晌才说:"是我有个朋友告诉我的……但是我也不知道他是什么来历,只是之前,他救过我的命,我便跟他偶有往来。他神通广大,我对他说了山君你被困药师宫的事,他便说会帮我,又说……白娘娘会用灵珠救人,若是山君能夺得白娘娘的灵珠,便能功力大增,从此不用再受药师宫和伏魔山庄的欺负。"

"他怎么知道姐姐会用灵珠救人?"小青皱眉,满是怀疑地看着小灰。

"我……我也不知道啊,"小灰磕倒在地,"那会儿我一心只想要救山君,又想着他本领高强,便没有怀疑……山君,你一定要相信小的,小的对你一向忠心耿耿,你是知道的啊!"

小青狐疑的目光在小灰背上逡巡许久,终究作罢:"好了,你起来吧……不过……你这朋友,我倒想见见。"

小灰一个哆嗦,额上的冷汗直直滴落在面前的青色地砖上,却不敢说一个"不"字,只能先应承下来:"小的不知道他去处,下次他来找小的之时,小的定带山君和白娘娘前去。"

"嗯,这还差不多。"小青扶他起来,冲他笑笑,"我也是怕你蠢,被人骗了也不知道。"说完,望向大厅外,思忖道,"许宣他们这一去也不知道什么时候再回来,我们先离开,下次等小白在的时候再来,也好有人帮我们说话。"

第十六章
人间瘟疫

1

客房之中,许宣出手封了吴掌柜胸前三处大穴,吴掌柜咳出了口血沫子,脸色仍是苍白,清风连忙为吴掌柜擦去唇边血迹,颤声问道:"到底有什么样的深仇大恨,竟然下如此重手?"

许宣摇头:"这刀伤不仅是一人动手,吴掌柜应是同时受了五人以上的攻击,刀法、深浅,甚至刀型都不一样。"

清风叹息不已:"唉!若是劫财,也犯不着伤人,更何况吴掌柜一向与人为善,乐善好施。"

许宣取出吴掌柜胸口三大穴的金针时,凝神观察,发现血虽止住,却有着暗黑血块,许宣神色一变,连忙取出另一根金针,快如闪电地往其喉头刺去,再缓缓取出,只见金针之上竟有白色块状之物,许宣大惊失色,忙推了把清风,喝道:"你们全都出去!快!"

宋师兄不明所以:"宫上,这……"

许宣神色更厉:"没听见我说的吗?赶紧出去!"

清风与宋师兄对视一眼,赶紧离开,许宣也连忙后退几步,用盆子里的水将手洗净,拿出一块干净白布遮住口鼻,之后在吴掌柜胸口点上艾灸,一阵白烟缓缓冒出。

吴掌柜终是醒转,缓缓睁开眼,无力地伸出手,拼尽全身力气道:"求……求宫上救救……我家妻儿,他们……再晚……来不及……"

话未说完，吴掌柜的手一软，重重落在床边，再无生气。

许宣骇然，却也没有久留，转身走出客房，出得门来才取下脸上白布，神情十足凝重："吴掌柜死了。"

清风接道："这么重的刀伤也难怪……"

许宣摇头："他并非死于刀伤！"又对宋师兄道："别让任何人靠近客房，你将客房四周洒上油，连同吴掌柜的尸首一块烧了。"

"行，我马上办！"宋师兄逐渐回味过来，意识到事态严重，忙匆匆离去。

许宣又对清风道："我得亲自去城东十里吴掌柜老家一趟，你赶快带上几名弟子，准备好用药泡过的口巾！"

清风赶紧收起脸上的疑惑，说道："是，我这就让人备轿。"

许宣却是急切，脸色凝重地飞快往外走去："来不及了，备马，马上出发！"

清风慌忙跟上，点了几名断阳宗弟子，准备好马，与许宣一同疾奔往城东十里，直到村口一跃下马，一黄狗忽从村中奔出，四足染血，踏过之处尽是血迹，它冲着许宣直奔而来，抢在清风阻挡之前咬住了许宣的衣角便往村子里拉。清风识出那狗，皱眉担忧道："若我记得没错，这是吴掌柜家中所养的狗，之前我来购买药材，刚进村口，它就会奔来。"

许宣蹲下身，仔细检视狗身上的血迹，发现并非是狗受了伤，望进村里的眼神中便更是忧虑："看来它是闻到了咱们的味道才跑了出来。村里果然出了大事。"

许宣站起身来就要往村里走，清风忙挡在他面前："宫上，让我先进去探探吧。"

许宣从怀里拿出特制的面巾，戴上遮住口鼻："你那点儿本事，还是省省吧。"随后又对身后的断流等断阳宗弟子说："你们都罩上面巾，随我进村，小心防备。"

说完，他便大步进村，清风、断流等人戴上面巾，也随后跟上。

跟着黄狗行至吴掌柜家门前，只见村民拿着刀剑，将其房子团团围住，篱笆四周正有人在往上面泼油，似是准备点燃火把，院中一小女孩被一浑身是伤的中年妇女护在怀里，正在恐惧嘶吼："你们是杀人凶手！杀了我爹，还想将我们一家全杀了！"

第十六章
人间瘟疫

当先的一名精壮村民凶神恶煞地喝住她:"住嘴!你们一家都是祸害!"

中年妇女紧紧抱住小女孩,身上的刀伤几乎流了满地的血,此刻她怆然道:"你们为什么要赶尽杀绝?我相公是为了救治你们才会生病,你如此做,不觉得太过忘恩负义,就不怕遭天谴吗?"

"那他可曾想过我们的安危?"那精壮村民依旧态度蛮横,"若他不逃,我们也不会下此重手,反正早晚都得死,不如死个痛快!"说罢,他举起火把,就待丢往浇满了油的篱笆上,许宣见状忙唤了声:"断流!"

断流一跃而起,用剑削去火源,众弟子一拥而上,将母女两人围在中间,与村民对峙着。

许宣行至众弟子旁,朗声说:"我是药师宫宫上许宣,若你们杀了这对母女就是与药师宫为敌。"

那村民"呸"了一声,对许宣怒目而视:"原来拼死逃出竟是到了药师宫求救,但你可知饶了她们会有多大的凶险!今日我们为了活命,也顾不上这许多了,大家上啊!"

村民们齐齐举起刀剑,指向许宣和众弟子,许宣却似是毫无所惧,径自向他们走去,清风一惊,忙再度挡在他身前:"宫上不可!这群人已经失去理性!"

许宣唇角弯出讽刺的弧度,轻喃道:"人心如此,可悲可怜。"说罢,他推开清风,径直走到当先那精壮村民面前,握住他拿刀的手,丝毫不让地与他对视着。

村民们拥上来将许宣团团围住,清风拔出长剑,隔开了他们,其中一位村民一刀劈来,清风反手一挡,刀脱手而出,拿刀的村民手腕剧痛,发出一声痛吼。精壮村民见状更是勃然大怒,想要挣脱许宣的手,却被许宣死死捏住脉门,一时动弹不得,左拳高举正要朝许宣落下,许宣却冷声道:"你若想继续活下去,最好不要挣扎。"

精壮村民脸上青筋暴出:"你是在威胁我?"

许宣却淡然一笑,松开他手:"你们杀了人也并不能阻绝疾病蔓延,我检查过吴掌柜,他与你的脉象一致。换句话说,你也已经染上瘟疫,难道要让他们将你一块杀了?"

那村民浑身一震,吓得手上一软,刀径直落地,发出一声清脆响动。

而他身后之人却齐齐退后,瞬时便离他甚远,真是如避瘟神一般。

许宣叹息一声，环顾四周："这场瘟疫让你们失了善念，只可惜你们多数的人都难逃这场瘟疫。"

众村民面面相觑，俱是神色惊恐，随之便向着许宣跪下了："神医救命！"

许宣面色并不乐观，却只能稳声道："若想活命，你们从现在起便一切听从我和众弟子的号令。断流，你带五个人去选择合适房屋，用石灰与酒消毒，作为病房；清风，你指挥大家排队候诊，妇孺在前，老人次之，壮年男子最后；剩下的人，去清点吴掌柜家的药材，对照我等会儿开出的药方，若有不足的，便回药师宫去取。"

众弟子得令各自忙碌起来，村民们忙齐刷刷地朝着许宣磕头，而许宣，则扶起吴掌柜的妻女，朝着房中走去。

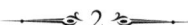

2

饶是许宣做好了最坏的打算，这场瘟疫的蔓延速度和病情的严重程度，还是让他精疲力竭。

药材不够、病房不足，许宣连续三天三夜都没有合眼，却还是没能救得了大多数人，而其余还活着的病人也未痊愈，不过是痛苦地苟延残喘。

吴掌柜的妻子也因为疫症去世了，好在他女儿并没染上，算是侥幸逃过一劫。可她呼天抢地痛哭的样子，却让许宣深深地觉得无力与心酸。

许宣望着灰暗的天空，轻声慨叹："师父，您在世时，是否也曾遇到这么棘手的状况？"

说罢，身体竟是微微一晃，清风在一旁赶紧扶住："宫上，赶紧去休息会儿吧，这样下去怕是铁打的身子也撑不住啊！"

许宣摇了摇头："身体事小，我不要紧。只希望能赶快控制住这场疫症。我今早收到江湖上的消息，临近几城都有病患流动过去，险些传染更多百姓。"

清风神色立马紧张起来："那可怎么办？"

许宣也是神色沉重："药师宫发现疫病之时，就将消息放了出去。那几名病患，已被江湖中人……斩杀了。"

清风瞠目结舌，几乎不敢置信，短暂思索之后，却也知道这已经是最好的

第十六章
人间瘟疫

选择。

许宣缓了缓，待面上的不忍之色过去后，才接着说："从发现疫症起就已有数百人死亡，这三天我们虽然稍稍控制了疫情，毕竟无法马上根治。陆续有无辜之人身亡，药师宫怎能坐视不理？"这些思虑，让他根本无法合眼，不是在诊治病人，就是在带领弟子查阅医书。若真是面临选择，他也只能如当初的村民一般，两害相较取其轻了。

清风如何不知道许宣心中的纠结与痛苦，只想此时陪他说上几句，能让他紧绷的神经稍微放松些，而这次的疫症，也确实古怪："我记得几年前老宫主还在世之时，大水过后也暴发了瘟疫，但跟这回无论是发病的速度还是症状都相差甚多。"

"我想，用传统方法恐怕没办法有效治疗病情，"许宣颔首，又思索道，"这回几乎都是因为心脉衰竭而亡，从染病到死亡不到三天……这场瘟疫太过蹊跷，你去查查这次瘟疫第一个发病的人是谁，或许由他身上能找出瘟疫发病的原因。"

清风领命："好，我马上去查。"

许宣又喊住他："再让人去药师宫运药材过来，万不可再耽搁了病情。"

清风点头，连忙离开，而许宣却眉头深锁，望着空荡荡的病床，脸上没了方才的果断魄力，反而是有些不知所措的迷茫。

3

白夭夭从蓬莱仙山回来，便去小青山洞里寻她，想让她动用众小妖的力量，帮自己找寻无疾兰之根被盗之因。

小青听了十分惊讶："要有什么样的本事才能上蓬莱仙山偷取这些名贵的药材？这事该如何查起？"

白夭夭摇了摇头，也是怅惘："仙鹤姐姐说无疾兰四周一个脚印都没留下，除了这上面残留的妖气外，再无其他线索。眼下最担心有人用无疾兰的根来炼制百病，那必将成人间大祸。"

她这话令小青猛然想起疫症一事，抓着白夭夭的手着急道："最近许宣去了城东十里，那里好像有瘟疫蔓延，已经死了不少人了，姐姐你说这两件事会不会有关系？"

天乩 之白蛇传说1

"是了。天上一日人间一年,我在蓬莱仙山逗留的这片刻,人间之祸已起。"白夭夭不禁叹惋,又满是担忧,"你说许宣去了疫症暴发之处?"

小青连忙点头:"我前两日去了趟药师宫,里面的人都是忙得脚不沾地,说是轮流去替换值守、运送药材,据说许宣都好多日没有合眼了。"

白夭夭怔了怔:"这许宣看来刻薄好财,没想到瘟疫暴发后,却令我刮目相看了。但这疫症若真是无疾兰之根引起,恐怕难以医治。小青,你帮我速去义庄查探,看两者之间是否有直接关系,若真是源于无疾兰之根,死者身上将会残留股股黑气。"

小青有些犹豫:"但是得了瘟疫之人一般都……难看极了……"

白夭夭拍了拍她肩,神色更是忧虑:"这回能通过层层防护偷取无疾兰之根,绝非只是单纯的窃盗,背后肯定隐藏了某些阴谋,我担心这事背后有邪祟作怪。"

小青浑身一震:"邪祟?"

白夭夭颔首:"我们分头行动,你去义庄,我去追踪这无疾兰上残留的妖气。"说罢,便捏了个法诀消失了。

"小灰呢!每次关键时候就不在了!至少陪我去壮个胆啊。"小青跺了跺足,咒骂了一句。虽然胆战心惊,但也知事态严重,稍微定了定心神,便施了法术,去往义庄。

她所咒骂的小灰,此时正躲在从药师宫到城东十里必经的山路上,候着冷凝运送药材的马车经过,再悄然施法,令马匹骤然发狂,拖着马车横冲直撞,几乎令马车颠覆。

宋师兄等人大惊失色,多番想找机会刺杀发狂的马匹却是不能,最终宋师兄只来得及从马车车顶劈开马车一把抓起冷凝,刚刚落在地面,马匹就带着载满药材的马车冲下了山谷。

冷凝跌坐在地,脸色绝望:"这下糟了,可都是师兄急着要用的药材啊,那味师兄点名必需的八心莲子,要到哪里去寻呢……"

宋师兄也是面色沉重:"我马上派人四处去添购,你们先去与宫上会合!"

说罢扶起冷凝,再交给另一名弟子,各自打马奔走了。

小灰松开因为紧张而满是汗的手,神色也是黯然:"这回主人总可以放了我的家人了吧。"

第十七章
土之结界

1

清风的调查很快就有了结果：第一个发病的病人是在半夜回到家中后发烧浑身发冷，家人急忙请了大夫前来，不过一个时辰就七窍流血身亡。他当天不过去看了邻村侄子家新出生的儿子，多喝了几杯酒，回家时见天色已晚就抄了近路，那近路虽是荒野，但他走过许多回，并没有什么问题。只是从他侄子家抄小路回家，不过一个时辰就发了病，到身亡不过两个时辰，快速程度令人诧异不已。

许宣知悉情况后一言不发，只是待到黄昏之时，孤身来到了荒野之地找寻蛛丝马迹，他查看了清风所说的侄子家和发病之人的家，都没有什么线索，只能在那条荒野小路上来回寻找。

很快便是日落，黑暗迅速席卷了荒野大地，风吹动树叶沙沙作响，更添凄凉与恐怖，而白夭夭也循着黑色妖气中的点点荧光来到了荒野，却不想在眨眼之间，荧光与妖气都消失了。

白夭夭诧异，指尖漫出白色仙气缠绕无疾兰来探寻，但仙气却迅速散开，想要再施展便是施展不出，更是带动脚底黄土震动、黄沙飞扬，将白夭夭层层包裹在其中。白夭夭唤出"挽留"，想要破开黄沙，却被弹了回来。

"糟了，这里竟是另一个结界。"白夭夭心底恐慌，这处结界与地火处的结界太过相似，她完全无法施展任何仙力。此时黄沙漫起的圆圈越来越小，白夭夭如被捆绑住手脚，完全无法动弹，只能倒地翻滚。

天乩之白蛇传说1

这一幕被不远处的许宣收进眼中，他狐疑奔上前，发现黄沙包裹住的人竟然是白夭夭。

而白夭夭在黄沙中勉强直起身子，望着几步开外的许宣，心头一震，想要努力放声劝阻他："宫上，此处危险，你不可……"

话音戛然而止，只因黄沙漫天中，许宣的身影仿佛幻化成了几个，又从模糊变为清晰，而后身边黄沙纷纷退却，他如入仙境般毫无阻碍又怡然自得，此时的许宣，不管从仪态、神情，都是紫宣的模样，何况还有她温养他元神五百年所熟知的他的气息……

待他行至她的面前，白夭夭周围的黄沙也瞬间退了去。

"紫宣"拍了拍白夭夭身上的黄沙："你怎么就不能让人省点儿心？哪里危险哪里闯。"

白夭夭眼角有泪汹涌而出，她拉住"紫宣"的手，颤抖着声音道："原来是你，真的是你……我就知道火海中不是我的幻觉……是我的紫宣回来了……"

"紫宣"唇边有宠溺的笑意，他抚了抚白夭夭鬓边柔软的头发，柔声说："你不破了结界，如何能走出结界？下回记住了，若用不了仙气，用剑气与结界一拼，还有机会能胜，别只是想着肉搏。"

"紫宣"接过白夭夭手上的"挽留"，幻化出无数白光，凝成一道炫目的剑气，将荒野照得犹如白昼，剑光闪过，只听"轰"的一声，结界顿时破了，整个大地的黄沙俱是渐渐平息，一时又只有风声吹动树叶的沙沙之声，格外宁静。

"紫宣"将"挽留"递回给白夭夭，又仔细查看她的身上："我看看有没有伤了哪里？"

白夭夭噙泪含笑，拼命摇头："没有，一点儿事都没有！"只要能看到紫宣回来，纵是下一刻就死了，也是值得了。

"紫宣"如何不懂她的心情，将她收在怀里，怜惜不已。他用剑指着地上："底下埋了不少尸体，看来有人想用尸气冲破我设下的结界，没想到你却误闯了进来。"

白夭夭诧异："你设下的？那上回地火处的结界也是你设下的吗？"

"紫宣"点头："有人刻意要破这些结界，一步步指引你到此处。"

白夭夭似懂非懂，她眼前满心满意牵挂的只是"紫宣"而已，便又继续追

第十七章
土之结界

问:"你是不是只有在这些你设下的结界中才能从许宣的神识里出来?那其他的结界又在哪里?要如何才能让你现身?"

"千年前,我……""紫宣"神色微苦,想要开口解释给白夭夭听,天空却忽然闪起簇簇闪电,带来轰轰雷声,白夭夭只能在电光闪动下看清"紫宣"开阖的嘴型,却听不清他在说些什么。

白夭夭不由得大吼:"你再说一次,我听不清楚,紫宣,你赶紧告诉我呀!"

"紫宣"附在白夭夭耳边,还未来得及说话,一道白光直接劈向了他,白夭夭害怕地紧抱住他,可待闪电消失,她再度看向眼前之人时,却从他眼中的迷茫发现他已经变回了许宣。

"紫宣……"白夭夭不肯相信地轻唤一声,许宣却身子一软,倒在了白夭夭的肩膀上,二人跌坐在地,白夭夭将他扶在自己怀中,指尖缓缓勾勒过他的鬓角。许宣挣扎着睁开眼,气息微弱地问她:"白姑娘,你怎么会在这里?"

白夭夭苦笑:"对刚刚的事,你完全没印象吗?"

许宣摇了摇头,正待说话,便晕了过去。

白夭夭指尖泛出白色仙气,探往他天灵盖,果然没有再感受到半点儿紫宣的气息了。

"这到底是为什么?"白夭夭紧紧抱住许宣,一会儿哭一会儿笑,激动到形如疯癫。

不管如何,她终于是找到他了。

千年来漫无目的、不知结果的努力与等待,终于有了回报。

"无论你个性多么不同,我都不会在乎了。"

哪怕之后他只是凡人,要入轮回,每世只得几十年的相守,她也已经知足。只要他在这世上一日,她便要守着他,护着他,与他在一处;即使他身上仍有命格,她纵是逆天改命,也无畏无惧。

想到这些,白夭夭心底涌起阵阵暖意,仿佛在这深夜狂风大作的荒野,也寻到了十里桃花绽放的春色盎然。

许宣缓缓醒转之时,已是身在村庄的病房之中。

他视线恍惚地看了看四周，只见一个人影坐在床边，见他撑着身体想要坐起来，便赶紧帮忙扶他，担忧地唤了声："师兄，你觉得怎么样了？"

原来是冷凝，许宣微微摇了摇头："不碍事。"

许宣借冷凝之力起身，走到窗边，看了看窗外日光，脑海中却是昨夜的黄沙漫天与白色人影翻转……

许宣一时觉得头痛，不知为何，剩下的事全然无法想起。

冷凝眉间紧蹙地递上热茶："师兄，你昨夜被白姑娘送回来的时候一身黄土，狼狈至极，怎么叫都叫不醒，我们都十分担心。"

许宣搁下杯子，有些疑惑地问："白姑娘？"

冷凝点头："听白姑娘说，她正巧路过，见你独自晕倒，便赶紧送你回来。"

许宣有些懊恼："那我狼狈的模样，岂不是都被她看去了？真是有失身份。"

冷凝却只是担心他的身体与遭遇："师兄行事向来有自己的道理，但昨晚究竟发生了何事？"

许宣也是迷茫："我去荒野是打算追查暴毙者的死因……结果……不知为何，我竟想不起后来发生的事了。"

冷凝正待关切地追问，清风却突然推开房门冲了进来："大小姐，又有人病倒了！啊！宫上你醒了，真是太好了，昨晚可把我吓坏了。"

许宣打断絮叨的清风，起身急忙往外走："带路，先去看看你说的病人。"走到门口忽然停住脚步，回首望向冷凝，"送来的药材现在何处？我研制了新的药方，你命人抓紧熬煮。"

冷凝神色尴尬，沉吟片刻，低下头黯然道："马突然发狂，马车摔入山崖，药材全都没了。"

许宣大惊："什么？"

清风慌忙替冷凝解释："宫上，大小姐也险些跟着遭殃，宋师兄说当时的情况可是危险极了！"

冷凝也赶紧补充道："宋师兄已经派出断阳宗弟子去附近药市寻觅，想来很快就有消息。"

许宣却是失落地摇头："八心莲子可遇不可求，是用来医治疫症的关键。若少了八心莲子……"

第十七章
土之结界

"我来想办法!"

白夭夭的声音打断了许宣的话,她从门外飘然走进来,神采奕奕,望向许宣的眼中盈满自信笑意。

许宣短瞬的愣怔后却是摇头:"八心莲子深藏西湖污泽之底,即便熟识水性的渔夫也无十足把握,你的好意我心领了,但这是我药师宫的事,不劳外人动手。"

白夭夭娇俏一笑:"药师宫上下为了百姓置生死于不顾,我岂能坐视不理?宫上大可放心,采药一事绝不会有半点儿闪失。"说罢,便扭腰转身,飞身越过枝头,只见白衣翩跹,竹叶飞散,人影便是不见了。

许宣目光关切:"你别跑这么快……唉,她到底清不清楚这事有多么危险?"

冷凝望着许宣面上的担心,心中微微一涩,竟又是一阵气紧,慌忙背过身掩饰。

许宣却没有察觉,见喊不回白夭夭,便与清风去看病人了。

白夭夭施法轻巧落于西湖水面,抬起右手,垂于水面,飘然仙气从掌心逸出,缓缓拂过水面,仿佛要抹开湖面的水一般。她闭上眼,水底影像便在眼前浮现。

只见水草流动,鱼儿悠然,八心莲子在淤泥之中发出晶莹的光芒。

白夭夭唇边浮现微笑,不想忽然间,淤泥中涌起一连串的气泡,白夭夭皱眉仔细分辨,却见蛟龙正沉睡于淤泥深处,正好盘卧在这些八心莲子的旁边,仿佛一块巨大的磐石,带来无比危险的气息。

白夭夭浑身一震,睁开双眼,担忧地看着湖水。

"怎么会这么巧,恰好就长在蛟龙边上?"

许宣通过翻阅医书再结合自己多年来的心得所寻出的新的治法,需要将病人放置在特制的热炉上,用热气逼出病人寒气,再用针灸将寒气进一步导出,而这疫症的寒气全部引出后,又会有急火攻心,再度摧毁心脉,因此需配合八心莲子清凉解毒的特效,以护得病人周全。

眼下虽然八心莲子未到,也可以暂时先引寒气,并用普通莲子压制心火,可许宣这样的疗法却因为见效太慢、过程痛苦而引来村民的质疑。

这时，他正为一村民针灸，门外便是一阵骚动，有村民聚集高喊："让许宣出来！你们让开，我们要讨个说法！"

冷凝望向窗外，又看看许宣，神色焦急，而许宣却是淡定如常，再施了一针后，对冷凝徐徐吩咐："我出去看看，你继续替他引出寒气。"

冷凝点头："这里有我在，请师兄放心。"

许宣走出房间，只见清风正挡在门口，院内已经挤满了吵吵嚷嚷的村民，一见他现身，立刻便往前拥。

清风已是招架不住："你们别挤，别挤啊。"

许宣稍稍皱眉，镇定吩咐："清风，退下。"

只听"咣当"一声，院中有村民砸碎了熬药的陶罐，又气势汹汹地冲上前来，逼问道："先前药吃得好好的，为什么忽然换方子？"

旁边立马有人附和："是啊，别以为我们不知道，听说马车半路翻落山谷，药材全丢了，你们变着法儿地推卸责任。"

"要不是你们，那些好转的病人也不会死！"

一时民愤如潮，许宣觉得有些疲惫，却还是徐徐开口解释："先前治疗方法只是权宜之计，虽然可以暂时压制病情，但绝非长久之计。唯有以新的疗法……"

众村民一阵哗然："我们不信！""你们骗人！""我们不会再吃你们的药了！""是啊！说不定药没了就换了毒药，希望赶快把我们毒死了事了吧？"

村民们越说越激动，有人冲上来揪住许宣的衣襟，清风赶紧再度挤过来护主，一时局面紧张异常。

而院外，李元一却在齐霄的搀扶下缓缓走进院子，朗声唤道："大家安静。"

村民们不知发生何事，终是暂时停下来，回头来看。

只见齐霄一脸急切，推开众人，嚷嚷道："赶紧让条道！"然后护着面色苍白的李元一从人潮中挤过，来到许宣面前。

许宣一愣："李大侠？"

李元一还来不及施礼，齐霄就已经快人快语抢先道："宫上，我跟师父发现这里有些不寻常，以为是妖怪作祟，却没想到是瘟疫，来了不到一天，今天一早，师父就感到身体不适，只好赶紧来找你。"

第十七章
土之结界

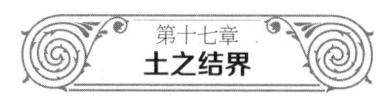

　　许宣听了便是神色沉重，赶紧示意李元一在院中石凳上坐下："且让我为李大侠诊脉。"

　　李元一坐下后也是呼吸急促，平缓良久才道："我李元一修行多年，从没发生过这种状况。"

　　许宣忙为他把脉，眉头渐渐死锁："李大侠脉象不同于他人。"

　　齐霄长松了口气："我就说你哪有这么容易染上瘟疫，真是白担心一场。"

　　李元一也是放松许多，斥道："口无遮拦，为师迟早要被你气死！"

　　齐霄"哈哈"一笑，满是顽意说道："只要你没事，我天天担心你行吧？"

　　"元一师父……"许宣神色复杂地打断他们，"不是一般的疫症，比起其他患者更为严重。"

　　齐霄的笑容僵死在脸上，连忙抓着许宣，不敢相信："师父一向身强体壮，不可能这么容易染病！"

　　许宣长叹，望向李元一的眼神也是担忧："这回疫病格外凶勇。"

　　倒是李元一神情疏朗，倒似是看得通透，他微笑着理了理道袍下摆，说道："我刚在外听宫上说有新的治疗方法，老夫愿意一试！"

　　齐霄惊诧："师父！"

　　李元一稍一摆手，示意他安心："我相信宫上的医术。"

　　许宣凝神看了他片刻，嘴角也是豁然开朗般的笑意，吩咐清风："去备木柴，为李大侠烧制药炉！"

　　原本忧心忡忡围观的村民此时又起喧哗，议论纷纷。李元一站起身，对大家摆手，示意众人安静，再看向许宣："老夫一生除魔卫道，从未看错过任何人。宫上，今日老夫的性命就交给你了！"

　　李元一的神色坚定，许宣也是郑而重之地点了点头。

　　倒是齐霄不是很放心，看看自己师父，又看看许宣，问道："许宣，你真有把握？"

　　"这世上不会有人比我更有把握，"许宣神情自若，视线缓缓扫过已然镇定下来的村民，又在齐霄耳旁，低声道，"你来得正好，我有件事正好需要你去办……"

　　齐霄听了他的话，神色大变："什么？去义庄？"

第十八章
八心莲子

─❦ 1 ❦─

　　白夭夭施法化作一个透明水球，包裹着自己安然无恙地潜往西湖深处，逐渐接近八心莲子。

　　待还有十步远的距离之时，白夭夭停住，催动法术，引着八心莲子缓缓脱离淤泥，悉数浮出。白夭夭手指再是一转，白色仙气诱着莲子游向水球，突然蛟龙呼吸带出的气泡冲来，竟是将莲子冲得脱离她的控制，眼见就要随波逐流地落向蛟龙所在位置，白夭夭心口一紧，连忙再释出一道法力，挡在莲子与蛟龙之间，一扯一拉，终是将数颗莲子收入怀中。

　　她松了口气："幸好顺利得手，可以回去跟紫宣……不，许宣交代了。"

　　可她笑容还没完全绽开，淤泥深处八心莲子的叶片却突然幻化成无数利剑向她攻来，白夭夭赶紧回神，施法阻挡。利剑被她的法术弹开，却又射向蛟龙，白夭夭没有办法，情急之下只得赶紧伸手，生生接下一剑。霎时间鲜血便在水底荡漾开来，蛟龙似乎有所察觉，竟是微微一动。

　　但无论白夭夭如何施法，伤口却根本无法止血。

　　突然，有一双手用水草捂住白夭夭的伤口，白夭夭心头一惊，抬头看去，只见面前一红衣女子，乌黑长发如同水草在水里伸展，拉住她的双手晶莹剔透，见她视线对来，红衣女子便用密音传话道："被八心莲子的叶片所伤非用七星草不能止血，否则没出水面，你的血就会引来蛟龙了。它虽不至于完全苏醒，但拿你来填个肚子却是轻轻松松。"

第十八章
八心莲子

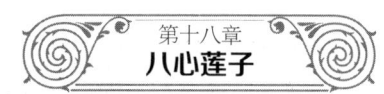

白夭夭一怔,同样用密音传话问她:"你是鲤鱼精?"

"是的,我叫红芯,"鲤鱼精红芯颔首,"我带你离开,八心莲子的叶剑可不好对付。"

说着,便有另一棵八心莲子的叶剑攻来,红芯带着白夭夭闪避开来,迅速游往水面。

待出了西湖,白夭夭对红芯拱手:"谢谢。这个恩情白夭夭记下了,日后必当寻机会报答。"

红芯有些羞涩,只对白夭夭挥了挥手:"白姑娘想必是有急用,快去吧,以后有缘再见。"

白夭夭颔首,匆匆一揖,便是告辞。

白夭夭回到村庄病房之时,许宣正待差清风来寻她,见她归来,许宣露出欣喜神色,不过转眼便隐藏起来:"挺好的,安全回来了,不需要我派人前去支援。"

他本以为自己的讽刺会让白夭夭如同以往一般发火,却不料她盈盈笑着,十分乖顺地说:"我绝不会让宫上担心。"

许宣愕然,差点儿咬着舌头。倒是旁边的冷凝迎上前,接过白夭夭手中的莲子,兴奋道:"太好了,前辈有救了!"又对白夭夭解释道:"不知为何,前辈身上的疫症发作得特别快,若白姑娘你再不带着莲子回来,怕是连一刻钟都撑不过了。"

白夭夭闻言,往病榻上望去,见元一大师奄奄一息的样子,大吃一惊:"李元一?"

许宣皱眉:"你们认识吗?"

白夭夭颔首:"有过一面之缘。"

许宣也顾不上深问,便转身拿着八心莲子出去制药了。

元一大师服下八心莲子后,病情总算是稳定下来,许宣又吩咐冷凝带着众弟子依法炮制,村庄里的疫情便算是控制住了。

许宣也得了片刻空闲,坐在村庄中的凉亭里,慢慢地品着一杯茶,可能是因为太过忙碌紧张,不光昨夜在荒野昏迷,今日也是精神颇为不济,此刻头一

天乩 之 白蛇传说1

阵一阵地发晕。

白夭夭背着晚霞从远处慢慢行来，衣袂翩跹，手上不知何处折来的晚桃，玫粉的颜色衬着她白里透红的面颊，真是美极了，看得许宣的神态也不自觉温柔起来。

"我采了一些桃花，正想给宫上送去。"白夭夭将花递到了许宣面前，唇边的笑意，却比桃花更美。

许宣接过桃花，却是突然皱眉，细细打量，神情莫测。

白夭夭见他似是不太喜欢的样子，有些不知所措，毕竟桃花节时，他站在花下驻足观望许久，她以为他还如千年前那般喜爱桃花呢……一时不免失落地喃喃："难道你不喜欢桃花了？你的个性真难捉摸。"

许宣抬眸盯着白夭夭，神色严肃："我挺喜欢桃花的，只是……"

白夭夭望着许宣，神情像极了千年前静候紫宣发落的样子，嗫嚅道："我又做错了什么吗？"

许宣轻叹一声，一把抓过白夭夭的手，拉起袖子，露出她手臂上的伤口："这是被八心莲子的叶剑所伤的吧？虽用七星叶止了血，但若没有好好照料伤口，在手上留下疤痕……"

白夭夭忙说："我不在意，没事。"

许宣严肃看着她一字一句地说："我在意。"

白夭夭以为他是关心自己，面露娇羞："你……"

许宣却没有等她开口便兀自点头继续道："不错，你为药师宫采药，若是留下伤疤，我这个宫上必定会遭人腹诽！如此大事，岂容儿戏！"

白夭夭愣住，眼睛鼓得溜圆，真是千算万算都算不出许宣的思路来。

许宣恍若未觉白夭夭的惊诧，将手中桃花举到她面前，示意她看那上面隐隐的血痕，然后摇了摇头，惋惜般叹道："你肯定没发现桃花上染了血，既然受了伤，如此大动作采花，伤口肯定裂了。太不小心了！你这么粗心大意，还能全身而退，实在太让人讶异了。"

许宣以为白夭夭定会反驳自己，却没料到白夭夭竟反手握住了自己的手，一脸感动与崇拜地说："以前是我误会你了，以为你刻薄，心胸狭小，视钱如命，高傲不易亲近……"

许宣脸不由自主抽动几下，冷冷打断她："原来你之前是这么看我的！"

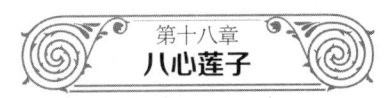

第十八章
八心莲子

白夭夭神色一派天真:"岂地啊,大家都是这么说的呢!"

许宣狠狠呛了一口,愤愤瞪着白夭夭,声音冷冽,仿若恐吓般道:"你的伤口一日之后会发炎,两日后溃烂,三日后手臂将会发黑,不仅仅是留下疤痕,七日后手臂基本废了!不过因为我刻薄,心胸狭小,视钱如命,高傲不易亲近,所以我也不打算重视宫上的颜面替你医治了。"

白夭夭完全不怕,只是眨着清澈的杏眼,拼命摇头:"你会替我医治的,因为你是这世上最好最好的人。"

许宣倒吸一口凉气,只觉背上汗毛都已竖起,他干干地咽了咽嘴,探了探白夭夭的额头,试探着问:"你……是不是采八心莲子时,遇上了什么事?怎么好像换了一个人?"

白夭夭再度死死捧住他的手,一脸情真意切:"以前是我无知,你放心吧!没有还清救命之恩之前,我是绝对不会离开你的。"

许宣晃了几下手都没有甩开白夭夭,终是无奈失笑,又问她:"真的认清我了?"

白夭夭点头如捣鼓。

许宣唇边笑意如春风拂面:"那你也得先松开手,让我为你包扎啊。"

白夭夭终于意识到自己的失态,急忙松开他的手,转过脸,羞涩又尴尬。

许宣轻笑着起身,去取来伤药,为白夭夭细细包扎,神色专注而温柔。白夭夭侧首窥望着他,终究没忍住,忘神般伸手去抚许宣的眉间,低声喃喃:"我一犯错你就皱眉,这习惯还是一样。"

许宣一怔,停下手中动作,疑惑地抬头看她。白夭夭对上许宣的眼神,赶紧收手,转头看其他地方。

许宣唇边荡开温暖笑意,语声却是强作正经:"别趁机动手动脚,男女授受不亲……"

白夭夭眼睛转转,急忙解释:"我的意思是宫上与我相见以来,似乎常皱着眉头,不知是否又给你带来了麻烦?"

许宣绑好纱布,得意地笑着说:"这世上,还没有什么事能让我感到麻烦,只怕遇上麻烦的人。"说罢,意有所指地望了白夭夭一眼,还没来得及继续打趣,却忽觉胸口巨震。

"咳咳咳咳!"许宣无法控制地狂咳起来,白夭夭着急起身,拍着他后

背，关切地问道："宫上，你没事吧？"

许宣眼底全是血丝，勉力站起，强撑道："不……不碍事，我好得很。你的伤口已经包扎完毕，这几日切勿沾水，三餐戒腥戒辣，很快便可复原。"

白夭夭见他神情无恙，便稍微镇定了些："多谢宫上关心。"

许宣觉得一阵又一阵的头晕袭来，却不想让白夭夭担心，便匆匆告辞："多谢你的桃花，时候不早了，我还要去查看病人。"

白夭夭却拉住许宣，见他不解地望过来，便从怀里掏出一方白色手帕，当中露出三颗雪樱子："宫上连日操劳，身体匮乏。这雪樱子有补血提神的功效，正适合宫上服用。"

许宣有些惊诧："如此贵重的药材，你怎么得到的？"

白夭夭微微一笑："此物凡间少有，可我生在骊山，要寻雪樱子绝非难事。"说着，就把雪樱子往许宣手上塞，"你先尝一个？我之前一口气吃了三个，精神就大好了！"

许宣听了一笑："当时姑娘肯定不知道雪樱子的功效。"

白夭夭想起往事，笑容更深，却察觉到许宣脸庞微微泛红，再捏了捏他的手："宫上，你的体温似乎有些高啊。"

许宣摇头："可能是有些疲惫，这几天控制住瘟疫后好好休息一下，应该就能恢复。"

白夭夭想他自己就是神医，应当无虞，便问他另外一事："对了。宫上上次半夜前往野外调查荒坟，不知是否与此次的瘟疫有关？"

许宣点头，两人面色立刻都变得严肃起来。

白夭夭听许宣说了疫症发作经过后，神色凝重地思忖片刻，道："我之前便猜想，这次的疫症恐怕是因为无疾兰之根被邪祟恶意盗取所致……眼下宫上还是专注于治病救人，我自会将这件事查个清楚。"

"好，我也已经托齐霄去义庄查看情况。"

"是吗？"白夭夭微微一笑，杏眼中有着狡黠光芒，"我也让小青去了，就是不知道他二人若是碰上，会不会先打上一架。"

许宣先是笑了，随后神情却越来越郑重，朝着白夭夭一拱手："拜托了。"

白夭夭扶住他的手，笑容娇俏："宫上不必客气，我也希望人间太平。待疫症事了，我再报答你的救命之恩。"

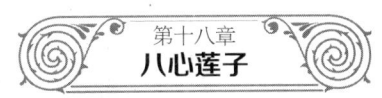

第十八章
八心莲子

二人在漫天的晚霞中,相视一笑。

— 3 —

在离开村庄之前,白夭夭先去探望了李元一。

只见他神色较之前已经好转许多,白夭夭盈盈一笑,稍稍福身:"李大侠,别来无恙?"

元一撑起身子,打量白夭夭,慨叹道:"原来是白姑娘,这次多亏你及时取回八心莲子,否则我没死在妖物手上,倒是命丧疫症,那就造化弄人了。"

白夭夭闻言笑了:"这么多年法师依旧没变。"

元一摇头苦笑:"老了老了,倒是你法力更为精进了,八心莲子极难取得,却被你取了来,李某感激不尽。"

白夭夭却推辞道:"真正救了你的是宫上,我不过是顺手采了八心莲子。"

元一微笑着叹道:"十年前,你我初遇,也是多亏你出手,才能顺利降伏南山树妖。对了,你可记得当时被你救下的那名男童?"

白夭夭点头:"他父母被树妖所害,颠沛流离,我救下他后,交给法师教导,如今必定有一番修为。当年救下他时,不过是个七八岁的孩童,也不知现在是什么模样。"

元一笑了笑,神色也是颇为欣慰:"机缘巧合啊,他因父母为妖所害,竟也是疾恶如仇,以除妖为己任,倒是和老夫颇为投缘。老夫为他起名齐霄,如今已是江湖上独当一面的捉妖师了。"

白夭夭愣了一瞬:"齐霄?"

"怎么?"元一不知她为何如此惊诧,"白姑娘已经与他见过面了?"

白夭夭想到凌楚样貌的齐霄,竟有些哭笑不得,真是万万没料到当初顺手救下的男童,竟然是今世的凌楚,也真是因缘际会、命运奇妙了。

"白姑娘?"见她没有反应,元一便追问了一声。

白夭夭找回意识,摇头笑了笑:"没事,只是敢问法师,你的徒弟齐霄,可是前些日子捉拿青蛇的那位?"

"哈哈哈,看来那小子真有些本事,竟然连白姑娘都知道他的事了。"李元一抚着胡子朗声大笑。

白夭夭不愿深言心中感慨,因此只是微笑:"因为我与那青蛇有些缘分,

所以才得知。"

元一颔首:"原来如此。那小子虽然忘性颇大,唯独对你的救命之恩念念不忘。不如找个机会让他登门道谢,好好与你叙旧。"

"不用,"白夭夭将方才带进来的汤药递到元一手上,"知他甚好已是足够,前尘往事已是过眼云烟,今日之事,还请法师保密。"

元一见她神色笃定,虽是遗憾,却也点头认可:"那便好吧。"说完便端起汤药一饮而尽。

白夭夭却忽然发现他额间有一丝红点,轻易难以发现,只觉这红点甚是古怪,不免陷入沉思。

黄昏时刻,天地间笼罩着一股不祥的光晕。破旧的义庄门口,白色灯笼在风中摇晃。

小青在外哆嗦,昨天她便试了一次,始终不敢进去,今天却是实在不能再拖了,否则怕是白夭夭会说她无能。

深吸两口气,正要推门而入,却忽又有一只大手抓住大门上的铜环欲往里推,小青吓了一跳,但看那手颜色温润,骨节分明,应当是只人手,便鼓足勇气慢慢看向手的主人,却见原来是眉间高傲不屑的齐霄。

小青松了口气,又重重嗤了一声:"你来义庄做什么?我可是身负重任,你别耽误了我!"

齐霄根本不愿意看她,语声冷漠:"许宣托我来调查义庄,我还没问你呢,你怎么也在这里?"

小青正待还嘴,齐霄却发现她身后聚集了一股黑烟,正从她背后袭来,眼看就要将她吞噬。

"小心!"齐霄忙将小青一把拉开,小青被门槛绊倒,扑倒在齐霄身上,她身后的黑烟刚好扑了一个空,贴着二人头顶飞出。齐霄抱着小青就地一滚,小青这才发现头顶上方那股来势汹汹的妖气,吓得"啊"的一声惊叫。

齐霄单手掐起金印,一道金光射向那道黑雾:"何方妖孽!休得猖狂!"

黑雾被金光射中,竟如受伤一般在空中传来凄惨的叫声,随后迅速消散。齐霄本欲起身,却见小青仍埋首在他怀里将他紧紧抓住,气得大吼:"还不放手!"

小青清醒过来,意识到自己正抱着齐霄,赶紧嫌弃地跳到一旁,看着自己

第十八章
八心莲子

抓过齐霄的手，使劲又搓又甩："呸呸呸，真晦气，我要找地方洗手！"

齐霄更是嫌恶："我浑身妖气，回去更得好好洗个澡。"

小青气得跳脚，齐霄却懒得搭理，径直走进义庄内。

小青在他身后挥舞了下拳头，忽有一阵风吹来，她又觉得遍体生凉，看看齐霄的背影，虽然不愿意，却还是亦步亦趋地跟上。

义庄内的白色幔帘随风飞舞，大厅两侧排列有蜡烛，却是没有点燃，厅内暗黑无比，一阵阴风袭来，小青打了个寒战，环视四周，小声谨慎地问："齐霄，你在哪儿？"

忽有身影飞过，小青尖叫一声，捂着眼睛就躲到了柱子后面，齐霄于黑暗中重重叹了口气，灰袍拂过，厅内蜡烛悉数点亮。他从烛光中走出来，不屑地瞄了一眼小青："你怕了？妖竟然还会怕妖？"

小青整了整衣襟，强自镇定，噘嘴道："哼！要怕也该是你怕！"

齐霄翻了个白眼，不予理睬，直直走到大厅中央的棺木处，小青拿起一盏烛台，也跟了过去。

只见眼前除了普通棺木，最显眼处，便是三只竖着的木柜。

齐霄抬了抬下巴，神色严峻地示意小青："在柜子里。"

小青疑惑："柜子？"说罢，好奇地打开木柜，只见一家三口的尸体分列其中，小青一一看过去，"一男，一女，一个婴孩。果然是我们要找的那户人家。可是，为什么他们……"

齐霄严肃地说道："依当地习俗，死于非命者，需竖尸停放，待怨气散尽，方能下葬。"

小青举起烛台细细察看："的确不对劲，这对夫妻浑身上下都是刀伤，应该是被人所杀，可这个孩子身上却完好无损，不像死于外力。"

小青神色得意地将分析说给齐霄听，但齐霄并没有赞许的意思，只是盯着小孩儿的尸体，面色越发凝重："你看他的额头。"

小青定睛一看，发现孩子额头上有一颗红点，但这也没什么好稀奇的："不就是一颗朱砂痣……"

话音未落，小青手中的蜡烛忽然熄灭，义庄大门被一阵大风刮得"咣当"紧闭，而四周的两排窗户也跟着一一封闭，齐霄心惊："不好！有埋伏！"

只见果然一股妖气弥漫开来，连窗户外的明月都被乌云挡住，一时义庄内伸手不见五指。

天乩之白蛇传说1

小青愤然丢开手中烛台，怒骂："不开眼的东西，敢在本山君面前故弄玄虚！"说罢飞身冲向大门，一掌击在门上，却被屏障反弹回来，重重摔在地上。

齐霄皱眉警惕地望向四周，只见屋内屋外漆黑一片，黑雾逐渐聚集。他低声念道："日落月亏，阴气冲天。这是夺魂锁魄的阵法。"

"什么？"小青听得心惊肉跳，"那我们岂不是要死在这里？你快些想个办法啊！你不是除妖无数吗？"

齐霄怒声斥道："捂住耳朵！"随即拿出符纸开始念咒。

小青大骇，忙将耳朵死死捂住，躲在一旁。

门缝中，逐渐有黑雾聚集冒出，却丝毫不惧齐霄的咒法，化作一股浓烟，快速击向齐霄。齐霄飞身一跃躲了开来，只灰袍下摆被击中，霎时便烂了一个大洞，有浓烟"哧"地冒出。

齐霄落在三只木柜旁，急忙扯开身上冒烟的灰袍，却见那黑影又从另一端疾冲过来。然而，不知为何，黑影冲至装着婴孩的木柜前时，仿佛有所忌惮一般，立马弹开。小青躲在柱子后面见到，灵光一闪，不管不顾地从侧面飞扑出来，大喊一声："跟我来！"随即抓起齐霄，两人相拥着落入柜中。

"你！"齐霄不明所以，自然气急。

小青却按住要起身的他，定定看着他道："你信我一次！"在黑影即将袭来的瞬间，小青伸手拉上了柜门。黑影袭至木柜前，再次弹开，随即又在角落里聚集，仿佛发怒一般飞快地在义庄内流窜，却始终无法靠近木柜半分。

小青打量着这只容身的木柜，对齐霄说："喂，这柜子邪得很，也不知道外面那鬼东西在怕什么，一步都不敢靠近。"

齐霄也觉古怪，沉吟道："三只木柜一模一样，它唯独不敢靠近这一只……除非……"

小青反应过来："问题在这尸体上？"

齐霄将那婴孩的尸首拉到身边，晃亮了火折子，上下打量片刻后，伸出手盖在他额头上的红点处："这是邪祟出入的标记，可奇怪的是，尸体上却没有一丝邪气可寻……"一边说着，一边迅速地顺着遗骨往下一寸一寸按了按。齐霄的神色由疑惑变得恍然大悟，随后露出不可思议的表情，惊诧道："他浑身的精血被抽得一干二净，想来是自出生之时就成了炼妖的容器。你可知道为何尸体身上没有邪气？"

小青也是难以置信地看着尸体："你的意思是……"

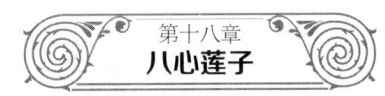

第十八章
八心莲子

齐霄神色严峻地颔首:"不错,那股邪气早已化妖离去,妖术已成!"

小青不由得害怕地往齐霄处缩了缩身体,齐霄也并没有介意,只是凝神注意着柜外的情况,只见木柜忽地开始抖动,小青吓得浑身发抖,齐霄沉声道:"是外面的黑影在作祟。现在妖阵已成,看来是打算置我们于死地。"

小青猛然推开齐霄,又气又急:"我才活了一千年,修炼平平,大道未成,不能命断于此!"

木柜抖动得越发厉害,小青忙抓住柜门,对齐霄怒道:"你快想办法啊!"

齐霄也是无奈:"要破阵,必须有光!"

突然间,二人背后的婴孩尸体向二人平伸出双手,齐霄踢破柜门,正欲闯出,和那黑影正面较量,远处就响起鸡啼,一丝细微的光线照入义庄。

小青大喜:"天亮了!"

齐霄拉着小青跳出柜门,黑影立刻袭来,齐霄一手将小青拉来护于身后,另一手高举铜镜,聚集细微的日光,又撒出数道珠子,砸向黑影。

"大胆妖孽!伏法!"

一时间四下光芒万丈,珠子炸裂,木灰飞散,门窗大开,邪术退去,黑雾发出一阵凄厉的惨叫,消散在一片白光中。

齐霄和小青受到余波冲击,也纷纷掩面后退,浑身白灰,被阳光照得睁不开眼,一时间狼狈不堪。

但等风波过去,二人却是相视一笑。

小青抹了抹脸上的灰,想起方才齐霄护住自己的举动,不由得直爽地冲齐霄道了声:"谢了啊!"

齐霄听了,却忽然变了个人一般,翻了个白眼,大步走出了义庄。只远远丢过来一句:"走吧,回去汇报情况。"

小青见他别扭模样,也冲他背影做了个鬼脸,嘟囔一句:"谁稀罕呀!"然后便小跑着跟上前去。

朝阳映照下,一人一妖的身影,竟是异常和睦。

第十九章
瘟妖之害

—— 1 ——

同样的黑夜，白夭夭昨晚也并不好过。

她来到荒野之地，找到许宣所说的那第一个因疫症暴毙之人的棺木。当日许宣本也打算独自前来查看，却遇到了漫天的黄沙。白夭夭掀开棺木，定睛一看，果然发现尸首额头上有着与元一相同的红点。

神色一凛，白夭夭催动法术，单手覆上死者眼睑，自己则阖上眼眸，与死者意识相接，低声敬道："白某得罪了，还望阁下在天之灵，能够指点迷津。"

渐渐地，亡者生前的影像在白夭夭眼前倒叙着浮现，白夭夭凝神看着，终于见到一丝魂魄咬着无疾兰之根，从额头钻入此人体内，随即在其上留下一丝红点。

亡者忽然开始痛苦挣扎，眼中射出绿光，笔直地看着前方，仿佛注意到白夭夭在偷窥。

白夭夭身子一震，受到反弹，嘴角渗出鲜血，被击飞倒地。

而尸体额头上的红点则渗出鲜血，棺材中渐渐冒出黑色烟雾，白夭夭见状，赶紧挣扎着挥手，将棺材重新盖好，这才倒回地面，徐徐捂着胸口喘气。

回想起方才的一幕，白夭夭渐渐心跳如擂鼓。

竟然是饕餮藏在天乩剑上的一魄。

原来是他！

第十九章
瘟妖之害

前后连贯起来一想，白夭夭忽觉不妙，一跃而起，匆匆擦掉唇角鲜血，飞身往许宣处飞奔。

"你一定要没事。"白夭夭暗自祈祷。

待她心急火燎地赶回村里，正看见许宣摇摇晃晃的身影，她直奔上前，还未开口询问，许宣便直接倒在了她身上，浑身滚烫。

白夭夭战栗着抱着他瘫坐在地，于檐下灯笼的光芒中，看清了许宣额间的那一丝红点。

白夭夭如一脚踩入万丈深渊，颤抖着伸手抚上他的额头，呢喃自语："还是晚了一步……还是晚了一步……许宣你一定要没事……我一定会救你的！"

白夭夭极力镇定下来，扶着许宣往房里走。

而此时隔着夜空，黑衣人戴着面具，站立于树梢，远远望着院中情形，冷哼一声道："紫宣，这一次我看谁能救你！"

说罢，翻起双掌，对着远方施术，只见两道黑烟从掌心冒出，汇成一股黑影，乘着夜色急速朝许宣所在的小屋飞去。

房内，白夭夭翻开许宣手臂，只见一道绿色的浊气正顺着他的手臂往心脏游走，白夭夭立刻将仙气注入，但仙气不断溃散，无法进入不说，更是有一股力量纠结于许宣体内，与白夭夭抵抗着。

白夭夭正是心急如焚，忽见屋中烛光闪烁，白夭夭警觉地瞟了一眼身后，瞥见黑影袭击，忙侧过身来，左掌继续对着许宣注入仙气，右掌硬接下扑面而来的黑影的攻击。这对接一掌，白夭夭便心知不敌，只得收回左掌，双掌合并，化作一道白光，使出浑身之力击向黑影。

黑影霎时溃散，可背后的许宣却睁开眼来，眼中绿光闪烁，十指忽成利爪，一把划破白夭夭的臂膀，方才包扎好的伤口又复有血汹涌而出。

白夭夭急声唤道："许宣，醒醒，别被操控了！"许宣却全然听不进去，只是双目圆睁，一招又一招地攻向白夭夭。

白夭夭顾不得伤口，侧身绕到他背后，顺势将许宣点倒，再挣扎着抱起他，重新扶回床上。

深林之中，黑衣人见黑影竟然以迅雷不及掩耳之势反攻而来，大怒不已："竟能破了我的法术！白夭夭！"随即浑身被黑影罩住，黑衣人受到反噬，从树梢落下，勉强稳住身形，吐出一地鲜血。

天乩之白蛇传说1

2

许宣睁开眼，发现自己躺在床上，挣扎着撑起身子，望见白夭夭正坐在桌前，神色茫然无助地看着窗外的月亮，肩膀上几道长长的抓痕，血迹近乎浸透了整个肩头的白衫，不免关切地问道："白姑娘，你受伤了？"出声才觉喉咙嘶哑，火烧火燎一般地疼痛。

白夭夭见他醒来，赶紧走上前来扶他，许宣却慌忙喝住："别过来，我已经染上疫症，恐会传染姑娘，还请姑娘速速离开。"

白夭夭执意上前，柔声安抚道："你放心，我与凡人不同，有师父的佛荫附体，不会染上疫症。"

许宣思忖片刻，方抬头看向白夭夭，眼底透着决绝："既然如此，我想请姑娘帮我一个忙。"

白夭夭有些疑惑，却赶忙问道："何事？"

"我要你送我回药师宫，并帮我瞒住宫中众人。我要把宫上之位传给冷凝，但不能惹他们疑心担忧，"许宣眼神坚毅，唇边却牵出一丝苦涩的笑意，"我这样子，恐怕他们一见便知，所以，烦请姑娘做我几日传话筒吧，待我走后……"

白夭夭伸手掩住他的嘴："你会没事，我定会竭尽所能救你。"

见他神色怔然，白夭夭松开手，轻咳一声，转过身道："好，我答应你。"

许宣故作轻松地笑了笑，轻喘了下，道："如此，我俩的救命之恩，就两清了。"

白夭夭听得心头难受，背对着他紧紧闭了闭眼，而后却依他吩咐，去唤来清风，由得许宣在夜色昏暗中对清风吩咐道："今夜我便会和白姑娘回药师宫，你让冷凝留在此处，继续照顾病患，好好锻炼医理，并抽空赶紧修炼断阳宗的《毒经》，以便日后尽早接任宫上之位。"

清风大惊，匆匆跪下，正待问为什么，许宣却提前止住了他："不许问原因，把我的话带给冷凝即可。你也留在这里，看着冷凝。"说罢，许宣便挥退了他，由得白夭夭搀扶着，于夜色里上了马车，连夜赶回了药师宫。

第二日，清风嗫嚅着将话转达给冷凝，冷凝十分惊诧，脸色更是极不自

第十九章
瘟妖之害

然："师兄他带着白姑娘连夜离开，却让我留下照顾病患？"

清风见冷凝面色不郁，心中了然，连忙解释道："大小姐你别误会，宫上是希望你趁着这些病患的疫症已然控制之际，好好锻炼自己。"

冷凝依旧十分失落："师兄除了让我修炼，对我就再没有半点儿上心！"她是当真担心啊……或许师兄真的起意要和那位白姑娘共度一生了，因而才对她继任宫上一事如此迫不及待。

清风温声劝道："药师宫的宫上，必须要同修明决、断阳两宗。宫上也是担忧你尚有许多需要学习之处……眼下大小姐你已学完《医经》，只需等此处疫情完全了结再回到地火处修炼《毒经》即可。"

冷凝夺过话头："如何继任，我自然知道。可我的心意，你们却都不明白！若不能守在他身边，宫上一职又有什么意义！"

清风倒吸一口凉气，紧张道："大小姐，明决宗研习《医经》，宗内弟子千人有余，广收天下门徒，以治病救人为己任。断阳宗专修《毒经》，专治疑难杂症，弟子虽少，却各个身怀绝技，是药师宫自保的力量。这样大的药师宫，这宫中的许多弟子，都是老宫主的心血，你这样说，岂不叫大家心寒……"

冷凝沉默了一瞬，情绪也稍稍平静了些许，她微笑着对清风道："我知道了，你不用担心，我只是觉得事出突然而已。待会儿我还要去照顾病人，你先去替我打点一下。"

清风看冷凝神色不似作伪，便应声而去，冷凝脸上的笑容却于他转身之间再度僵住，眼底全然是阴郁与担忧。

药师宫中，小青与齐霄找到白夭夭，叙述昨夜的遭遇。

白夭夭结合自身所见景象，终于明白了前后因果："是饕餮的魂魄盗取无疾兰之根，想吸尽婴孩全身的骨血，利用邪术炼妖，凝聚成形。"

小青不解问道："饕餮？饕餮是谁？"

白夭夭本能地望向齐霄，齐霄却也是一脸茫然地回望着她。白夭夭假装不经意地移开目光，轻叹道："饕餮本是神兽，但它私自下凡为害一方，被降伏后，为惩处它犯下的罪孽，便斩断了其仙根，由其坠入妖道。但它在逃走时，硬生生将一魄剥下，附于天乩剑上，仙山结界能挡三界六道生灵，却无法感应到这微弱的一魄……是故它能悄然无恙地从蓬莱仙山盗走无疾兰之根。"

天乩 之白蛇传说1

白夭夭顿了顿，又蹙眉继续道："随后，它衔着无疾兰之根，身如轻烟地钻进了待产的孕妇腹内，再于那刚出生的婴孩体内幻化为瘟妖，这便是你们在义庄看到的那个婴孩了。瘟妖出世后，不断地附身吸取骨血而壮大，同时传播疫情，被它所附身之人，无一幸免额上皆有红点。第一个发作疫症之人恰好来探望那个婴孩，便成了第一个被附身之人。那婴孩的身体成了炼妖炉，全部骨血被抽走，随瘟妖离体而死亡。而后疫症暴发，死去的婴孩被视作不祥之物，因而全家都遭遇了灭顶之灾。"

白夭夭面现不忍之色，小青则听得目瞪口呆："难怪义庄内的妖如此难缠！看来我们遇上高手了！"

白夭夭旋身看向小青："你在临安府时日最久，这附近可有什么厉害的妖？"

小青摇头道："最厉害的便是我了。可当日义庄内，我与那妖交过手，就算妖帝再世，也不过如此吧。"

齐霄插嘴道："什么妖帝妖皇的？听名字便知，绝非善类！"

小青瞪他："你又不是妖族中人，知道什么呀？"

白夭夭打断二人的争执，头痛地扶额道："我担心的是，你们遇上的，也不过是瘟妖的化身，随着瘟妖逐渐强大，会拥有无数化身，同时吸取多人精血，而他的本体……"此时可能就在许宣体内。想到此处，白夭夭指甲几近掐进肉中。

"化身就如此厉害，本体的话……"小青惊恐无比。

"化身所致之疾，已被许宣所创之法控制住了，但是许宣服了八心莲子，疫症却愈演愈烈……"白夭夭按压着自己的太阳穴，逼着自己冷静下来，喃喃说道，"被瘟妖附体之人，视体质强弱，多则三四天，少则眨眼间，皆暴毙身亡。为何唯独元一法师能逃过一劫？"

要知当日，元一法师的疫症同样来势汹汹，想必也是瘟妖本体附身，而更有可能，许宣的疫症便是由元一大师传染的。

小青却是寻到了丝希望般惊喜道："既然元一法师能幸存，是否代表许宣也有救？"

白夭夭思忖片刻，看向齐霄："或许元一法师身上藏有对付瘟妖的关键……"

齐霄点头："事不宜迟，我赶紧去找师父商量对策！"说罢，便急匆匆离

第十九章
瘟妖之害

去。

白夭夭也忽然想到一事,对小青道:"你替我顾着点儿许宣,我去趟蓬莱仙山!"

一想到许宣痛得手指颤抖,告诉她自己最多只有三天光景的样子,白夭夭就心如刀割。

她疾奔仙鹤面前,神色忧虑中又带着倔强不甘。

仙鹤听她匆匆说了情况,也是不耐地在房中来回踱步,大声叹息:"没想到饕餮的计划竟如此缜密,为了报仇,不惜花费千年的功夫,以剥离的一魄化为妖身,乘机进入许宣体内,委实可恶!"

白夭夭扶着额际,声音都有些嘶哑:"千年前的那一战,饕餮被斩去仙根,高高在上的神兽就此堕入妖纲,他必定对紫宣怀恨在心。"

"不过是堕入妖纲!"仙鹤重重一甩袍袖,"要不是看在白帝的面子上,饕餮早就该斩杀于诛仙台上!"

白夭夭长久地阖上双眸,摇了摇头,恸道:"只是没想到,他比所有人都快,已经找上了紫宣。"

仙鹤伸手,放在白夭夭肩膀上,边安抚边感伤:"可惜,我们终究迟了一步。"

白夭夭立刻反握住仙鹤的手,睁开双眼定定看着她:"还不迟!我用了一千年的时间才见到他,这一次绝对不能眼睁睁地看着他从我面前消失!"

仙鹤有些不忍,理了理她鬓间的乱发,劝道:"你已逆天行事,做错了那么多。事到如今,你还想执着下去?"

白夭夭缓缓摇头,只求她:"仙鹤姐姐,你替我求求仙君,他掌管百草仙药,一定有办法救紫宣,就算暂时医不好,至少也能拖到我找出破解之法。"

仙鹤长长地舒出一口气,面现纠结,许久后,才道:"我倒是想到一个办法,你可还记得我上次说过,无疾兰之根能致百病,无疾兰之花、果却能治百病。这次这株无疾兰的花虽被根上汁液毁掉,但仙君百年前曾收集无疾兰之果炼制了两丸丹药,这便能治好许宣身上的病症。但要如何进到许宣体内,彻底杀掉瘟妖,却是个难题,瘟妖太过强大,若稍有差池……"

白夭夭眼神却倏然亮起,她打断仙鹤的话,盈盈拜下:"烦请仙鹤姐姐去为我向仙君求药,其他事,我自会小心筹谋,愿能听到姐姐的好消息。"

见她如此坚决,仙鹤无可奈何,只得扶起她:"你放心,不管为你还是为

紫宣，我都会尽力。"

3

白夭夭半是欣喜半是焦虑地回到药师宫，却见冷凝站在许宣门外，正被许宣训斥："谁让你回来的？"

"我不过提前几日回宫，师兄为何动气，连门都不让我进吗？"冷凝扶着门框泫然欲泣。

许宣的语调却毫不怜惜，十分严厉："弃病患于不顾，私自提前回宫。我不记得师父这样教过你！冷凝，你真是太让我失望了。"

冷凝再忍不住眼眶中的泪水，却还想出声解释："师兄，不是这样的。我离开前已经安排其他师兄弟照顾病人了啊。"

里面许宣却毫不留情，继续道："我将病人交给你，你却随意将责任转嫁于他人，都怪我平时疏于管教，你这就回去，将《医经》与药师宫宫规各抄写百遍，不抄完不许来见我！"

"师兄……"冷凝还欲说些什么，却看到了翩然走来的白夭夭，立马瘪了瘪嘴，努力忍住眼泪。

白夭夭凑近轻声安慰道："宫上他有自己的苦衷，你别放在心上。"

可冷凝却是别过头去，嘀咕一声："谁要你的假好心？"说罢，又看看紧闭的房门，心有不甘地跺了跺足，愤然转身离去。

白夭夭听得许宣屋内一阵叹气咳嗽，也顾不得冷凝了，忙匆匆开门进去，只见他脸色苍白，捂住嘴压抑自己的咳嗽声，用眼神问她冷凝是否看出异状。白夭夭心头剧痛，走过去缓缓拍着他背，替他顺气："你别太过心急，冷凝她终会慢慢明白的。"

"我怕是等不到了，"许宣声音嘶哑，接过白夭夭递来的热水，饮了口，方苦笑道，"让她伤心，我心里也不好受。"

"你放心，我会想办法安抚她。"白夭夭从他手里接回空茶杯，又扶着他躺下，温柔说道，"你再睡会儿，我还有些事情需要安排。"

许宣颔首，在她手从他背后徐徐撤走的一霎抬手握住，是轻巧礼貌的力道，眼神却是沉重的嘱托与关切："辛苦了。"

白夭夭摇了摇头，抽出手来，帮许宣披好被子，再平稳踱步行至房外。

第十九章
瘟妖之害

小青见四周无人，从转角处迎了上来，见她面色不好，便关切地问："小白，你没事吧？该不会是许宣他……"又病得更重了？

"无妨。"白夭夭握了握小青柔若无骨的手，冲她强作一笑，"我找到了或许能救治紫宣的法子，却需要元一大侠和齐霄的帮助，我这便去伏魔山庄寻他们，你可要一起？"

小青慌不迭地摇头："伏魔山庄？不去不去！"她一个修为平常的小妖，还不敢去伏魔山庄送死。

白夭夭思忖片刻："也好，那你还是留在这里，帮我注意着冷凝的动静。"

"谁要注意她……"小青嘀咕一声，见白夭夭眼神严肃地看着自己，便撇了撇嘴，"好了好了，知道了，我去守着那臭丫头，姐姐，你要注意安全。"

白夭夭点头，正待飞身离去，却不防身体一晃，竟是晕了过去。

小青大惊，高唤了声："姐姐！"

门内许宣听见小青的呼唤，挣扎着要起身却是不能，便嘶哑着嗓子问："小青，出了何事？"

小青慌乱地说："姐姐她晕过去了。"

"你带她进来，我看看。"许宣知道自己下床都是困难，便只能由小青将白夭夭搀扶进房间，再带至自己面前。

许宣诊脉的手指在颤抖，可神情却渐渐放松："无虞，她只是近日太过操劳，消耗过度，肩上的伤又没有好好照料。"许宣望向白夭夭苍白小脸的眼神有着疼惜与愧疚，"还好不是疫症。"

小青想起白夭夭不愿对许宣说起她是妖身，便没有解释瘟疫对妖是无效的，只点了点头，扶着白夭夭在地上坐了，又渡了些仙气给她，方看见白夭夭的脸渐渐恢复了血色。

"宫上，"小青看着脸色青白虚弱的许宣，郑重道，"请你好好照顾自己，我先带姐姐去她房间休息片刻，再替她去伏魔山庄寻元一大侠和齐霄。"

许宣无力地挥了挥手，由得小青抱着白夭夭出去了，只是关切眼神始终胶着在白夭夭的身上，直到她们消失于门外，还停留了许久。

小青安顿好白夭夭，就去伏魔山庄传话。虽是害怕，但为了小白，她好歹也得豁出去一次。

好在还未到伏魔山庄，便在外面的竹林处遇到了元一和齐霄二人。

齐霄正是略带顽意地对元一说："师父啊，你号称天下除妖第一人，居然

天乩 之白蛇传说

连自己被瘟妖附体都未察觉。这件事要是传出去，咱们伏魔山庄以后……"怕是混不下去了哦。

元一也是满面惭愧："栽了栽了，只一心想着死去的村民，却没有料到此事背后居然是瘟妖作祟，枉我一世英名，居然栽了这么大个跟头。"

齐霄长叹了声，又皱眉道："也不知那瘟妖什么来路，现在附在许宣身上，杀也不是，不杀也不是！"

元一哀叹两声："此事因我而起，断不能坐视不理。走，你随为师去药师宫一探究竟！只希望那宫上还没有完全被妖物控制，做出什么丧心病狂的举动……"

"什么？他会伤人？"小青和齐霄同时出声问道。

齐霄听到小青的声音，抬头看去，才发现树上俏生生立着的不是他深恶痛绝的蛇妖又是谁。

"你来这里做什么？我就说怎么会有股熟悉的妖气。"齐霄鼻子哼哼两声，不屑地看向一边。

"少乱说，为了来伏魔山庄，我特意寻了无息花来掩藏妖气。"小青扭身，翩然落下，也再不理鼻孔出气、一脸厌恶的齐霄，转而向元一大侠一揖，"李大侠方才说许宣会伤人？"

"是啊，唉，"元一也是忧心忡忡，"总之先去药师宫再说，但愿事情尚未发展到无可挽回的地步！"

"那我先施法回去，你们随后再来，药师宫见，小白正好有事情找你们商议。"小青挂念小白安危，正待捏个法诀消失，却又被元一大师喊住。

"白姑娘可是出了什么事？"元一关切地询问。

齐霄也在旁接话道："是啊，白姑娘是不是出什么事了？不然怎会让你这个小蛇妖来伏魔山庄寻死。"

"小白她体力不支晕倒了……哎呀！一时半会儿说不清，我先回去了！"小青又瞪了眼齐霄，"懒得搭理你！"

说罢小青便飞身离去，齐霄和元一对视一眼，也丝毫不敢再停留。

第二十章
妖帝斩荒

―― 1 ――

药师宫地火处的结界已破,可地火依旧四季不断、昼夜不熄地燃烧着,忽然,一阵紫气飘入地火之处,将石壁照出一片紫色荧光,地火似乎感应到了什么,微微跃动起来。

那道紫气飘浮于地火之上,光芒大盛,霎时间,石壁上紫色法阵流转,又渐渐暗淡下去,紫气凝聚,化为一身量修长的男子,身着暗紫色长袍,衬得面白如玉,器宇不凡。

他抬手,抚过石壁嶙峋,轻声叹道:"这么多年了,还是老样子。五百年前来到此地,本想借此处灵气重塑元神,没想到却被困在紫宣的元神碎片中不见天日。但福兮祸兮,聚魂灯重塑他元神,竟也让我得了便宜。"想到此处,男子唇角勾出邪气弧度。

山洞中突然又飘来一道银色的疏淡光晕,随后凝聚成人形,却是一身披银甲的青年男子,眉目开阔,身材高大,一经现身便对紫袍男子拜倒,恭敬道:"属下见过妖帝。"

"逆云,你起来吧,"妖帝斩荒瞥他一眼,又是微微笑了,"饕餮总算不负我期望,顺利破了此处结界。"

"火、土二处的结界皆已破除,"逆云起身,但面上却有着忧虑,"只是饕餮这些年性子越发乖张,只怕再见面时,已经不会轻易臣服。"

斩荒却是毫不担忧,只高深莫测地弯了弯唇角:"无妨,待我见到他,自

然有办法。"

斩荒话未说完，突然感觉到四周萦绕着一股熟悉的气息，他皱眉，四下回望，逆云有些莫名地随他四处打量，却没有任何发现："主上？"

斩荒皱眉喃喃："这里……为什么会有她留下的气息？"

"谁？"逆云再仔细看了一周，还是不明所以。

"那个温养我元神五百年的人。"斩荒一向邪佞不羁的笑容此时忽然变得温柔如水。当年他元神四处飘散，却忽而被一女子细心温养了五百年，这才让他的元神碎片逐渐强大，能借聚魂灯燃烧之时重新凝聚。

她究竟是谁？

斩荒缓缓踱步，凝眉感受那熟悉入骨的气息，随后终是释然一笑："无论你是谁，只要你在，八荒四合，三界众生，我总能找到你。"

忽然，远处传了脚步声，斩荒和逆云对视一眼，作法隐匿了身形。

只见冷凝小心翼翼地来到地火之中，神情警惕地四下打量，发现并无人影，便露出疑惑神色："方才分明听见有人说话，难道是幻觉？"

再四下里看了一圈，冷凝摇了摇头，认定是自己多想，再抬头看着石壁上那些古老的图画，神色中出现一些不耐。

这些绘有毒虫图案、一些毒药秘方和人体经脉流转的壁画，正是断阳宗的不传之秘——《毒经》。

冷凝盘坐在石壁之前，详细参悟着。

而地火入口处，白夭夭和小青二人相携而来。

小青气鼓鼓地道："是她自己要来的，我们干吗要管她呀？"

白夭夭轻声宽抚："此事与我也有干系，总不能见她就这样赌气不吃不喝地耗在这里。"

"小白你就是这样，总担心这个担心那个，难怪会晕倒。你这才醒过来就该好好再休息休息，却不停帮许宣忙这忙那不说，还来关心她，"小青不满地嘀咕，"何况冷凝做错事，你们就都心疼，我每次做错事，却被你们责骂惩罚，果然妖和人是不能相比的。"

白夭夭听了，望着小青面现纵容地笑了笑，又捏了捏她的手，示意她静声，再同她一起看向洞中打坐的冷凝。

冷凝知道她们到来，却丝毫不为所动，只望着壁画冷声说道："你不必来劝我，研习《毒经》继承药师宫，是师兄要我做的，我定然会做到。"

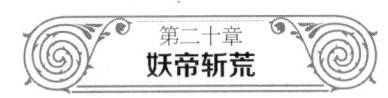

第二十章 妖帝斩荒

白夭夭摇头:"宫上并不是那般意思,他心中是牵挂于你的。你这样和他赌气,总归是伤了感情……"

冷凝横她一眼,不耐烦地打断她:"我与师兄自小一处长大,我们二人之间,还轮不到你指手画脚。"

小青早看不惯冷凝那副全天下都得围着她转的大小姐模样,见她如此对白夭夭说话,更是气得面红耳赤,于是狠狠瞥着冷凝对白夭夭说:"你看你看,什么叫狗咬吕洞宾不识好人心!我早说了,她自己喜欢这黑漆漆的地方,就让她自己待着好了!省得出去惹人烦心!"

白夭夭听见小青所说的"黑漆漆"三字,倒是突然反应过来,皱眉打量了四周一圈,然后问冷凝道:"冷姑娘,你在地火的这两日,此处可发生什么异常吗?"

冷凝听了,心中极不舒服:"我在这里,能有什么异常?"

白夭夭只觉非常怪异,狐疑地说:"上次结界虽被破,可并未伤及地脉,为何此处灵气荡然无存?"眼下地火虽然仍在燃烧,可光线微弱,暖度也是大大不够了,更可怕的是,她进来后,再感觉不到那种浑身通泰的灵气,他们修行之人,最是讲究"地灵",要知道一个充满地之灵气的修炼之地,可让修仙事半功倍。

白夭夭担心,有人在借地火之灵气修炼妖身,只有这样,才会让灵气消耗得如此之快。

"你又在胡言乱语些什么?"冷凝大怒,站起身来,"此处是我药师宫禁地!我不追究你乱闯的过失便罢了,你还在这里说什么灵气全无、结界被破,难道是试图诋毁我药师宫吗?"

小青气得叉腰,顶撞道:"你一介凡人,知道什么?"

冷凝双眸一眯,目现杀气:"你这妖类,又知道些什么?"

白夭夭见二人似是要挑起战火,忙拉了拉小青,对冷凝客气说道:"姑娘的意思我明白了,既如此,我们姐妹二人便不打搅你修行了。只是若有什么异动,还烦请冷姑娘定要及时告知于我,此事非同小可。"

白夭夭言罢,不等冷凝回复,便拉着小青离开。

冷凝看着白夭夭的眼神里,是冰凉嗜血的恨意。

二人刚到洞口,小青侧首望见白夭夭忧心忡忡的样子,便关切问道:"小白,你可是在担心灵气之事?不如我现在去查查?"

白夭夭迟疑片刻，终是摇头："眼下一切还是以许宣为重，李大侠他们怕是今夜便会到了，我们先去许宣房里等着吧。"

听说又要去见那讨人厌的齐霄，小青面现为难之色，黑白分明的眼珠一转，捂着肚子说："哎呀！怎么会突然腹痛，我去找个地方解决下难题。"

白夭夭了然地看着她的背影，无奈地笑了笑，摇摇头，转身走了。

2

入夜，白夭夭陪着许宣在丹药房配药。

许宣枕在软垫上，指挥白夭夭用哪种药，又该配什么分量。

他如今全靠这些杂七杂八的药来延续生命，想着能多活一天，便能多照顾药师宫一天，冷凝也可以多一天的时间成长。

白夭夭如何不知道他的心情，从昏厥中醒来后，她也在翻阅医书，并随时等候仙鹤传音。但愿仙鹤能顺利求得无疾兰之果炼成的仙丹，不然，她怕又只能冒险去偷药了。

只是蓬莱仙山毕竟不同千年前的九奚山那样毫无防备，若她在盗药时受伤，又该托付谁进许宣体内与瘟妖一斗呢？

白夭夭正是满怀心事，却忽听身后一声痛苦的嘶吼，她立马紧张起来，回头望去，只见许宣眼珠泛绿，正在痛苦挣扎，想要破门而出。白夭夭忙使出仙障，困住许宣，输出仙气与许宣体内的瘟妖对抗："许宣！你要控制住你自己！不能受那妖物摆布！"

可许宣根本听不进去，只是发狂着要冲破仙障。

白夭夭的仙气一挨着许宣身体便消散无踪，她无奈，只有回过手来不断加强仙障来限制许宣行动。

"许姐姐，你怎么来了，宫上正在丹药房炼药，吩咐谁也不能进去。"门外清风的声音突然由远及近，听上去紧张万分。

"不行，今天我想尽办法来到这里，就是为了见他一面，他是我胞弟，我只盼着他好，可眼见着冷凝为他这样受苦，我定要劝上一劝！"

清风的身子横在门上，坚决不许许姣容推门："请许姐姐不要为难小的。"

白夭夭为门外的纷争一分神，胸口便是一滞，竟是险些走火入魔。眼下虽

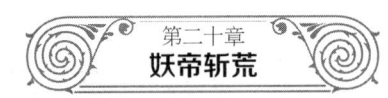

第二十章 妖帝斩荒

能勉强稳住，却已是受了内伤。

眼见清风挡不住许姣容，白夭夭忧虑地看一眼许宣的模样，只得暂时收手，打开门，用身子挡住许姣容的视线，再把门牢牢关上，笑脸迎人："宫上在配药，分量不能出一点儿差错，我们到外头说。"

白夭夭做了个"请"的手势，许姣容看一眼紧闭的房门，有火发不出，只好跟着她移步院内。

方一站定，许姣容深吸一口气，便冲着白夭夭绵里藏针地提醒道："听说弟弟骂了冷凝一顿，我正想来找他问问，没想到白姑娘竟在此处，和他孤男寡女共处一室，这要传出去，恐怕有损白姑娘的名声。要知道，女人，最重要的就是名节！"

白夭夭只能微笑："多谢大姐提点，只是……"

"你先别谢，我话还没说完呢！"许姣容伸手止住她，颇有深意地继续道，"咱们家许宣呢，与冷大小姐是青梅竹马，虽然目前尚未婚配，但他们迟早是要成亲的。话说到这份上，你应该明白吧？"

白夭夭唇角勉强牵出凄凉的弧度，缓缓点了点头，才道："我明白的，但眼下我暂时还不能走，等处理完药师宫的事……"

许姣容眉尾上扬，怒骂道："药师宫的事情与你何干？冷凝脸皮薄任你欺负，我可不怕你。你分明就是想死皮赖脸地缠着我弟弟。"

白夭夭只觉她的话越来越听不下去，伸手按了按眉心，打断她："许姐姐，这件事真的是事出有因，我并没有……"

话没说完，房内突然传来一声惨叫，清风慌忙推开门，急吼吼唤了声："宫上！"

白夭夭脸色大变，重回丹药房，只见桌椅倒地，瓶瓶罐罐砸了一地，哪里还有许宣的踪影！

"不好！"白夭夭跺了跺脚，吩咐清风，"快追！"

许姣容看着二人急匆匆奔走的身影，不明所以，但走到丹药房门前，看到里面凌乱场面，心里霎时慌得厉害。

齐霄刚刚入宫，便听得药师宫钟声大作，立刻警觉地对元一道："药师宫出事了！"

元一神色凛然："咱们分头察看，务必保证宫上安全！"

齐霄点头，和元一兵分两路，各往一处去了。

天乩之白蛇传说1

宋师兄听见钟声时，本准备前去丹药房询问许宣出了何事，却见眼前突有人影快速跑动，不是许宣又是谁！

"宫上！"宋师兄喊了一声，却见许宣仿佛没听见一般，他情知不对，便伸手去拦，却见许宣蓦然抬头，一双幽绿色的眸子十分骇人，便吓得后退一步，再低声唤了遍："宫上……"

许宣却是一爪朝他胸口袭来，只是在他胸前半寸不到的距离硬生生停住，神情痛苦压抑地看着他，哑声道："快……快逃……我……"

宋师兄虽然害怕，却更是担心许宣，着急问道："宫上，你怎么了？"

许宣拼尽全力和体内的瘟妖对抗，试图逼着自己后退，却突然有黑衣人到来，屈指成爪，猝不及防地在宋师兄胸前抓出道道深可见骨的血痕，宋师兄霎时晕了过去。

蒙着面的黑衣人转过身来，眼神浸血般看着许宣。

而原本挣扎痛苦的许宣却突然面色沉静下来，静静与眼前的黑衣人对视，随后忽然一弯唇角，说道："许久不见了，饕餮。"

他身上涌出的仙气令饕餮不由得接连后退几步，勉强定下神来，饕餮哈哈一笑："没想到你竟有如此强大的意志力，看来是我失算了，紫宣！"说罢，便是准备一爪向"紫宣"攻来，"紫宣"则幻化出一道白光攻向饕餮，饕餮闪身一躲，"紫宣"一步上前，趁机抓下了饕餮的面具，顿时一震……

竟是元一！

李元一也是不惊，笑了笑道："你该知道瘟妖是我的一魄所化，因而眼下我算是操控了许宣的心神，你意志力再怎么强大，也终究只能受制于我。紫宣，一千年了，我报仇的时候到了。"

"紫宣"眸光渐冷："你不仅仅控制了许宣，还附身于元一，难怪凡间找不到你的气息。"

饕餮耸了耸肩，颇是桀骜得意："是李元一不自量力，凭个破法术竟想收了我，正好为我所用，借收妖之名来吸取小妖精血，要不然，我何来今日的法力。"

"紫宣"闻言，深感痛悔："千年之前，我就应该彻底将你铲除，才不会酿成这次大祸。"

饕餮冷笑道："铲除我？你自己都魂飞魄散了，还敢口出狂言？你可知，这是老天爷在助我！"

第二十章
妖帝斩荒

"紫宣"眉间深锁,摇头叹道:"你竟能利用分裂的魄幻化成妖,将邪术修炼到这种境界,是我低估了你。"

"你知道得太晚了,"饕餮嗤笑一声,又颇为玩味地看着"紫宣","你可以放心,我今天不会杀你,我要先引白夭夭进入许宣的神识,再在你面前杀了她,让你痛不欲生!哈哈哈哈!"

饕餮放声狂笑,手上施法催动许宣体内的瘟妖,瘟妖苏醒,紫宣只能和瘟妖争夺许宣的身体,而许宣则痛苦地倒地翻滚,余光瞥见旁边的宋师兄奄奄一息,便缓缓爬过去,封了宋师兄的心脉。

"啊!"

冷凝突如其来的尖叫声,引来各方注意,元一停下手中法术,低身抓住许宣,趁机封了许宣的心神,令他晕厥过去,再执着他满是鲜血的手对冷凝道:"宫上他已经被妖所控制!"

冷凝不敢相信地捂住嘴,齐霄与清风等人此时也已经赶来,见到此幕皆是大惊失色,清风忙不迭地扑向许宣,齐霄则恍然大悟道:"难怪刚才我见这里妖气冲天,只是被他们药师宫的迷阵困住,才一时没能赶过来!"

元一对齐霄说:"我们现在必须立刻控制住宫上,否则他体内妖物一旦发作,后果不堪设想!拿捆妖索来!"

齐霄迟疑:"……没有其他办法吗?"

元一断然否决:"快!"

齐霄只得拿出捆妖索,清风本能地护在许宣面前,望向冷凝,不知如何是好。

冷凝方才也受到惊吓,支支吾吾道:"将师兄……师兄……"

齐霄上前一把推开清风,抓起许宣便要将他捆住,愤愤道:"磨磨蹭蹭只会害了他!"

这时,一道白影闪过,从齐霄手中抢下许宣,白夭夭唤出"挽留",横剑扫视众人,冷声道:"谁都不许动他!"

齐霄皱眉喝道:"他都已经伤人了!你可知……"

白夭夭打断他:"我会找到解决的办法!"说罢,便捏了个诀,与许宣一同消失了。

众人皆是一震,齐霄无奈地直叹气,而元一却悄悄于唇际弯出一丝冷笑。

许姣容终于闻讯赶了过来,看向神色凝重的众人:"许宣到底怎么了?"

又拉着冷凝的手,颤抖着声音询问:"冷凝,你实话告诉我,许宣怎么了?"

"我也不知道……"冷凝有些凄苦,亦是有些莫名地看向元一,"为什么师兄会被妖附身?"

元一叹气摇头,一脸无奈:"宫上得了疫症,但这疫症却是由他体内的瘟妖引起的。"

许姣容大惊失色,几乎晕倒:"妖怪?好端端的,怎么会惹上妖怪?你快想办法救救我弟弟啊!"

冷凝忙扶着许姣容坐下,也一同望向元一:"难怪师兄最近举止异常,总是无故躲着我们,原来他另有苦衷。元一大侠,当真没有除去瘟妖之法?"

元一稍一欠身:"冷姑娘放心,宫上对老夫有救命之恩,我定会竭尽全力救治于他,只是眼下需先找到他的下落。"

许姣容气得再度站起身来:"那白夭夭究竟要将弟弟带去哪儿,会不会一切都是因为……"

齐霄听不下去了,出言解释:"白姑娘是修仙之人,或许可以用法术暂时压制许宣体内的妖气。"

许姣容恍然大悟,也是松了一口气:"难怪弟弟让白姑娘待在身边。"

冷凝抿了抿唇,突然欠身向众人行礼:"关于师兄之事,还请诸位保密,切莫外传。"

齐霄沉声道:"眼下的确得稳住药师宫,不能让外人起疑。否则许宣……"怕也是不会安心……想到许宣,齐霄也是心头黯然,虽然相交时间不长,许宣又总是一副刻薄贪财、正邪不分的样子,他心里对许宣却始终是有真心相交的情意在的。

冷凝朝向他一福:"少侠请放心,眼下两位师兄都不在,我自会扛起药师宫的重担,至少会让师兄安心。"

"冷姑娘请放心,我们自然不会将今日之事外传,"元一伸手虚扶她一把,又道,"但为了宫上安危,烦请你多派些人手寻找二人下落。"

冷凝颔首:"这是自然。"

许姣容赞许地握住冷凝的手:"还是你懂事,可怜的孩子。唉!"

冷凝眼中噙着泪,却是倔强地不让它落下。

这时已有明决宗弟子将宋师兄伤口包扎好并送回了房间,清风便来回话。冷凝颔首后,便道:"我先去看看宋师兄的情况,清风,你安排众人暂且在药

第二十章
妖帝斩荒

师宫住下。"

说罢,冷凝便疾步而去。

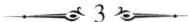

西湖湖心有一座小亭,秀丽隽永的风格,由西湖的湖光山水映衬着,自是格外雅致。

许宣此时坐在湖心的亭中,正有一下没一下地抚着琴,苍白脸上,少见地寻得一丝惆怅。

白夭夭翩然而至时,他抬头,微微苦笑着说:"宋师兄还活着,总算为不幸中的万幸。有劳白姑娘了。"

白夭夭讶然:"我什么都没说,你怎会知道?"

许宣面现无奈之色:"你的脸上藏不住秘密,若他有事,你不可能如此轻松。"

白夭夭连忙绷起脸,又用双手捂住脸颊,许宣笑了,将她手拿开,摇头道:"来不及了,你的智商不可能跟我斗。"

白夭夭轻咳两声,又瞪他一眼:"亏你还笑得出来,现在整个药师宫的人都在怀疑你,元一说你已经被瘟妖完全控制了。"

许宣眉间不过微微一皱,随即又微笑开来:"你一直苦心瞒着我的事,就是瘟妖?"

白夭夭意识到自己说漏了嘴,却也无从辩解,懊悔地敲了一下头,无奈承认道:"是。"

许宣笑意渐浓,手上又随意地奏响了几个琴音:"你是担心我知道真相之后,会自暴自弃,甚至不惜自杀,了却残生?"

白夭夭心疼地看着他,艰难地点了点头,随后又拉着他手臂,低声劝哄:"你千万别想不开,事情总会有转机的……"

许宣颇为不屑地撇了下嘴:"我绝不会想不开,我还没遇过过不了的难关。"

对于他的反应,白夭夭倒是十分惊讶:"你可知道眼下整个药师宫都在怀疑你被瘟妖控制,失去了人性,竟对宋师兄痛下杀手!"

许宣淡笑着反问白夭夭:"那白姑娘呢?你信不信?"

天乩之白蛇传说1

"不信！"

她的坚定不疑让许宣唇边弧度更大了些许："刚好我也不信。"

白夭夭眨了眨水光潋滟的大眼睛，有些惊喜地看着他："是不是你还记得那时发生的事情？你是不是看到了凶手的真面目？"

许宣揶揄一笑："你果真笨得很，我若知道真相，还会坐在这里？"

"你！"白夭夭微怒，可转眼又换了情绪，慨叹道，"现在这种状况，你还如此自傲自得，看来聚魂灯出的可不是一点点差错……"

许宣恍若未闻，再随意奏响几个琴音后，郑而重之地看向白夭夭："白姑娘，我有一件事情一直想问你。"

白夭夭见他神情严肃，仿佛看到了千年前紫宣严厉的目光，不由得赶紧站起身来，心虚地问："你，你想问什么？"

许宣也站起身，朝她步步靠近，白夭夭则是步步后退，直到撞到亭边的白玉栏杆，一时立身不稳，欲往水面栽去。

许宣伸手，牢牢托住她腰。

"啊！"白夭夭惊叫一声，再怯怯地睁开眼，看着离自己极近的许宣，几乎忘了呼吸。

许宣盯着她的眼睛，也是一眨不眨，微风拂过，卷起二人的长发在空中纠缠，许宣的声音也清淡似风："你之前连救命之恩都不想报答，如今正好离去，为何偏偏选择留下？"

"我……我……"白夭夭语塞，急急忙忙推开许宣站好，再转过身来面向湖面，苦心寻一个理由却不得。

许宣苦笑着继续说道："更何况我清醒时间越来越短，只怕到时会伤了你。"

白夭夭愤愤回道："我不怕你身上的瘟妖！"

许宣长舒一口气，似是终于拿定了主意，望着白夭夭在微风中瘦削又坚定的背影，道："既然如此，眼下这件事必须托付给姑娘，除了你，我也再找不到第二个人可托付了。"

白夭夭匆匆回头，见到许宣眼底的决然，抢先拒绝道："若是你求我杀了你，我绝不会答应，你方才明明说过不会寻短见的！"

许宣轻叹一声，上前一步，与她并肩立于湖边，望向西湖的碧波如玉，徐徐开口："瘟妖附体，已超出寻常药理。我是宫上，若自杀身亡，必定有损药

第二十章
妖帝斩荒

师宫的声望。所以如果我最后完全丧失理性,这条命就交给白姑娘来了断。"

"你到现在还满心的药师宫声望?"白夭夭不免生气,气他对自己的毫无私心,"为了所谓的虚名,你竟可以不惜放弃自己的性命?"

"我匆匆离开,未做任何交代,少了我,药师宫一定手忙脚乱,"许宣兀自忧心忡忡地叹息,"冷凝那个傻丫头,以后没有我在旁照应,药师宫的前途堪忧啊。"

眼见他满心满眼都是对药师宫和冷凝的牵挂,白夭夭心底泛起一阵又一阵的酸意,她眨了眨眼,摒弃眼眶的酸热,侧首望着他缓声问道:"许宣,你可曾为自己活过?你可曾用许宣而不是宫上的身份,真真正正地活过一天?"

许宣唇边有苦涩的弧度,他缓缓摇头:"自从我接任宫上那日起,我就不是许宣了……我每天起来第一件事就是督促自己变得更加强大,我要好好保护药师宫,保护师妹。师父对我有恩,这是我唯一能报答他的方式。"

"如果……"白夭夭扶住他的臂膀,专注地望着他,一字一句郑重道,"如果这一次你能渡过这个难关,请你一定要为你自己活一遭,哪怕只有一天也好,不要再扛着如此大的压力了。"

许宣回望着白夭夭,微微动容:"你是第一个这么跟我说的人,所有人都告诉我,你是药师宫的继承人,你应当如何如何……你是药师宫的宫上,又应当如何如何……恐怕已经没人记得我本是许宣,连我自己……呵……连我自己都忘了怎么当许宣了。"

白夭夭抚了抚耳边的乱发,眼神逐渐变得悠远起来,唇边漫开柔软的笑意,她轻声道:"曾有一个人,用尽全力只想让我过得快乐,如今,我也会用尽全力……让你过着你想要的生活,不管付出的代价有多大……"我也定会护你一世快乐周全。

许宣看着她那温柔却又坚定的笑意,心底那股初见时的熟悉感又涌上来,他忍不住问道:"我实在好奇,你我过去是否相识。莫非我曾经失忆,把你忘了?"

白夭夭神色浮现出一丝慌乱,匆匆掩饰道:"我这么做是为了天下苍生!你救人无数,医术天下无双,若是少了你,百姓怎么办?"

许宣听了这个答案,倒似非常满意,一本正经地点头道:"这倒是实话,若少了我许宣,百姓又该何去何从!唉,我终究肩负着天下人的期望!"

白夭夭差点儿栽进湖里,好歹是已经逐渐习惯他的不按常理出牌和骄傲自

大。

　　想到这里，又是一笑：若是紫宣有感，知道自己说出这样的话来，不知会不会羞恼？

　　许宣侧眸看着白夭夭，她仿佛看着湖面，又仿佛透过湖面看到了更远的地方。而她眼底，藏了太多他看不真切的情绪。

　　白夭夭感应到他的眼神，回眸，有些疑惑地望着他，随后却是一拍手，扶着他便走开："不行不行，你今天怎么吹了这么久的风？快回去了，我再去药师宫探探情况。"

　　"哎，我没事，可能是昨天你所说的瘟妖发作了一次后，今天便格外安静，我今天竟然觉得好多了……"许宣见她对待自己就像对待小孩子，不免有些不满，"哎，我说，你可慢点儿走啊……我的琴，我的琴还没拿呢……"

第二十一章
甘愿牺牲

—— 1 ——

药师宫中,元一守在宋师兄身旁,冷笑连连:"终于支开了看守你的人。只要干脆利落地杀了你,那日的真相就无人知晓。不过眼下,我得用你作饵,所以你很幸运小命留住了。依照许宣和白夭夭的性子,必定会回来偷偷查看你的情况。"元一的手抚上宋师兄的额头,霎时间便有黑气弥漫其上,"害我费心要除你记忆了……"

突然间一道白光逼散了黑雾,元一退了两步,抬头见到白夭夭,心中暗喜,面上却做出惊慌神色:"白姑娘,你看,宋师兄身上还有残留的妖气!"

白夭夭了然:"原来李大侠方才是在替宋师兄除妖气啊……"难怪宋师兄会痛苦挣扎,她竟然误会了,忙歉意地对李元一拱了拱手。

元一回了一礼,表示并不介意。

这时宋师兄幽幽醒转,声音微弱却清晰地说:"伤我的人并非是宫上!"

白夭夭闻言大喜,忙凑上前去,扶起宋师兄,问:"你再说一遍?"

"伤我的人并非宫上!"宋师兄轻咳两声,再认真地说了一遍。

冷凝这时恰好进门,也听了个真切,大步过来问宋师兄:"那伤你的人是谁?"

宋师兄皱眉,此时他的回忆仿佛被一团黑雾包裹,怎么都见不真切,他愤愤地敲了敲头:"我不记得了。"

元一看着,唇边笑开满意的弧度,而冷凝则望向白夭夭,目中含泪地恳切

道:"白姑娘,既然真相已经大白,可否告知我师兄身在何处?要知道他的病情可是耽搁不起了。"

白夭夭见她满脸的关切担忧,又想起许宣满心牵挂的模样,轻轻叹了一口气,心意逐渐坚决,起身往回走去:"你随我来吧。"

白夭夭引着冷凝和清风来到西湖外她幻化出来的院子,许宣正靠在床头,翻阅一本医书,间或咳嗽两声。

清风一见到许宣,就立马扑过去,大喊一声:"宫上啊,你可让清风担心死了啊!"

许宣嫌弃地将清风从自己身上推下来,抬首看到白夭夭身边的冷凝,随即一怔:"师妹?"

白夭夭微笑道:"那天伤人事件真相已经水落石出了,冷凝是来接你回去的。"

冷凝望着许宣的目中含泪,但神情较以往终究是沉稳许多:"我救回宋师兄了,他告诉大家,不是你伤了他。"

许宣苦笑一声:"原来你也在怀疑我。"

"我……"冷凝嗫嚅一声,手中衣角缠了几道,最终才说,"我自是愿意相信师兄,却不能不顾整个药师宫的看法,毕竟元一大师……"

许宣微微笑了,只是不知那笑容是苦涩还是满意:"你长大了,冷凝,这回做得很好,我可以放心将药师宫交给你。"

冷凝竟是不知如何接话。

白夭夭见气氛尴尬,便从中调和,道:"宫上,冷姑娘亲自前来接你,宫上应该随冷姑娘回去,药师宫的环境更方便宫上调养。"

许宣却缓缓摇头:"我身染疫症,回去只怕会传染给其他人,这拨疫情好不容易控制住了。"

白夭夭出言安慰:"宫上不用担心,"她不能说饕餮的目标只在于紫宣,因而眼下不会再有心思去侵害他人,便拿出雪樱子走上前道:"宫上忘了我有很多可抑制疫症传染的雪樱子吗?"

许宣接过白夭夭手中的雪樱子,颇为感激地望了白夭夭一眼:"你连这点都考虑到了,许宣真是感激不尽。"

冷凝见到二人互动,双拳渐渐紧握,特别是发现许宣的目光始终停留在白夭夭身上而无暇顾及自己时,她真是恨不得杀了白夭夭。

第二十一章 甘愿牺牲

捂住胸口深呼吸几次,冷凝勉强平息了心头妒火,她故意出声打断二人的对视,道:"既然有雪樱子,师兄便不用再担心其他,咱们赶紧回去吧,你的疫症得尽快得到治疗!"

许宣点头,由着清风将自己扶下床,再回头对着白夭夭告别:"多谢白姑娘的信任与陪伴,让我能放下心中多年来的羁束。"

白夭夭看着他站在冷凝身边,心里苦涩不已,她强自扯出完美的笑容,道:"下回见面时,我定可找出方法救治宫上。"

许宣唇角温柔一勾,半开玩笑道:"别让我等太久,我一向没有耐心。"

冷凝扶着许宣坐上了院外的轿子,瞥了白夭夭一眼,便上了另一顶轿子。

白夭夭望着两顶轿子逐渐远去,眼神渐渐黯然,心底的酸楚再无从压抑,翻涌得她几乎难以呼吸。

小青从林中走出,站到白夭夭身边,不解地望着她,问道:"姐姐,你方才极力鼓动他跟着冷凝回去,可现在看来却是闷闷不乐,这又是为什么?你到底是想他离开还是留下?"

白夭夭闻言,唇角笑意苦涩,徐徐叹道:"无论留下还是离开,我只望他安好,很多时候强留不如放手。"

小青却不认可,背着手摇头晃脑地道:"这只是你一厢情愿的想法,你又没问过许宣。"

"但我知道他心心念念的只有药师宫与师妹,即使他不说,我也能明白他的想法,我想这是对他最好的安排,也是我唯一能替他做的。"白夭夭将鬓边碎发勾到耳后,依旧望着许宣消失的方向。

小青听了只觉有些泄气,跺了跺脚,道:"当人好麻烦啊!"

白夭夭觉得有些好笑,捏了捏她的脸,说:"总有一天,你会明白的。"

忽然有传音符至,白夭夭眼神一亮,对小青说:"我先去趟蓬莱,你去药师宫等我!"说罢,袍袖一挥,那小院子就此消失,白夭夭也一同不见了踪影。小青则瞪大了眼睛:"蓬莱仙山?"稍过会儿回味过来,冲着空气喊道,"姐姐,你以后有机会一定要带我去沾沾仙气啊!"

2

仙鹤迟疑着将装有仙丹的盒子递到白夭夭手中:"这便是那两粒用无疾兰

天乩之白蛇传说 1

之果炼成的丹药，一颗拿给许宣服用，另一颗由你服下后，进入许宣的神识，杀掉瘟妖。但是……我实在是不希望你用这种办法。"

白夭夭收好药盒，宽抚地握了握仙鹤的手："姐姐，你不必替我担心，后果我早已料到，也做好准备了。"

仙鹤面现恸色，握紧她的手道："这种办法不是救人，是牺牲！你与紫宣，甚至紫宣化身的许宣，难道要一再轮回于这样的情况吗？许宣知道后，肯定不同意的。"

白夭夭唇角弯出凄凉的弧度，她无所谓地耸了耸肩："幸好，许宣喜欢的人是冷凝而不是我，就算我真的死了，他也不会伤心太久的……时间一长，他便会忘了我，继续做那个目中无人的药师宫宫上。"

仙鹤摇头："万一他忘不掉呢？"

白夭夭愣了一瞬，随即眯眼笑道："那也无所谓啊，他身旁有冷凝陪伴，也不会孤单。以后他自然会儿女成群，幸福美满。"

仙鹤看着她的笑容，只觉心如刀割，眼眶不由得红了，她侧过脸，用手绢沾了沾眼角，叹道："过了千年，你怎么越来越傻？"

白夭夭却是毫不在意："能够再见到紫宣，对我而言，这一生已经足够，上天待我不薄，终于圆了我的缺憾。"

仙鹤始终不忍心，紧抓着她的手，急声说道："也许，也许还有别的办法！"

白夭夭却是摇头："许宣的病情已经耽搁不起，能够除掉瘟妖，不但能救回许宣，还能造福百姓，也算是一件功德了。且不说我不一定会死，就算真的死了，下一世我能生来仙胎也不一定，姐姐，你该为我开心。"

仙鹤再忍不住眼泪，松开她的手，背过身去不再看她。

"姐姐，你要保重，如有机会，我一定回来看你。"白夭夭留下这句，便转身消失了。

仙鹤扶着额头，脸色沉重，任眼泪淌了满脸，只觉无能为力。

白夭夭回到药师宫中，将自己的想法和元一、齐霄以及小青一说，三者皆是一震，小青率先出声反对："太危险了，我不同意！那瘟妖的化身法力便已是可怖，更何况本尊！姐姐，我知道你法力比我高强上许多……可是……"

齐霄也道："若真要用这个办法，不如让我去试试……哎哟，师父你打我做什么？"

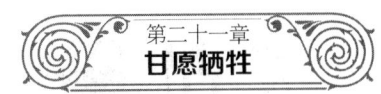

第二十一章 甘愿牺牲

"臭小子，就你那点儿本事，为师还不清楚？"元一说完又看向白夭夭，"白姑娘，还是让老身前去吧，正好还宫上的救命之恩，何况我一把老骨头，也是死不足惜了。"

"师父你怎么能这样说！"齐霄气得愤然站起。

"好了，你们都别争了，"白夭夭出声打断他们的争执，"这件事我心意已决，之所以告诉李大侠，是希望李大侠在外帮我掠阵，用以牵制瘟妖，也好助我杀妖后顺利退出许宣的神识。若是旁人，我便信不过他的本事了，李大侠，可好？"

李元一哀叹两声，终究是颔首应了下来，只是低垂的眼中，却有着精光闪烁。

小青上来拉住白夭夭："姐姐，你一定要小心谨慎，我在外面等你回来。"

白夭夭揉了揉她的头发，点头道："好。这件事不能有一点儿差错，就拜托你了。"

说罢，她便看向众人："我们这便去许宣房中吧。"

元一在房内屋顶画好了八角形，并在房屋四周洒下净水，默念咒语道："敕东方青瘟之鬼，腐木之精；南方赤瘟之鬼，炎火之精；西方血瘟之鬼，恶金之精；北方黑瘟之鬼，溷池之精……"

随着他的咒语声在房内回荡，房顶上的万字佛印，透出了隐隐红光。

"菩提一叶，大千世界，万法皆通！"

元一念完咒语，抬头看向白夭夭，压低声音在她耳边道："这阵法只能维持一个时辰，白姑娘务必赶紧回来。"

白夭夭拱手作礼，同样用唇语说道："谢大侠帮忙，我定会争取时间赶回。"

元一颔首，退了出去。

许宣远远地坐在床上，仔细打量着手上的丹药，思忖道："这是无疾兰之果炼成的丹药？师父书上写着可解百病，却对疫病持保留态度。"

白夭夭不能与他解释详细的除妖之法和其中的危险性，怕他不准，便像哄孩子一般说："我在里面加了一味药，定能救治宫上。"

"这么神奇？"许宣将信将疑地闻了闻那丹药，却又有些作为一个学医者的好奇与追求，望着白夭夭"不耻下问"道："可否告知是哪一味药？"

白夭夭有了想翻白眼的冲动，便搪塞说："你应该清楚我一向不用医术而

是用术法救人，这味药是在仙界取得。"

许宣看了她良久，又看了看房内的阵法，苦笑道："总感觉你为了救我牺牲良多。"

白夭夭愣了一瞬，不知如何回答。

许宣低眸，轻叹："这份人情……我怕是还不起了，我一向不喜欢欠人……"

白夭夭打断他的话，认真地望着他的眼睛说道："那就好好活下去，继续行医救人。"

冷凝此时进来道："我已经安排好了，这段时间里绝不会有人来打扰。"

白夭夭欠身一福："谢谢冷姑娘。"

冷凝满是关切地再看了许宣一眼，随后便退了出去，关上了房门。白夭夭见状，看着许宣手中的丹药抬了抬下巴："快吃了呀。"

许宣长长呼出一口气，终是服下丹药，望着白夭夭的眼神，却有了不一般的情绪。

渐渐地，他便感觉到一阵困意，阖上了眼睛。

眼见他陷入沉睡，白夭夭也服下了丹药，手放在他额头之上，潜身进入他的神识之中。

门外，小青亦步亦趋地跟着齐霄。

齐霄走快，她就跟着快，齐霄慢，她也跟着慢，突然间，齐霄停下，小青没收住脚撞上了齐霄的后背，怒骂："毛手毛脚的，走路也没个人样，你啊！跟我们做妖的有什么区别？哪里像个收妖的？"

齐霄转过身，冷眼看她："你难道没有其他地方可巡视？一直跟着我，害得我沾了一身妖气！"

"其他地方有宋师兄他们……"他们都不喜欢她，相比较起来，齐霄虽然又凶又讨厌，但那天关键时刻却还肯护着她。

齐霄凑近她两步，恶狠狠地说："你该知道我最讨厌的就是妖怪！你以后少跟着我，看见你我就忍不住想收了你！"

"小白她也是……"

"白姑娘也是什么？"

小青一时嘴快，差点儿咬了自己的舌头，五官一皱，她挺胸道："我是说小白她也是仙人，却没有成天把人啊妖啊挂在嘴边，就你修行不正，连好生之

第二十一章 甘愿牺牲

德都没有！"

齐霄冷哼一声:"好生之德对人不对妖。"

说罢又往前走了两步,小青却依旧紧紧跟上,齐霄有些气馁:"你……"

小青背着手左看右看:"小白交代我,她替许宣救治时,连一点点差错都不能有,所以我必须盯好你。"

齐霄失笑:"你不好好巡视,盯好我干什么?"

"跟着你安全点儿啊!"小青笑靥如花,"有个什么意外,你能替我先挡挡。这次这个妖比我还要厉害几分,我怕自个儿遇上应付不了。"

"你确定只是比你厉害几分?"齐霄嗤笑一声,在小青满脸的羞惭中不屑地收回目光,"何况,若他真能灭了你,也算是替我了了一桩心事。"

小青抹了抹袖子,冷哼一声:"齐霄你给我等着!待我日后修成正果,要你给我磕头求饶!"

"就凭你?哈哈,"齐霄用手指掏了掏耳朵,"那岂不是要等到下辈子了?"

小青气得跺脚,但依旧寸步不离地紧紧跟着齐霄。

齐霄叹了叹气,却是由她去了。

3

许宣的神识再不似上次那般纯白一片,而是黑得伸手不见五指。

白夭夭手一挥,火折子霎时飞出,将神识内打得大亮。

唤出"挽留",白夭夭闭上眼睛感应着紫宣的气息,随即提剑而起,望着紫宣所在方向飞奔而去,直直地站在了紫宣面前。

紫宣见到白夭夭,惊诧莫名,急忙拉住她问:"你怎么进来了?你可知里面有多危险?"

白夭夭蹙眉道:"若不除掉瘟妖,许宣会死,他神识内的你也会再度消失,现在唯有除掉瘟妖,我才能出去。"

紫宣大惊,半响才缓缓道:"你竟然在丹药里加了追魂水。"她服了追魂水,便只能时刻追着他的气息,无法轻易离开。

白夭夭表情坚决:"只有这么做,才能将我绑在神识内,不被你赶走。"

紫宣皱眉叹道:"你怎么如此糊涂?难道不清楚后果吗?"

白夭夭却是望着他展颜一笑:"许宣不知道你曾给我的恩情,但你应当没忘,这是我欠你的,我一直想找机会还你,至少两不相欠。我背负了千年的愧疚……实在太痛苦了!"

白夭夭说着,却趁紫宣不备,以迅雷不及掩耳的速度,放出了仙障,将仙力微弱的紫宣罩在其中。

白夭夭隔着仙障望定他,笑容淡然又坚决:"紫宣,对你的愧疚,我终于可以放下,别怪我任性而为。"

紫宣犹如被关入了另一个空间里,隔着仙障只能见到他着急地说着什么,却听不到任何声音。他试图用微弱的法力打破仙障,却丝毫没有用处。

而瘟妖不知何时已经来到,发出低低的讥笑声:"好一对情深意重的爱侣,就这样为了保护对方相互牺牲,还要做出让对方不要愧疚牵挂的样子,真是可笑。"

白夭夭大怒回头,一剑挥去,瘟妖却急速后退,飘然躲过剑气,继续桀桀怪笑道:"你以为用这个方法能救许宣吗?恐怕太低估我了,你知道为什么紫宣越来越微弱吗?因为我吸取了他的部分仙力。"

白夭夭咬着下唇,愤愤瞪向瘟妖:"是否低估,口说无凭,比个高下才能见真章!"

白夭夭手腕抖动,"挽留"发出龙吟般的剑鸣,剑身上扬起冰蓝光芒,蛇形缠绕于瘟妖四周,瘟妖张开血盆大口,轻巧地将蓝光吞进,放声狂笑:"你别以为你布了个阵就能牵制于我,我为这个局可是设计了千年,哪能这么轻易让你称心如意?没见到你和紫宣付出惨痛的代价,我绝不会松手!"

白夭夭神色凛然,还待再挽出剑花之时,许宣的神识内忽然起了大雾,雾气渐浓,将白夭夭包裹其中。

紫宣在仙障内万分焦急,试图冲破仙障,却一次次地被仙障弹回,也只能眼睁睁看着白夭夭被白雾吞没。

白夭夭在迷雾中根本看不到瘟妖,突然间肩头一痛,竟是中了瘟妖一爪,白夭夭挥剑刺去,却只刺中一片虚空。

"哈哈哈,"瘟妖狂笑道,"你的阵法可是能抵抗这迷幻雾呀?我看是不成的,哈哈哈哈。"

白夭夭愤愤道:"没想到你竟会用如此卑鄙的手段!"

"求胜当然要不择手段,何况在你们眼中,我何时又是一个正人君子

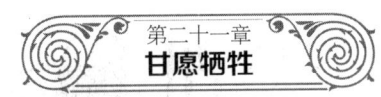

第二十一章 甘愿牺牲

了?"瘟妖又是一掌向白夭夭背后击去,白夭夭霎时飞出老远,趴在地上吐出一口血来。

白夭夭勉强站起身,咳出血沫子,嗤笑道:"我知你阴险,却不知你连正面迎战都不敢,躲了千年还是只会暗中伤人!"

"激将法对我可是没有用的!"

瘟妖再度攻向白夭夭,白夭夭试图用剑护住周身,但始终有疏漏之处,只能任由瘟妖在自己身上添上一处又一处伤口。

渐渐地,白夭夭的剑光竟一点点微弱下去,她不免心头大震:"外面阵法有异状!究竟出了何事?"

在她分神一霎,瘟妖又复攻来,再次将她打飞出去。

第二十二章
斩妖除魔

1

此时的药师宫中，也是浓雾弥漫，药师宫中众人渐渐混乱起来，小青和齐霄使出法力，对抗着想要窜入许宣房内的浓雾。

小青用术法圈出青色光晕，阻开浓雾，眉毛拧紧，疑惑问道："不见妖不见人，这些雾是怎么回事？"

齐霄也是神情警惕地捏出金色法诀，在青色光晕外加了一重法罩，愤然道："这不是真的雾，是妖用来隐身的迷幻雾。妖物想入内伤人！"

小青望向旁边的元一："元一大侠，你想想办法啊！这样下去，姐姐跟许宣都会有危险。"

元一露出一丝冷笑，想着浓雾正是他幻化出来的，他本就打算趁此机会将白夭夭困于许宣神识内，让瘟妖杀了她！

齐霄见他没有回应，便也追问道："师父，你的法术是不是出了问题？"

元一忙凛然道："这妖太厉害，大家小心！"随即又开始念咒："敕东方青瘟之鬼，腐木之精；南方赤瘟之鬼，炎火之精；西方血瘟之鬼，恶金之精；北方黑瘟之鬼，溷池之精……"

眼前浓雾便猛地退了开来，小青正面露欢喜，却没料到忽然一阵狂风吹来，直接吹破二人法障，将浓雾直卷入房中。

小青见状心急如焚，对齐霄道："齐霄，你在外头挡挡。"便跃窗进入房间。

第二十二章 斩妖除魔

"你身上有妖气,不能进房!"齐霄大喊道,却是来不及阻止,只听小青的尖叫声划破浓雾传出,齐霄赶快追进去,只见小青在阵法中翻滚,红色的光芒却如同火苗一样灼烧着小青,小青忍着痛站起,挥开要来搀扶自己的齐霄,颤抖着走向许宣,却因为疼痛不得不蹲下。

齐霄冲她怒吼道:"阵法要破了,你赶紧随我出去!"

小青再次挥开齐霄的手,蜷伏在地,那张美艳夺目的脸都因为痛苦而变了形,但她依旧不愿随齐霄出门,挣扎着往床边爬去:"不行!我得护着……许宣,否则……姐姐……出……出不来!"

小青爬到了许宣床边,扶着床沿挣扎站起,用身体挡住渐渐弥漫的烟雾,紧咬着唇,不愿倒下。

突然间,许宣抱着头在床上翻滚,表情极为痛苦,呓语道:"我的头……好痛……"

小青大惊失色,双眸圆睁,忙不住地唤他:"许宣!许宣!"急得都要哭了出来。

白夭夭受了方才瘟妖的一击,伏在地上,一时竟站不起来,连眼前视线也开始恍惚闪烁,耳边竟传来了紫宣急切的呼唤:"夭夭!"

白夭夭唇角勉力勾出一丝满足的笑意,千年后,终于听到他唤了自己的名字……

手指渐渐蜷起,再重重掐入掌心,一时不知道又是哪里找来的力气,白夭夭奋力站起,将剑舞成光圈,对瘟妖道:"若是阵法破了,今日即使我出不去,我也势必要和你同归于尽!"

瘟妖却是毫不介意地怪笑道:"我不过是饕餮一魄幻化成的妖,除掉我又如何?至少我还拉了你们陪葬!"

突然,一阵红光闪过,响起震耳欲聋的巨响,瘟妖低声邪笑:"阵法果然破了,我与饕餮内外夹杀,你们输惨了!"

白夭夭发现随着浓雾散去,自己的身体也开始渐渐成烟,心底一震,她回头望向仙障内的紫宣,轻声说了句:"再见。"

紫宣神情绝望,都怪他无法对她传讯,她才中了饕餮的圈套!

仙障的裂痕越来越大,表明白夭夭的仙力飞散殆尽,紫宣只见她阖上双眸,唇角带笑,白衣染血,衣袂翩跹,她手执"挽留",剑尖朝天放于心口,默念术法,剑光愈盛。

她竟然化周身仙力附于剑上,想做最后一击。

仙障轰然碎裂,"挽留"脱手而出,紫宣嘶吼道:"你不能这么做!"

白夭夭在剑光照耀下,回头遥望着从仙障中飞奔而出的紫宣,浅浅一笑。

那笑虚弱,却又极美,但不多久,她便带着那笑容软倒在地。

白夭夭的一剑震碎了瘟妖的全部妖力,那些伸手不见五指的黑暗如黑色幕布被划破一般,化成黑色碎片,片片飘落,有纯白光线照了进来,再次将许宣的神识照得如雪地般纯净而不染纤尘。

紫宣接住白夭夭,抱她在怀里,看着她的手逐渐变成透明,便将自己残存的仙力一点点输进去。

白夭夭幽幽醒转,望着他道:"我真傻,又中了别人的暗算。"

紫宣摇头,唇边弯出宽慰的弧度:"你不傻,只是太倔了。"

白夭夭笑了,又挣脱他正在给她输送仙力的手:"阵法破了,我被困死在这里再也出不去了,你输再多仙力给我也是于事无补。"

紫宣环顾四周,只见瘟妖已经化成一只小兽,正在角落里挣扎,他执起掉落在地的"挽留",上前一剑刺去,瘟妖四肢扑腾几下,便消失了。

"它死了,你便可以放心出去了,"紫宣回身,将"挽留"递给白夭夭,温柔地笑了,"我就算拼尽全部仙力也一定要送你出去。"

白夭夭仓皇地摇头,紫宣若真这么做,怕他仅存的元神与仙根就再也保不住了……想到这里,白夭夭挣扎着想要站起,却被紫宣封住脉门,他冲她安抚地笑笑,柔声道:"相信我。"说罢,便捏了法诀,试图破除追魂水和饕餮邪术所造成的羁束。

紫宣四周白色光芒渐盛,他却几乎站立不稳,在白夭夭满面的泪中,白色光芒化成一片祥云,托着白夭夭缓缓往外送去。白夭夭动弹不得,只能渐去渐远。

"饕餮附身在元一身上,你出去后务必杀了饕餮,救回元一。"

听见紫宣最后这句话后,白夭夭眼前便是一片黑暗,再不见点点白光。

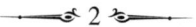

此时许宣的房内,八角阵法早已消失,小青跌坐在地,四处寻不到白夭夭身影的她,面现绝望之色,眼泪夺眶而出,冲齐霄大喊道:"小白没逃出来!

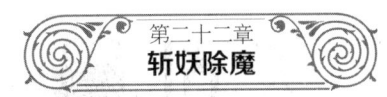

第二十二章 斩妖除魔

你快来想想办法啊！救救她啊！"

齐霄大步上前，覆手于许宣的额头上，试图催动许宣神识，可许宣却依旧毫无反应地躺着。

齐霄面现惭愧地摇头："我无能为力。"

小青拉着齐霄衣摆，不肯松手："你再试试，再试试啊！你除妖不是很有本事吗？怎能说无能为力？"

忽然，许宣开始痛苦挣扎，额头上的红点渐渐消失，小青惶恐地看着他，齐霄则是神情一凛："你看宫上他……"

只见许宣缓缓睁开眼来，齐霄忙将他扶起，许宣还没站稳，就被小青急急抓住衣领逼问："你知不知道小白……"

她话音未落，许宣身上忽地闪过一道白烟，飘散于房中，渐渐凝聚成人形，只见满身是血的白夭夭摇摇晃晃地站在房中，环顾四周，神色茫然。

小青一下子喜笑颜开，冲上前抱住白夭夭，问道："你杀了瘟妖？"

白夭夭点头，再环顾了四周一遭，突然急急问道："元一呢？"

众人四下张望，发现元一早无踪影。白夭夭拔步欲追，身子一晃，终于倒了下去，许宣眉间一蹙，连忙上前抱住。

元一趁众人不备，跌跌撞撞往外一路逃去，半路上忽然感觉到一阵熟悉的气息，抬眼一看，竟是斩荒。斩荒不发一言，捏了个法诀，带元一回了往日他修炼的山洞。

元一方一进洞，便瘫坐地上，重重喘气，斩荒则悠闲靠在石壁上打量着他狼狈的样子。

元一愤然道："利用完我了，便终于肯现身了？"

斩荒缓缓摇头："我千年前便对你说过，操之过急，不是好事。眼下你技不如人，倒也不必不甘心。许宣虽是一介凡人，也不是那样好对付的，毕竟他依旧身怀命格。"

"命格……"元一眸中现出嗜血红光，"当初就是有人传我身上有贪狼命格，才为九重天忌惮，害我一生至此境地，如今竟然连个凡人都斗不过，还受到反噬，失了大半功力。"

说罢，元一低头看了眼自己已经开始灰白的双手，愤愤道："这具肉身看来已经用不了多久，好在我早有对策。"

斩荒唇角一勾："你的对策，便是等我来救你吗？"

天乩

元一摇晃站起,哧哧冷笑:"今日救我的这份情,算我承你的。只是这具肉身败坏前,我还可以好好利用一把,用一场好戏,让白夭夭死无葬身之地!"

元一脸部逐渐扭曲,"哼"一声坐在地上,不再搭理斩荒,兀自开始修习禁术。

斩荒不在意地一笑,转身消失了。

3

冷凝走入客房,见到许宣正在小心翼翼地为白夭夭擦去额上汗珠,心口便似被谁揪了一把般酸痛不已。

她勉强定了定神,出言相劝:"师兄,你已经衣不解带地照顾白姑娘三天三夜了,你自己也是大病初愈,不如让我来吧?"

许宣却坚定拒绝:"白姑娘是因为替我除妖受了重伤,自然应该由我亲自照顾……"眼见白夭夭于睡梦中露出痛苦神色,许宣面现疼惜,将已经浸湿了她冷汗的帕子投入水盆中,对冷凝道:"你让清风再去熬千年灵芝,替我去丹药房再取金针来。"

冷凝冷冷地背过身,怕被许宣看到自己面上的不满:"灵芝已经用尽,恐怕得另想办法。"

许宣闻言,立马起身,急急走出房门:"那我去丹药房看看!"

冷凝望着许宣背影,手紧攥成拳,再目光森寒地瞥一眼床上的白夭夭,追着许宣出去了:"师兄!你等等我!"

两人刚离开,一红色身影便走进房中,摇晃着白夭夭:"醒醒,快醒醒!"

白夭夭悠悠转醒,见到眼前之人便是一愣:"红芯,是你?"原来是在西湖水底救过她的鲤鱼精。

"白姑娘,是我!"红芯神色急切,"我知道你受伤,可眼下,我没有其他办法,求你救救我们,饕餮滥杀无辜,修习秘术,再下去我们全都得丧命于他手中!"

白夭夭倒吸一口凉气,强撑着勉力起身,对红芯道:"我这就去九奚山借冰镜,将他从元一身上逼出来!"

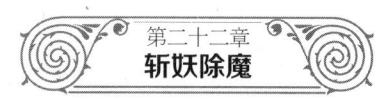

第二十二章 斩妖除魔

红芯搀扶住她,再盈盈拜下:"多谢白姑娘了。"

到了九奚山,白夭夭面见青帝,依旧是摇摇晃晃站不稳身子。青帝面色严峻地打量着她,如同斥责一般道:"弄得这一身的伤……"不待白夭夭有所回应,又问:"你见到了紫宣?"

白夭夭打量着青帝的神色,缓缓点头。

青帝深叹一口气,颇是无奈,终于是承认了紫宣被聚魂一事:"凌楚不顾天命,勉强凝聚紫宣魂魄,虽然凌楚下凡历劫,但此事并不算了。天命难违,他与紫宣终究得历天劫。"

白夭夭盈盈拜倒:"眼下只求青帝助我,不能再让饕餮为所欲为。"

青帝摇头叹道:"这件祸事也是凌楚惹出来的,当初聚魂灯凝聚的可不仅仅是紫宣的魂魄。"

白夭夭知他不肯,贝齿咬住下唇:"当日之事虽然我们有错,但自有天道惩处。现在饕餮借元一肉身作恶,只有冰镜才能逼出饕餮,难道青帝忍心见到元一丧命于饕餮之手?"

青帝慨然一叹:"冰镜的确是既能预知未来,也能驱魔逐妖。但别忘了你也是妖,除妖的同时,你定然会受到伤害。"

白夭夭阖眸:"我自然知道,但眼下我也别无他法,只能搏命一试!还请青帝顾念苍生。"

青帝看她神情坚定,挥手召来冰镜,只见镜中饕餮吞食人、妖精血用以修习秘术,身后已是白骨累累,青帝重叹一口气,将冰镜递给白夭夭:"除了饕餮后,立刻将冰镜归还,毕竟冰镜对你也有影响。"

白夭夭接过冰镜,向青帝行礼,神色毅然决然:"只要能除饕餮,在所不惜。谢青帝慈悲。"

许宣手中拿着白夭夭留下的字条,既是担忧又是不解:"这么重的伤她能上哪儿去?我得赶紧找到她!"

眼见着许宣匆匆奔出门的样子,冷凝的牙齿狠狠刮过下嘴唇:"现在师兄的眼中只有白姑娘,一切都以白姑娘为重!"

眼中妒火熊熊燃烧,冷凝忽而一掌击向院墙,只听"咔咔"几声碎响,竟被她击下几块墙砖来。冷凝愣住,不解地看着自己的手……什么时候,自己竟然有了这样的力量……

许宣先寻得了小青询问,小青也是一脸诧异,却渐渐浮上焦急和担心:"姐姐法力高深,一般人肯定找不着,我让小妖们帮忙寻找。"

"那你可知,她不顾伤势,执意要办的事情是什么?"许宣拉住想走的小青,严肃地问道。

"唉,"小青叹了口气,"也不知道为什么,那日除了瘟妖后,元一大侠也不见踪影,齐霄这几日也是疯了一样地寻找他师父。姐姐晕了过去后,我一直没机会问那日除妖到底发生了什么事。"

许宣脸色略微一沉:"我也派药师宫弟子出去寻过,但都说没有元一大侠的下落,若是他因为我而受到伤害……"

小青却忽然念起一事:"姐姐从你神识中出来后,第一个问的便是元一大侠的去向,或许她这么着急也是为了寻找元一!"

许宣闻言便是一震:"那若是找到元一大师,便能知道你姐姐的下落?"

"应该如此,"小青颔首,又看向许宣眼下乌黑,"你这几日衣不解带照顾姐姐,现下还是先去休息片刻,我先去找齐霄,问问他那边的情况,再回来找你。"

"我与你同去……"许宣竟是摩拳擦掌便要当先冲出,却被小青伸手拦住。

"你听我的,先回去休息,不然你和姐姐这轮流倒下的,到底什么时候是个头啊。"翻了个白眼,小青便转身离去。

许宣抚着下巴,心想小青说得有理,但转念一想,又觉得自己堂堂药师宫宫上,竟然被一个自己压根看不上眼的蛇妖教训到没有还口,真是有辱名声。

毕竟之前谁也说不过他的。

想起白夭夭,心底忽然柔软,仿佛给自己找了莫大个借口一般,嘀咕了一句:"还不是看她是你姐妹,给你面子。"

小青来到山林中,四下寻找齐霄的踪迹,却忽听得远方传来惨叫声,急忙快步走入林中,正好看到齐霄抓着自己手下的锦鼠和小鹿。

锦鼠吓得涕泪横流,一直摆手道:"我真的什么都不知道,少侠,求你不要收了我!"

小青见状匆匆上前喝道:"齐霄!你敢在我的山头动手!"

齐霄回眸看她一眼,松开两小妖,锦鼠和小鹿早吓得不敢动弹。

齐霄深深吸了口气,神色平静地对小青道:"我只是在寻找师父的下落。"

第二十二章
斩妖除魔

小青将两小妖护在身后,愤愤问道:"你师父与他们何干?"

齐霄耸了耸肩:"他们是妖,我师父是捉妖之人,难道没有干系?"

小青望着他那副理所应当的表情,愕然许久才问:"你怎么变成这样了?不分青红皂白,就随便冤枉他人!"

齐霄冷笑一声,不屑说道:"你是妖,哪里懂得人的情感?自然明白不了我此刻的心情。"

小青不敢相信地摇了摇头,气得手指都在颤抖:"我为了帮你找,早将手下都派了出去,谁知道你却在这里为难他们!你师父若真在山中,我自然一早就告诉你了!"

齐霄有些不相信地瞥她一眼:"你会有这么好心?"

小青怒瞪着他:"你什么意思?"

齐霄不欲与她多言,便提步离开。

"站住!不说清楚不许走!"小青伸手去拉齐霄,却不料刚碰到他衣袖,齐霄便两眼一翻昏倒在地。

小青吓得花容失色,看看自己的手,僵在原处。

锦鼠和小鹿见状却十分开心地围在小青身边,道:"山君果然法力无边,一出手就将他灭杀了!"

"休……休要胡说!"小青慌乱否认,"我只是轻轻碰了他一下!"

锦鼠笑呵呵道:"山君不必谦虚,此人收了那么多的妖,终究死在山君手中,可见山君实力非凡呀!"

"我没有,不是我……"小青越发惊慌,正待蹲下身查看齐霄的状况,却见其忽然皱了皱眉,嘟哝了一声,小青吓得跌坐在地,锦鼠和小鹿更是赶紧躲在小青身后。

片刻后,小青见齐霄再无异状,便壮着胆子上前探查,却发现齐霄只是昏迷而已,不由得奇怪道:"平日里不是一副张牙舞爪的样子,怎么这么容易便昏倒了?"

小鹿见状谏言道:"山君,不如咱们趁机结果了他吧?这几日他在山中,从早到晚十二个时辰连续不停歇地晃悠,我们已经好几日没睡个好觉了。"

小青闻言,再凝神看向齐霄,果见其双眼之下泛着青黑,不由得翻了个白眼,原来是欠瞌睡。

长叹了声后,小青吩咐小鹿和锦鼠:"你们两个,帮我把他抬起来!"

天乩 之白蛇传说 1

两小妖面面相觑，迟疑着不敢动。小青只能喝道："还愣着做什么？"

小鹿和锦鼠才壮着胆子上前，将齐霄抬了起来。

三个时辰过后，齐霄在溪边的草地上悠悠转醒，他揉揉酸涨的双眼支起身来，随着视线渐渐清晰，他看见自己身边燃着一团篝火，而另一头小青正笑靥如花地持着匕首向自己走来。

见他醒来，小青喜悦道："你醒了？"

齐霄看看火堆，再看看匕首，伸出手指颤抖着指着小青："妖女，你……你竟然要吃了我？"

小青一愣，旋即如花笑颜渐渐被怒意代替："你……你可真是不识好人心！吃你？我怕脏了我的肚子！你自己回头看看我是准备吃啥！"重重哼了一声，小青转身大步离开。

齐霄回首，这才看到，自己背后的溪水边有一个小竹篓，篓里放着几尾新鲜的鱼……齐霄急忙起身，追上小青，嘀咕一句："你之前也不是没说过要拿我来包饺子啊。"

小青本是气鼓鼓的，听到这句却"噗"地笑了，只是没回头，依旧大步沿着小溪往前走。

齐霄挠了挠脑袋，也只得一路跟着。

小青终于先忍不住了，强自硬着声音问道："你为什么跟着我？难道不怕我吃了你？"

齐霄轻轻"哼"了一声："就知道你一贯小肚鸡肠！我宁愿身死，也不要落人口实，你要吃我便吃吧。"

小青才消了的火又上来了，但知道自己说不过齐霄，便加快了步子。

齐霄也随着加速跟上去，边走还边揶揄道："我跟着你，便是要盯着你，有没有到处同人家讲我冤枉你！"

小青转过身，颤抖着指着齐霄，怒道："从今后，我嘴中要是再吐出你的名字，就叫我被人抓去泡酒喝！"

齐霄见她是真生气了，便上前两步拦住她，抓了抓耳朵，神情艰难地说道："师父到如今仍是音讯全无，我自小便是师父养大的，眼下着实忧心，行事未免有些唐突……你……"一句"你别在意"到了嘴边，却怎么也说不出。毕竟要他学着对一个妖诚恳示好，还是太过陌生艰难。

小青怔怔地盯着齐霄看了一阵，看得齐霄越发窘迫之时，她却神色疑惑地

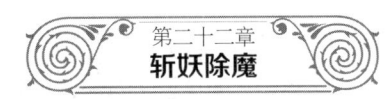

第二十二章
斩妖除魔

问:"我不明白,你到底对元一大师怀着何种心思,才会三日不见,就茶饭不思、夜不能寐?"

齐霄只觉自己一片真心喂了狗,正要发怒,却见小青猛地一拍脑袋,急声道:"坏了!被你耽误了我的大事!我要快些去找姐姐!"

小青二话不说就走,齐霄被她远远丢在身后,有些摸不着头脑:"疯言疯语的,怎么这世间还有这样蠢笨的妖?"

一边摇头一边转身,却忽然见到一道传音符飘来。

齐霄面色剧变,惊道:"师父!"

饕餮修炼的山洞中,幽暗里透着几缕幽幽鬼火,显得格外阴森。

元一手臂上已经现出焦黑,面上气色已是极为惨淡。

忽然面前人影一晃,他抬头发现是斩荒,便冷声道:"你又来做什么?看我的笑话吗?"

斩荒似笑非笑:"你我多少年的同盟,讲出这话,实在令人心寒。我知你一心复仇,便送了一份大礼。白夭夭,就在洞外了,许宣和齐霄,我也帮你通知到了。"

元一神情微微一变,连忙催动邪术,开始布阵。

斩荒却似是心情愉悦,狭长的丹凤眼微微眯起,悠闲自在地道:"你要当心,她可带了一样宝贝,能要了你的命。"随后便唇角带着玩味笑意转身离去。

白夭夭利用冰镜中的指示,在山中寻觅着,突然间,冰镜微微晃动,照向元一所在的位置。冰镜霎时便破了此处的幻术,露出了洞口,白夭夭急匆匆走进洞中。

只见山洞当中,元一正好整以暇地坐着,面上带有不屑的冷笑。白夭夭一眼瞥见元一身体败坏的程度,神色便是一凛,怒斥道:"你究竟是从何时起,附于元一身上?竟然瞒过了所有人。"

元一脸上是邪气十足的微笑:"这些年来,我不断地转换肉身,元一可是最好的一副,要不是被你们破了阵,我还真舍不得伤了这副肉身。"

白夭夭怒极,横眉冷对道:"你利用元一胡作非为,将他的神识禁锢在身体中,实在歹毒!而你这些年,更借除妖之名,抓了小妖修炼禁术,眼下仍毫无悔改之心,真是可恶!"

天乩 之白蛇传说1

　　元一哈哈一笑，狂道："他口口声声要替天行道，我这么做不过是给他小小的教训，"停了停，他饱含戏弄之意地看向白夭夭，"你别急啊，我很快就把这肉身还给你！"

　　白夭夭神色一凛，以迅雷不及掩耳之势将冰镜使出，照向元一："饕餮，我今天非将你逼出现形！"

　　却不料元一突然也从怀中掏出一颗明晃晃的明珠，将冰镜的光挡了回去，直直射向白夭夭，白夭夭慌不迭地唤出"挽留"，将光芒荡开，连退了几步后，稳住脚步，将冰镜收进怀中。

　　元一嗤笑道："你竟敢用冰镜，难道不怕冰镜连你一并收了？"

　　白夭夭愤愤道："若不用冰镜一试，只能眼睁睁看着元一死在你手上。"说罢，白夭夭提起"挽留"向元一攻去，却又不敢伤了元一的肉身，一时左支右绌，落了下风。

　　元一趁白夭夭一个空隙，便欲下杀招，却不想竟是白夭夭故意露的破绽，等元一一靠近就再度掏出冰镜，冰镜的万丈光芒刚射向元一，元一立马发出一声惊叫。

　　只见金光环绕的冰镜中，元一的身影渐渐成了两个，饕餮还在元一体内挣扎，元一却已恢复神志，此时向着白夭夭开口恳求道："白姑娘，快，快杀了我！这些年这个妖孽利用我的手，不知残害了多少生灵！"

　　白夭夭自是不肯，只继续用冰镜照射："我会用冰镜逼出他！"

　　元一缓缓摇头，沉痛道："我被他附身十年，这副肉体已经撑不住了，既然如此，不如将他封死于我体内，也算做了一件善事！"元一抓着胸口，用力喘着气挣扎对抗着体内的饕餮，一字一句愤然道："我绝不会再被你利用，这一次我要拖着你一块死！"

　　说罢，元一又看向白夭夭，催促道："快啊！你快动手！若是等他修炼成形便一切都来不及了！"

　　白夭夭看向冰镜中，只见元一体内，饕餮正在奋力往外剥离，纠缠不休。白夭夭神色痛苦纠结，却宽慰元一道："大师，我一定会救你，等冰镜将元神剥离……"我再一剑杀了他！

　　不料她话没说完，元一便已拼着最后的力气，挺身冲向了白夭夭手中的"挽留"，长剑穿身而过，而他体内饕餮的影子也被硬生生剥离下来。白夭夭掐起法术向黑影袭去，却忽然自洞外来了一道紫气。饕餮的黑影吞了紫气，速

第二十二章 斩妖除魔

度极快地向外掠走。

白夭夭愣在当处，本能是要追，身后元一却直直地倒在了地上，白夭夭连忙回身，扶起元一，皱眉道："你怎么能……"

元一虚弱至极，尚没看到饕餮已经逃走，还以为自己已经将饕餮封在体内，深感安慰，道："我终于又除了一妖，这些年我被饕餮禁锢神识，他的所作所为我无能为力，却又实在愧对良心，今日与他同归于尽，也算功德圆满了……"

眼见李元一是不行了，白夭夭轻轻将他放在地上，手上一收，"挽留"自元一体内消失，重新回到白夭夭手上，她转身便欲去追饕餮，却不料突然一杖挥来，齐霄一把揽起地上的元一，退后两步，目眦欲裂地悲愤道："师父！"随即又杖指白夭夭："为什么？你为什么要杀我师父？"

第二十三章
惨被误会

白夭夭伸出双手，试图努力平复他的情绪，道："你误会了。"

齐霄看着怀里已经没了气息的李元一，眼眶通红，几乎是要滴下血来。

"啊！"他痛苦地大喝一声，不由分说便挥杖而上，誓要将白夭夭毙于杖下。

白夭夭先前的伤尚未痊愈，只能勉强抵挡。找了个空隙，白夭夭后退几步，解释道："齐霄，你听我解释，是饕餮附于元一大侠身上，大侠数年前就已经被饕餮控制心神。"

齐霄悲愤交加，怒极反笑，整个人狂乱得似个疯子，他再度一杖追去，怒斥道："妖言惑众！我不会信你的，我要杀了你给师父报仇！"

小青带着许宣在山林间穿梭，忽然听到山洞中传来打斗声，两人俱是一凛，小青细细一察，便对许宣道："是小白！我感受到她的气息了！"

许宣神色更是紧张："走，快进去看看！"

两人急急向山洞中奔去，只见洞中白夭夭被逼到洞壁边缘，浑身颤抖，几乎连剑都握不住，而她面前绝望嘶喊着的人，竟是齐霄！

眼见齐霄又是一杖打下，而白夭夭已经退无可退，小青发出一声惊叫，冲过去，挡开了法杖，而许宣则一同跟上去，将白夭夭紧紧拥在怀中护着，冷冷地看着齐霄。

齐霄冰凉的目光自小青、白夭夭面上掠过，最后停在了许宣脸上："你确定你要帮她？你可知她做了什么？她杀了我的师父！"

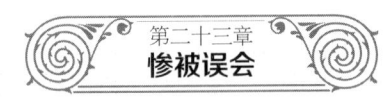

第二十三章
惨被误会

许宣望着躺在地上的元一，神情一肃。

白夭夭在许宣怀里，虚弱地辩解道："不……不是我！是……是饕餮……"

"住口！还想狡辩！"齐霄瞪向白夭夭的眼神里全是恨意，"我亲眼见你从师父身上拔回你的佩剑，你还有何话可说？"说罢，他又一杖挥至许宣面前，冷声问道，"若你还是决定要护着她，我就算是与药师宫为敌，也要杀了她！"

许宣却十分淡定，更紧地抱住了怀中不断颤抖的白夭夭："既然她说了不是她，其中必有误会。"

白夭夭一怔，从怀里抬头望向他温润的下颌曲线。

齐霄却是冷嗤一声："你竟然信她？"

许宣低头看了眼白夭夭，随即郑重其事地道："白姑娘曾经全心相信我未伤宋师兄，如今，我当信她没有杀你师父。"

齐霄大吼一声，法杖击向许宣身后的石壁，霎时间尘灰抖落，迷蒙了视线，他一字一句狠狠道："许宣，别怪我无情，是你被蒙蔽，无义在先！"

许宣抬手，紧握住齐霄手中的杖，然后缓缓站起身来，两人剑拔弩张，齐霄步步逼近，许宣丝毫不让，白夭夭撑着一口气，拉住许宣衣摆，摇头道："宫上，这是我与齐霄之间的恩怨，你……"

许宣看向她，微微一勾唇角，笑道："你怕齐霄伤了我？"

话音未落，头也不回，许宣手中便是几枚金针飞出，钉在了齐霄胸口几处大穴上，齐霄踉跄着退了几步，跌落在地，使尽全身力气想要抬手，但宛若被石化一般根本无法动弹，一时更是又怒又急，骂道："许宣，你竟……"

许宣才不想听他教训，只吩咐一边看呆了的小青："小青，护送齐霄与元一大侠尸身回伏魔山庄，关于元一大侠被杀一事，我定会给出一个交代。"说罢，他温柔地将白夭夭稳稳抱起，一步步径直走出洞口。

白夭夭抓住他的衣襟，将头埋在他怀里，这怀抱让她觉得安心无比。她想要道谢，但嘴唇上下一磕碰，却发不出声音。

许宣低头看着她头顶乌黑秀发和小半张如玉般光滑的小脸，低笑着说了句："别怕，我带你回家。"

家？

白夭夭唇边勾出一朵如花笑意，再任由黑暗漫无边际地将她席卷。

天乩 之白蛇传说1

2

　　小青唤来众小妖，将齐霄和元一大侠的遗体运回了伏魔大殿。

　　将齐霄安置在床上后，小青先挥退了众小妖，又等了许久才替齐霄除了金针，齐霄方能行动，便一起身掐住了小青的脖子。

　　小青没有往日的恐惧，只是静静地看着他，冷声道："齐霄，若你真想替你师父报仇，就该找出真正的凶手。"

　　齐霄嗤笑连连："真正的凶手？笑话，我亲眼所见难道有错？我与师父在一起这么多年，若他真被饕餮附身，我会察觉不出？"

　　小青神色不耐地反手拨掉了齐霄的手，反过来抓住齐霄前襟："你们伏魔山庄号称除妖第一，竟在真相未明前，扬言与小白为敌？"

　　齐霄推开她，转身冷冷道："善恶有报，我只想替师父讨回公道。"

　　"我告诉你公道是什么。"小青走到他面前，色厉内荏地指着他说，"为了你师父，为了小白，找到饕餮，一切都将水落石出！"

　　齐霄冷笑道："谁知饕餮是否是白夭夭捏造出来的？"

　　小青气结，忍着耐性说道："就算你怀疑是小白捏造的，也找出证据，好过你靠着猜疑判断事情。齐霄，你这个人最大的毛病就是一根筋！你师父之死，对你打击虽大，但你别做出令你后悔之事！自己好好想想吧！"

　　小青转身离开，齐霄看着小青的背影出神，脑海中渐渐浮现元一的死状，和白夭夭的剑自他身上抽出的画面……随即是白夭夭的辩解，许宣的对峙……

　　齐霄只觉自己被人用刀从头顶劈成了两半，几乎是要疯掉。

　　许宣乘着马车，想带着白夭夭入药师宫，却被冷凝和宋师兄等一众人拦在入口处。

　　许宣从马车中下来，对上宋师兄疑惑的目光："宫上，车中之人可是白夭夭？"

　　许宣不答反问："你要拦我？"

　　宋师兄嗫言，冷凝却出声相劝："师兄，你不能将白姑娘带进药师宫疗伤，伏魔山庄已经放话，是她害死了元一大侠！天下人皆知伏魔山庄与金山寺的关系！元一大侠师承金山寺，乃出世高人。现在大侠死了，若我们留下白姑

第二十三章
惨被误会

娘，伏魔山庄和金山寺都决不会善罢甘休。"

"笑话，我会怕他们？"许宣笑容淡淡，毫不介意般自负道，"与他们为敌又如何？即使与天下人为敌，我也要亲自医治白姑娘。"

冷凝不敢置信地追问："师兄！你这是什么意思？为了一己之私，难道就不顾念药师宫上下的弟子了吗？"

许宣淡淡看向冷凝，只这若无其事的一眼，便让冷凝心生退缩之意，但仍咬牙挺住，寸步不让地与许宣对视。

许宣再环视周边所有弟子，冷冷开口："眼下我不是以宫上身份，而是以许宣的身份询问大家，若大家愿意与我一同相信白姑娘，就请让出一条路，让我带白姑娘入宫。"

断流寒着声音问："若是大家不愿意呢？"

许宣疏朗一笑："那我就与白姑娘一起出宫！"

"这……"药师宫弟子中掀起一阵哗然，众人面面相觑，一时间不知该如何是好。

许宣掀开马车的车帘，望着里面神情痛苦的白夭夭，微微皱眉，似是准备下一刻就跳上马车带她离去。

冷凝伸手拦住许宣，眼中隐有泪意："难道就为了这个女人，你竟要叛出宫中吗？自从认识这白夭夭，你可还有半分往日的样子？药师宫在你心中的分量呢？满宫弟子于你而言难道不过如此吗？就连我……我们从小一同长大，师兄，你如今就要这样对我吗……"

她神色凄然，许宣定定望着她，微皱眉头，徐徐开口道："师妹，白姑娘曾救过你的性命。"

冷凝别开脸："当日我也曾谢过她，正因如此，我才没有同那青蛇计较！"

"你说得没有错，万物皆有因果，药师宫欠白姑娘的，也不仅仅只有你一个！"许宣颔首，又望向车里鬓发散乱的白夭夭，眸现怜惜，轻淡却又不容人拒绝地说道，"她不顾生死，杀了瘟妖，将我性命保住。如今，我也不会辜负她。若今日白姑娘因我不能及时施救而出了差错，许宣也会以命相偿！"

众人闻言，神色肃穆，明白了许宣是下定决心。

许宣从白夭夭面上收回眼神，又看了眼众人，唇角微弯："如若这样，你们仍不同意，那我也不勉强大家！我不入药师宫一步……"

许宣说着便放下车帘，翻身坐上了马车。

冷凝强忍住泪水，低声问道："师兄，你要去哪儿？"

许宣不再看她，只望着远处说："何处又有何重要，我在哪儿，白姑娘便在哪儿，救人一事，我决不让步！"

就在他欲催动马车时，宋师兄却大声唤住他，神情坚毅地说道："我愿替宫上让出一条路。"

清风望着宋师兄，也退了两步，让出了一条道："少了宫上的药师宫，还像什么药师宫？"

说罢，他冷眼望着众弟子，弟子们便在他的视线下慢慢地让出了路来，齐声说道："请宫上回宫！"

许宣目光自众人面上缓缓流过，眼底有着感动情绪晕染，他反过身从马车中抱出白夭夭，正待提步入宫，却再度被冷凝伸手拦住。

冷凝眼眶通红，眸中情绪复杂，神情却是十足冰冷："今日无论冷凝再说什么，宫上也罔顾药师宫规矩，执意如此了，是吗？"

许宣对上她视线，缓缓说："这是我第一次以许宣的身份做出的决定，而非药师宫的宫上。我，许宣，为了白夭夭，执意如此。"

冷凝紧咬牙关，眼中不住有泪珠滑落："若你不是以宫上的身份下令，我药师宫又为何要听命于你！"顿了顿，她抬眼看了看天，想让自己看上去不那么狼狈，"药师宫是我父亲一手创立，能有今日，也是源于宫中上千弟子的共同努力。若是你不将宫中众人安危放在心上，又凭什么再进药师宫，凭什么用药师宫传你的本事和药师宫中的药材救她！"

宋师兄惊诧地唤道："师妹！"

许宣沉默一瞬，抬头对上脸色苍白的冷凝，轻声道："我们是医者，如今有人重伤在前，而你却因为担忧危及自身，不加以援手。冷凝，这就是你认为的宫中的规矩吗？"

冷凝紧握双拳，嘴唇微启，本想说些什么，却最终无言。

许宣唇边微微扬起，眼中也是毫不妥协。转身再度将白夭夭放回马车，纵马而去。

宋师兄清风等人纷纷想出言挽留，但见到冷凝冷然的眼神，只余一片静默，任由许宣的马车消失在林间，再也没有回来。

望着他们绝尘而去的方向，冷凝的眼底涌起森然恨意。

第二十三章 惨被误会

而此时药师宫外的山林之中，逆云转身面向斩荒恭敬道："主上，饕餮已逃了出来，向临安府方向去了。"

斩荒颔首，露出满意神色："这接二连三的，他可承了我不少的恩情。也罢，咱们这便去寻他，免得他死了，这些情义也讨不回了。"

"是！"逆云也是神色轻松，仿佛终于看到了大业将成的希望，"属下已命人沿途留下标记。妖族，都在等着您回来！"

斩荒笑得生动，赞许地看着逆云："这些年，你将我的肉身照料得很好，眼下，棋局已起，风波不会远了……"他抬手，仔细打量着自己眼见便能翻起血雨腥风的掌心，颇有深意地道："饕餮这颗棋子既已暴露，我们也是时候入局了。"

3

许宣选了城郊的一处桃花林，租了其中的一院草屋，为白夭夭诊治疗伤。

三日后，清风前来求见。

许宣不许他进门扰了白夭夭休息，待安顿好沉沉睡着的白夭夭后，方走出草屋，踏着落英缤纷，往神态焦急的清风而去："你来找我所为何事？"

"宫上！"清风一揖，又将手里拎着的包袱递上，"我打听了许久，才知道你带着白姑娘来此处了。这是一些药材……我也不知道白姑娘伤得如何，只好各备了一些。"

许宣接过包袱，放在鼻尖轻嗅，再露出满意神色："不错不错，那日你不过远远看了白姑娘一眼，就知道用哪些药材，可见医术进步了不少。你这天赋，看来够资格拜我为师了。"

清风愣了愣，随即神色慌张起来，闪烁其词道："我哪儿能诊疗治病啊……"他一个小厮，只是耳濡目染了一些粗浅医理，哪里拿得上台面，"都是大小姐……"

许宣听到此处，便将包袱丢还给他，冷声问："你来找我，是冷凝的意思？"

清风抓住包袱，又赶紧恭敬递出去，愁眉苦脸地劝道："宫上就别再生大小姐的气了，那日她只是一时心急。自从你出事以来，大小姐日日处理宫中事务，又为着宫上担忧，心力交瘁，因而才说出那些话来……"

许宣似笑非笑地道："清风呀，除了医术，你的口才也见长，如今也能头头是道地来教训我了？"

"我哪里敢啊……"清风吓得心惊肉跳的，头低得都快碰到脚尖了。

清风一脸苦样，许宣唇边倒是漾开春风般的笑意，终于将包裹接了过来："此处药材短缺，我暂且收下了。"

"太好了！"清风瞬间欢呼，又满脸期待地看着许宣问，"那宫上几时回宫啊？"

许宣摇摇头，背转身往屋里走："到了该回的时候，我自然就回去了。"

清风嘟起嘴，惆怅地看着他进了房间再关上了房门，弱弱地道："那宫上，我明天再来哦……"

第二十四章
情愫暗生

―― 1 ――

当晚忽然变天，乌云密布，电闪雷鸣，刹那间便是倾盆大雨。

临安府外十五里的一处破庙内，李公甫指挥着底下的衙役收拾着残败脏乱的大殿，又亲自扫去地上的灰，用布垫上，才讨好地对一衣着锦绣的富贵少年道："小王爷，先委屈你在这破庙里先躲躲，万一着了凉，属下们可是没法给老夫人交代。"

小王爷低头看着地上的绢布，皱眉道："你这绢子有些脏。"

李公甫赔笑道："这里不比王府，还请小王爷多担待。"

小王爷觑了良久，才一脸不情愿地坐下，李公甫又忙递上水，小王爷喝了一口，就忙"呸"的一声吐了出去："什么鬼东西，又凉又苦。"

李公甫正待解释，旁边突然有个小衙役捧过来一截白骨，道："头儿，你瞧这白骨好像不是野兽的。"

李公甫接过白骨一瞧，脸色一凛："这是人骨，你们赶紧在庙里搜搜，看看还有没有其他发现！"

小衙役刚领命，一抬头，便吓得坐在地上，指着李公甫背后道："妖……妖怪……"随后竟是直接吓晕了过去。

李公甫忙护着小王爷往前跑了几步才回头，只见饕餮身上散发着黑雾，正舔着自己闪烁着黑光的指尖，邪笑道："一个，两个……这么多人呀……啧啧，看来今天能好好补补，恢复元气了。"

天乩 之白蛇传说1

小王爷躲在李公甫身后,抖得如筛子一样:"这……这是什么妖物?"

"护好小王爷!"李公甫虽然也害怕得全身在抖,但犹自做出强硬姿态,拔出刀对着饕餮说,"原来是你在作乱,今日正好收拾了你!"说罢便是冲上前,一刀向饕餮砍去,刀应力碎裂,饕餮却安然无恙。

"不自量力,我可没心思陪你们玩。"饕餮冷笑一声,往前一抓,一名衙役便立时倒在血泊之中,饕餮舔了舔指尖的血,邪恶的目光又瞥向其余众人。

霎时殿内乱成一团,小王爷更紧地缩在了李公甫背后:"李……李捕头……你快收拾他!"

"不如我先收拾你!"饕餮长眉一扬,一爪掀开面前挡着的李公甫,径直抓向小王爷。小王爷尖叫着用手臂一挡,霎时便是血流如注。

饕餮还待继续攻击,却突然有一红色身影快如闪电般蹿至小王爷面前,大喊道:"你们快逃,我来应付他!"

饕餮冷哼一声,看着面前神色凛然的红芯,怒道:"不知死活的家伙,正好一并解决。"

狂风吹来,扬起红芯低垂的乌黑长发,小王爷隐约见到她些许肤如凝脂的侧颜,竟是看得痴了:"看来是个美人啊……"

"姑娘!多谢出手相救!"李公甫见他愣怔当处,忙不迭地拉着他便跑,众衙役也忙不迭地护着小王爷往外狂奔。

饕餮见状大怒,黑色烟雾勒住红芯颈部,将她提到空中,吼道:"该死!坏我大事!"

红芯只觉呼吸困难,手上却依旧放出红色仙力,攻向饕餮,咬牙道:"就算拼死,我也不会让你伤他一分!"

跑到庙门口的小王爷闻言,停下了脚步,无比动容道:"敢问姑娘大名,日后我赵瑜必会报恩!"

红芯唇角沁出一丝鲜血,力气已经逐渐用尽,她稍稍侧头大声唤道:"别管我,快走!我不过是还了小王爷三年前的救命之恩罢了!走啊!"

小王爷一脸疑惑:"三年前,我救过她?我怎么丝毫没有印象?"

"小王爷,我们快走吧!不然真的来不及了!"李公甫拖着小王爷,狂奔离开。

红芯见他们影踪全无,终于放心,力竭倒在地上,气若游丝。饕餮上前一步,居高临下看着她,恨恨道:"若不是我尚未恢复法力,你哪儿能在我面前

第二十四章 情愫暗生

张狂。"

红芯带血的唇角却是满足的笑意:"能让小王爷顺利脱逃,我的目的已经达成。"

饕餮手臂一扬,正要痛下杀手之际,红芯袖中突然射出一箭,穿透饕餮臂膀。饕餮痛入心扉,仰天嘶吼道:"可恶,我要你生不如死!"

连连两爪将红芯打得翻滚到破庙角落处后,饕餮掐起红芯脖子,闪着黑光的利爪从红芯左脸缓缓划过,顿时皮开肉绽,翻开飘着黑气的伤口。

红芯发出痛苦哀号。

饕餮厌恶地将她丢在地上,眯着眼道:"你不是喜欢那小王爷吗?若他见到你这张脸,还会惦念你救他的恩情吗?哈哈哈哈哈。"

说罢,饕餮抚着自己受伤的肩膀,于倾盆大雨中大步离开,留下捂着脸痛哭不已的红芯。

几日不见,齐霄憔悴消瘦了许多,但眉梢眼角的愤恨和偏执依旧缠绕不去,反而越发深刻。他思来想去,依旧绕不出那天白夭夭的佩剑从他师父身上拔出的画面。何况白夭夭同许宣这几日不知去向,在他看来,不是做贼心虚又是如何?

所以他上了金山寺。

成字辈的大弟子成器前来迎接,双手合十,对他施了佛礼。

齐霄还礼,面色凝重地道:"我想请金山寺弟子助我。"

成器也是神色黯然:"阿弥陀佛,元一师伯之死,金山寺已有耳闻,还请师兄节哀。"

齐霄强自压抑着心中的悲愤,沉声道:"当初师父因不愿皈依佛门,才另立伏魔山庄,将金山寺交与师弟永安大师。如今师父死于妖孽之手,伏魔山庄人单力薄,还请金山寺相助。"

"金山寺与伏魔山庄本为一家,自当相助,"成器颔首,叹息连连,"师兄不妨留在本寺,咱们也好从长计议。"

齐霄思忖片刻,应承了下来:"既然如此,我便先留在贵寺,咱们共同商议对策。"

成器见他神色哀痛不已,形容更是憔悴恍惚,便再劝道:"再请师兄节哀。依我看不妨将元一师伯的灵位安置在此,我们日日诵经,也好替师伯超度。"

齐霄只觉眼眶酸涨不已,像是下一刻便欲崩溃大哭,努力平息许久,方才缓缓点了点头。

2

又是三日过去,夜风习习,带动桃花片片飞舞。白夭夭与许宣提着灯在桃林中漫步,望着微弱灯光映照开来的小片桃林,白夭夭神容中不乏不舍:"前几日暴雨,这应该是今年最后一茬桃花了。"

许宣也四顾望望,再恣意笑了笑:"桃花谢了,明年自然会再开。若是一年到头日日这么灿烂,倒不会为人珍惜了。"

"最关键是也没有桃子吃了!"白夭夭想到大大的水蜜桃,又是有些馋了起来,不料额头上挨了许宣屈指一弹,不由得"哎哟"一声捂住痛处。

"思想单纯的人就是只会整日念着吃的。"许宣神色颇为不认可,他说出这么有哲理的一句话,她却不懂赞赏两句。

白夭夭愤愤地对他比了比拳,但又走了几步后,面上的愤懑便变成了歉意,想了想后,她轻声开口:"这次你为了我,竟然得罪了宫中众人,我实在是心中愧疚不已,待伤好之时,我定亲上药师宫请罪。"

许宣却是毫不介意地一笑,侧身望着她:"你也说了要待到伤好,可我见你这整日里愁眉苦脸的样子,至少还得养个十年八年吧,亏我为你选了这疗伤胜地。"

白夭夭闻言,十分诧异不解,四下里看了又看也没看出此处特别:"这桃花林有哪里特别吗?"

许宣自矜一笑,映着灯火的眼神里却如荡开了星光璀璨:"医术高超如我,难道只会用药治伤吗?"

白夭夭听了不仅没反对,反倒拼命点头,望向许宣的眼神中闪着崇拜的光芒:"宫上的医术的确特别高超,经过这几日的疗伤,我已经大好了,我真的特别感谢宫上如此费心为我诊治……"

或许她漂亮杏眼里的敬仰之色太过真诚耀眼,原本最享受也已经熟悉别人夸赞的许宣,竟第一次被人夸得脸上泛红,摆了摆手止住意犹未尽的白夭夭:"感谢的话就不必说了,你上回拼死杀了我体内的瘟妖,我一直还没……还没……"许宣自傲面容上带着一丝勉强为难,纠结良久后,终于还是低着声音说道:"谢谢你……"

第二十四章
情愫暗生

白夭夭"嘿"了一声,十足大气地笑着摆手:"不用客气!你不是说我还欠你救命之恩吗?自当以命相报!更何况,你为了我,甚至不惜与伏魔山庄为敌,自然还是你的付出更多。"

说到伏魔山庄,许宣的眉头便是微微皱起:"此事恐怕更为复杂了,听闻齐霄前去金山寺求援,眼下还得加上金山寺。不过你无须担心。上回宋师兄之事,你毫不犹豫地信我,这回,我便理当信你。更何况你要对元一大侠下手,当初就不会冒险取八心莲子来,何必大费周章绕了一圈来杀元一大侠。"

白夭夭怔了一瞬,随即笑意在杏眸中绽开,满是佩服地道:"宫上想得果然透彻!"

许宣一听夸奖,立马恢复不可一世的神情,又摇了摇头:"这些事情如果交给你自己去想,基本上便是浪费时间,我顺便替你想想如何证明你清白吧……不过……"许宣眉目间忽然浸染了些神秘意味,故意拖长声音道:"首先,得先养好你的伤。"

许宣言毕,吹熄了手中灯笼。

白夭夭正是诧异,忽见黑暗天空被朵朵绚丽烟花划亮,烟花绽开如星光飞舞,再落入粉霞层叠的桃林。

白夭夭看得目不转睛,略微张开的唇边渐渐漾开惊喜的笑意。

烟花渐熄,清风又带着药师宫弟子依次点亮了桃花林中的盏盏花灯,如同一颗又一颗硕大明珠,将桃林映照出了一种别样的美。如果白天阳光下的桃林似无忧无虑的豆蔻少女,美在简单纯粹;此时的桃林便是夜色醉人中正对镜簪花的美丽少妇,美在妩媚入骨。

而白夭夭,则似看到了千年前那几乎完全一致的情景。

"那时候……紫宣……"白夭夭双眸逐渐蕴起一层水雾,模糊了视线。

若是能回到那时……她一定会加倍珍惜,一定会更加懂事,一定会好好念书,一定会认真修炼,一定会……抱住她的紫宣……告诉他,她全部的仰慕与依赖。

"这么费心的安排,就为了博你一笑,若是你笑……"许宣望着眼前景象也是十分满意,得意扬扬地边说边看向白夭夭,视线却正好触及她两行泪水从如玉颊边滑落,瞬时愣住,整个人都因这沉痛打击而变得无比失落,尴尬道,"笑了有益于疗伤……到底哪个环节出了错?"

"没错,完全没错,我很喜欢!"白夭夭环顾四周,拼命摇头。

许宣伸手固定住她的下巴,轻轻拭去白夭夭面上泪水,手指上就带着那一

点儿晶莹,在白夭夭眼前摇晃:"这是泪水啊,喜欢不是应该笑吗?"

白夭夭随即便是冲着许宣扯开大大的笑容。

许宣见她笑中带泪的样子,彻底蒙了,一把握住白夭夭手腕,查看她脉象,低声自语道:"完了完了!弄巧成拙。你又哭又笑,果然伤心脉。"

白夭夭只是看着许宣,唇边笑容仿佛骄阳,竟比过花灯的光,将这桃林照得透亮,眸中泪光却如流星,闪耀着最动人的星芒,让人完全移不开眼睛。

许宣对上那笑容和眼神,声音就这样弱了下去,握着她手腕的手,却许久许久都没放开。许宣隐约听见了自己如擂鼓般的心跳,跳得他面红耳赤,无所适从。

仿佛有理智的声音在催促他放手,在提醒他转开目光,却比不过她温柔视线的胶着。

白夭夭却仿佛看见了温润如玉的紫宣,又复回到了她的身边。

桃花飞扬,夜色迷人。

天地间只余二人静静对立,浑然不知时间流逝如斯。

3

自昨夜后,许宣深觉自己病了。

得了种怪病,症状是一想到白夭夭就心律不齐,时常走神想到她目如流星、笑靥如花的样子。

手中丹药不知何时掉落在桌上,许宣瞥见了,猛然醒过神来,抓起丹药塞进嘴里,心跳声却一声比一声响,他紧皱眉头快速翻阅医书:"这到底是什么病,有时连呼吸也急促了起来,我一定得解决,世上没有我治不了的病。"

清风来的时候,便看到许宣正神情急迫地翻阅医书,低低唤了声:"宫上!"

许宣仿若未闻,只继续手上活计。

清风只得更大声地唤了遍:"宫上!"

许宣被他吓了一跳,抬眸一看,拍了拍自己今日本就脆弱的小心肝,哀怨道:"清风啊……你是不是想趁机把我吓死……"

"宫上你在说什么呢……"清风有些迷茫,借他十个胆子他也不敢吓死他啊……何况什么时候宫上竟然可能被"吓死"了?以他的厚脸皮,该是怎么都吓不死才对啊……当然以上内容只敢腹诽。清风抓了抓后颈,露出讨好笑容,

第二十四章 情愫暗生

问许宣道:"宫上,你是不是该好好奖励下我?昨晚我带人做得那么完美,一切都是无懈可击。"

许宣"嘭"一下重重敲响他的头,冷眼相对:"还敢提!白姑娘哭了算怎么一回事?我明明交代你的是,绝对要让她开心。结果她又哭又笑,弄得心脉不整,差点儿损了我的名声。"

"冤枉啊!宫上!"清风抓耳挠腮,也是不解,"这明明是我上天下海才打听到的绝对会让女子会心一笑的上佳计策,宫上,这个办法应该是万无一失的,该不会因为你……"

许宣差点儿从石凳上跳起来,瞪着他愤愤说:"你质疑我?"

清风恨不得把自己舌头咬掉,忙低着头委屈说:"……不敢。"

许宣整了整衣襟,也顺带平和了下表情,推测道:"白姑娘是修仙之人,自然与一般女子不同,你再去想想办法,一般庸俗女子会开心之事在她身上是行不通的。"

清风颇觉为难,嗫嚅道:"宫上,这几日我两处奔波,实在分身乏术,我还领了出宫采药的差事呢……"

许宣似飞刀一般的眼神一瞥,清风立马住口,抚着胸口郑重发誓:"我明白了,让白姑娘开心有助于她疗伤,我绝对不负宫上所托。"

"嗯,去吧,"许宣露出满意神色,挥了挥手,眼见清风苦着一张脸欲转身离开,却又唤住他,正色道,"离宫这些时日,白姑娘也调养得差不多了,我想带她回宫,总不能真让师妹亲自前来迎接。"

清风闻言欣喜若狂:"其实大小姐心中早就不介意了,今天还说要去金山寺采金蝉花给白姑娘……"

许宣讶然追问:"什么?她要去金山寺采金蝉花?"

"对啊!"清风不明所以,还兀自兴高采烈,"宫中的金蝉花用完了,白姑娘的药里似乎又不能缺,所以……"

"坏了坏了……我知道白姑娘需要金蝉花而宫中存量不够,临安府中又只有金山寺周围有,因此早暗中收买村民去采,"许宣急得站起身来,"冷凝这个傻姑娘,齐霄一见到她不为难才怪了,这下可算是人花两空。"

"你若是早点儿回宫告诉大小姐,可不就没这些事了。"清风没忍住,嘀咕出声。

许宣抬手往清风头上就是一敲,清风不敢躲,只能生生受了,委屈得都快

哭了："宫上，我们眼下该怎么办？"

　　许宣镇定下来，冷静道："走吧，我先送白姑娘回宫，再上金山寺，去会一会那个脑袋缺根筋的齐霄。"

第二十五章
算无遗策

---- 1 ----

许宣在小沙弥的带领下踏入金山寺，清风则在后面扛着几坛上好果饮，齐霄早在大殿等候，在许宣脚步刚一迈入殿中便挑眉冷声说："想带果饮来赔罪？我不接受你的道歉。"

许宣看也没看他，径直上前，在经过齐霄时，只拍拍他肩膀，道："让让！"

齐霄一时蒙在那里，许宣似是叹了一声，一把将他推了开来。

齐霄怒了，问："你什么意思？"

许宣一边用眼神示意清风将果饮放下，一边微笑道："这么好的果酿，入你腹中，岂不糟蹋了？"

齐霄神色更是不忿，正待质问，许宣便率先开口道："这是元一大侠最爱的东西，难道你不知道？"

齐霄愣了一瞬："药师宫自酿的如意果？"

许宣颔首，接过清风递来的碗，将果饮斟满放于元一大侠的牌位前，徐声说："元一大侠除妖之后，最大的乐趣便是到药师宫中找家师喝上几杯，如今两人天上相逢，可以好好畅饮几杯。"说罢，便又斟满了另外一碗，放在牌位旁边。

齐霄登时便红了眼眶，沙哑着声音说："师父，我早就让你要喝便喝个痛快，现在你就算想喝……"

许宣也是一叹:"我早该来祭奠大师,但真相未明,实在无颜面对大师。"

齐霄闻言眼神一凛,拂袖斥道:"你该不会以为你惺惺作态,我就会放过白夭夭吧?"说着神态中略有轻松自得,"在你离开药师宫之际,我早已安排人去药师宫寻白夭夭了,听说她已经好得差不多了,稍一用计把她引出药师宫应当不难吧?"

许宣脸色瞬时大变,随即目光中渐渐泛着鄙夷,冷声道:"你这是在你师父灵前告诉他,他教出来的徒弟是个只会用卑鄙手段的小人吗?"

齐霄不自然地转过目光:"对付白夭夭,不需要光明磊落。"

许宣摇了摇头,望向齐霄的眼神中竟是带着可怜与同情:"饕餮附身于元一大侠这么多年,你在元一大侠身边难道没有感到半丝不对劲?"问完又立马自我摇头否定,"不,你当然不会知道,因为你莽撞冲动,从不用脑子想事情。"

齐霄勃然大怒,冲许宣吼道:"没有人比我更了解师父!"

许宣"呵"地一笑:"那瘟妖藏于元一大侠体内时,你可曾察觉?"

这倒是提醒了齐霄,他眉目间晃过一丝了然:"哦,难怪你们要编出饕餮附身的谎言,因为瘟妖是饕餮的一魄吧?"

许宣有种在对牛弹琴的感觉,凤眸稍眯,他只觉齐霄已经无可救药:"我现在倒是替元一大侠庆幸,他不用继续见到你这副蠢样!"

齐霄"哼"了一声,自信道:"等抓来了白夭夭,一切都将真相大白。"

"饕餮这么粗陋的圈套竟果然套住你了,为什么呢?因为你是真的蠢!"许宣毫无担忧地微微一笑,比了比脑袋,"你跟我斗智,差远了,你以为我离开药师宫时,会毫无防备吗?还想抓白夭夭?你先把冷凝还给我再说。"

齐霄看着许宣笑得志得意满的样子,扶着自己腰际的葫芦,愤愤道:"我真想收了你。"

此时药师宫外的山林中,一群僧人将白夭夭围在当中,但还没有来得及动手,就被宋师兄带领的一群药师宫弟子团团围住了。白夭夭脸上露出崇敬之色:"宫上果然料事如神,我倒是替齐霄担心了。"

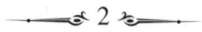

齐霄和金山寺自然不会强扣冷凝,冷凝从后厢房出来,一见到许宣便是笑

第二十五章 算无遗策

靥如花,甜甜唤了声:"师兄!"

许宣关切地问她:"金山寺待你还客气吗?"

冷凝点头:"他们始终以礼相待。"

许宣沉吟片刻,回头对着齐霄比了个"七"的手势:"七日,七日之内我必会查出饕餮下落,给你个交代。"

齐霄怔了一瞬,又眯起眼睛,不信任般问道:"若你办不到呢?"

许宣唇边是自矜弧度:"绝不可能,你乖乖在金山寺等我消息。"

齐霄冷哼一声,转而道:"宫上医术如此高明,金蝉花应有其他药材可以替代,金山寺就暂时替宫上保管。"

许宣唇角抽动:"不想给就直说,拐弯抹角的有什么意思。"

齐霄握了握拳,眉间染着愠怒:"那我等你七日后前来取药!"

许宣上下打量了一下齐霄,嘘声开口道:"如果白姑娘能杀我体内的瘟妖,为何要用如此拙劣的手段杀了元一大侠,你这几日得空好好想想吧。"

许宣言毕,便转身带着冷凝离开,齐霄则抓着头思考着许宣的话,只觉得自己的头都快炸开来,他抱着头缓缓蹲在地上,又复回头,凝向元一大侠的牌位:"师父,难道我真的恨错了人吗?"

下山时,冷凝始终落后许宣几步,望着他的背影,几度欲言又止,倒是许宣回过头,神色如常地淡淡开口问她:"跟我说说,宫中上下近日有些什么事情,药材方面又如何了?"

冷凝释然一笑,几步追上许宣,甜滋滋地向他叙述宫中近况。

师兄妹二人之间,便是再没有了几日前的芥蒂。待回了药师宫,更是一切如常。只是宫中大小事务大多仍由冷凝管着,许宣则负责同白夭夭和小青一道全力找寻饕餮的下落。

不过半日光景,便有了突破,小青兴高采烈地举着手里的告示冲进药师宫大殿,得意扬扬道:"小白!你看我找到了什么?"

"找到张告示,怎么高兴成这样?"许宣疑惑地放下手中茶杯,与白夭夭一同接过那张告示,只见是张寻赏告示,上面画了一个红衣女子,乌黑长发低垂,样貌甚是模糊看不真切。

小青背着手扬扬得意:"姐姐,这可是你说的那条鲤鱼精?"

白夭夭惊喜地说道:"没错,这的确是红芯!"

许宣不解地问道:"这到底是怎么一回事?"

天乩之白蛇传说1

白夭夭微笑着耐心解释："当初红芯前来向我求救，说饕餮附身在元一大侠身上，残杀小妖，我便追了去，嗯，就是我给你留字条出走那次。这事前因后果，红芯最清楚，她能证明我的清白。"

"是啊，姐姐跟我提过红芯一次，我方才在街上看到这告示，想着她不就是最好的证人吗？"小青也是连连点头，"没想到，红芯竟然是小王爷的救命恩人，你瞧告示上写的，破庙之中，遇上妖物，幸得姑娘出手相救……"

白夭夭柳眉微蹙，思忖道："这妖物难道是饕餮？若是如此，红芯从饕餮手中救下小王爷，那她肯定清楚现在饕餮的行踪。"

许宣眸中闪烁着喜色："正好我姐夫在衙门里，这事他应该清楚，我请他帮忙查查，肯定有线索。"

小青将胸口拍得"嘭嘭"作响，得意笑道："找个小妖还不容易，我堂堂一方山君，找个妖对我来说易如反掌。姐姐，你好好养伤，我一定让那个齐霄跟你磕头认错！"

白夭夭和许宣看见她这副流里流气的山大王模样，皆是忍俊不禁。

不过小青话说得响，事也办得漂亮，第二日一早，小青便寻到了红芯。

许宣和白夭夭赶到西湖边上，只见红芯长发掩面，面朝湖边，形容憔悴。

小青笑着邀功："怎样？我这山君不是白当的吧？"

许宣颔首："我算是对你刮目相看，原来你不闯祸时，还是挺有能耐的。"

小青笑容满面，顺着他话便接着道："当然，我不闯祸时……"说到一半才惊觉不对，瞪向许宣，"你这话究竟是褒是贬？"

白夭夭皱眉看着红芯侧影，走上前蹲在她身边，唤道："红芯……"

红芯瑟缩着想要往后退，连连说："你别过来……别过来……"

"别怕……是我啊……"白夭夭温声出言安抚，"你忘了吗？上回是你相救，我才能顺利采回八心莲子，眼下我寻你，是希望你能帮我找到饕餮的下落。"

红芯听到"饕餮"二字，后背便是一颤，她伸手捂着脸，抖声回答："我不知道，我真的不知道他的下落。"

许宣见状，也上前陪着白夭夭一块蹲下，语气难得温柔："我问了姐夫，那日他们在破庙中遇见的妖物虽是人形，但形态不稳，还有一双利爪，听样貌形容，应该是饕餮。当时你不顾自身危险，留下与饕餮单独缠斗，那时的勇气哪儿去了？现在却连抬起头都不敢。"

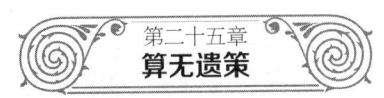

第二十五章
算无遗策

红芯浑身颤抖,想要退缩,却被白夭夭以温和又坚定的力量握住了手,并渐渐牵引着与他们正面相对。

待看清红芯面容,三人俱是一震,小青惊道:"你的脸……"

许宣则皱眉审视那伤口:"这伤为利爪所伤,且又因妖毒而生了腐肉,应是与饕餮打斗时所留下。"

白夭夭面现不忍,愤然道:"饕餮竟然对你下此重手,难怪自那日之后你便躲了起来。"

红芯掩面,低声哭泣:"他故意毁我样貌,比杀了我更残忍,谁见了我这张脸不害怕,如此一来,我永远都得活在黑暗中。"

许宣仔细看着她面上之伤,认真说道:"你且别慌,依我看,此伤慢慢治疗,也未尝不能恢复,只是时间未免会长些。"

白夭夭有些不解:"我曾听你说过,断阳宗的《毒经》刚猛迅速,既然红芯面上之伤因妖毒而腐,为何不能用以毒攻毒的法子,见效快些?"

许宣缓缓摇头:"以毒攻毒的确不错,《毒经》也的确有治疗面伤的方子,但始终太过急功近利,容易伤人伤己。红芯是妖身,我从未将剧毒之物用在妖的身上,若是稍有差池,便会有损性命,那便是不划算了。"

白夭夭领悟之后便是略显忧愁地望向红芯,毕竟对女子而言,面容被毁至此又短时不能复原,是一件颇显绝望的事情。

红芯稍一思忖,便拿定了主意,郑重看向许宣,恭敬道:"宫上的回春圣手,红芯虽是日夜深藏湖底也是早有耳闻,只要能恢复,无论多久我都愿意等。"

许宣略微舒心,点头道:"你且耐心,以明决宗的法子细细调养几年,总是能痊愈的。"

红芯微微欠身施礼:"既然如此,先谢过宫上了。"

许宣扶起她,认真看着她道:"红芯姑娘,现在可否将你所知道的详细告诉我们呢?"

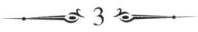

红芯不知道饕餮的详细下落,却提供了一条线索,饕餮在攻击小王爷他们时反复说他需要补元气,而后又对红芯提及他法力尚未恢复……

白夭夭思忖道:"饕餮一向修为不正,他的秘术修炼要么是靠吸取人的精

血，要么便是提炼妖的元丹将小妖们的功力转换成他的法力，而后者更是可以助他更快速地修补元神。我推测，饕餮先前元气大伤，因而只能袭击普通人，现在他逐渐恢复，定是不满足这缓慢的速度，而会开始打妖的主意。"

"的确……那天下妖的元丹最多的地方……"许宣皱眉，随即恍然看向白夭夭，二人都有了同样的念头——伏魔山庄！

饕餮迟早会去袭击伏魔山庄，盗取他之前未用尽的元丹。

两人拿定主意，便着小青送红芯回药师宫，自身则急急往伏魔山庄赶去。

路至半途，白夭夭忽然停下脚步，她猛然觉得四周环境有所不对。周围安静得太过可怕，风声虫鸣皆是寂静，就连树叶也停在空中，纹丝不动。

许宣也发现了这点，皱眉上前一步，想要拿取停在空中的树叶，那树叶却瞬间化成绿色烟雾，四散开来。白夭夭一惊，连忙将许宣带开："小心！这应该是饕餮布下的结界，一草一木可能都隐藏了陷阱。"

许宣观察四周后，低声说道："这是通往伏魔山庄的必经之路，他既然会布下结界，必然先我们一步到了伏魔山庄。"

白夭夭十分担心："齐霄绝不是他的对手，若我们去晚了，齐霄会有危险。"

"不一定，"许宣与她背对背站在一处，宽慰她道，"照红芯所说，饕餮如今大不如前，齐霄捉妖无数，挡个一时半刻应该不成问题，眼下我们得先想办法走出这个结界。"

就在二人说话间，刚刚散去的绿色烟雾突然再度聚集，凝成了一个黑衣人，又再于倏忽间幻化成了十来个黑衣人，将二人包裹其中。

白夭夭瞳仁放大，提醒许宣："宫上小心！这是妖术！"

黑衣人"啊"一声呐喊，齐齐向二人拥上来。白夭夭护在许宣身前，将剑舞得密不透风，你来我往的攻击中，白夭夭斩杀掉一人，却发现那黑衣人又幻化成一片从中断掉的树叶。

许宣神色凝重，皱眉提醒道："若这些树叶全幻化成人影，那我们怎么也杀不完，这么下去，耗尽体力，我们必死于这些幻影之下！"

抬首见到眼前的黑衣人越来越多，许宣暂且不顾白夭夭左支右绌的局面，闭上眼，努力让自己静下心来用耳倾听四周情况。

一般情况下，若是剑砍到真人身上发出的声音会有所停滞，而白夭夭的剑只是发出在虚空挥舞的声音。

第二十五章 算无遗策

许宣睁开眼,看着地上的残叶,再仔细巡视四周,突然发现了不对劲之处。他手指该处,对白夭夭示意道:"白姑娘,被你所斩杀的人全化成叶片,这些叶片全是相同的,这儿有两棵相同的树,右前方这棵的叶片正在渐渐减少。"

"原来是这样,"白夭夭又斩杀一个扑上来的黑衣人,了然道,"这不是结界,而是妖的幻形!在他的地界之上,我们的五官感应被误导了。只有树叶减少的这棵树才是正主!"

白夭夭又用剑气挥退一片黑衣人后,拉着许宣一跃而起,越过黑衣人头顶来到树旁,白夭夭奋力一剑插入树干之中,霎时便喷射出浓稠的绿色汁液。不过一瞬,眼前的黑衣人全部消失,静止不动的树也皆无影无踪,只余二人面前的地上一只倒卧于绿色汁液之中的藤妖。

许宣略感诧异:"连藤蔓也能成妖?"

白夭夭收起挽留,正色道:"世上万物若有灵性皆可修炼,不过草木修炼更是困难缓慢,若是藤树,至少得修炼千年以上,才能拥有妖身,行动自如……没想到却被饕餮所利用,可惜了。"

说罢,白夭夭望向伏魔山庄方向,脸色又是一变:"伏魔山庄妖气四溢,看来饕餮已在其中,咱们恐怕得赶紧前去。"

许宣颔首,提步欲奔。

白夭夭却道:"宫上,失礼了!"

许宣不解:"为什么失……"话音未落便被白夭夭一把揽腰飞起,深刻理解了何谓"失礼",眼见参天树木在脚下飞驰倒退,许宣只能尖叫,"啊!"

惊叫声回荡在林中,颇为凄凉惨淡。

第二十六章
冰释前嫌

1

此时伏魔山庄的炼丹房中早已是一片混乱。

齐霄本在金山寺,因感受到伏魔山庄的结界有异,匆匆赶回,正逮住破了结界闯入丹药房的饕餮。

齐霄连忙一杖挥去,怒喝道:"大胆妖孽,竟敢闯师父的炼丹房!"

"闯?"饕餮冷笑一声,"这里本就是我的炼丹房啊。徒儿,你竟不认得为师了吗?"

齐霄呆了一瞬,胸中翻出惊涛骇浪,目眦欲裂地嘶吼一声,杖指饕餮:"是你?"

"正是为师啊,徒儿你可是不孝啊,杀了为师的白夭夭你怎么没能擒住正法呢?"饕餮阴阳怪气地说完,便是一阵仰天狂笑。

齐霄一杖砸下:"我要杀了你!"

饕餮从容一闪,目光阴狠:"若不是我法力受损,怕是十个你也不是为师的对手啊!今天便让为师来清理门户,杀了你这个不肖徒!"

饕餮一脚将地上丹炉向齐霄踹去,霎时间满屋都是烟雾,齐霄呛得一咳,赶紧将法杖挥舞得密不透风,地上突见红光闪烁,隐隐露出六角阵法,齐霄哀号一声,跌坐在地。

饕餮失声狂笑:"我早在这房中布下阵法,你以为我会陪你继续缠斗吗?"

第二十六章
冰释前嫌

"可恶……"有两行鲜血自齐霄眼中滑落,他痛苦地捂着双眼,恨恨道,"今日我就算拼掉性命,也不会让你轻易离开。"他法杖拄地,借力站起,靠听觉辨认饕餮方位,再一杖挥去。

饕餮躲得更加自如,戏猴一般往角落处丢了个药罐,再眼见着齐霄旋身打去因立地不稳而再度跌倒。饕餮面露讥嘲和不屑,从药柜中拿了丹药,冷哼道:"留着你将来也是祸患。"正是准备痛下毒手,一道剑光闪过,挡开他的利爪,饕餮一时不备,手中丹药也掉落在地,瓷瓶破裂,当中用妖的元丹炼制的丹药滚落。

白夭夭防备着饕餮,对背后的齐霄道:"赶紧想办法离开阵法!"

饕餮目露凶光,对白夭夭凶狠道:"白夭夭,你竟然能破藤妖的术法,不除了你,你只会处处与我作对!"

扶在门边喘气的许宣,一面平复心中对方才腾云驾雾的惊恐,一边皱眉看向房中被困在阵法中的齐霄。

他试探着走过去,一道红光闪过,有如火光般灼烫,逼得他赶紧后退两步,有念头于电光石火之间闪现:"齐霄,元一大侠可曾有一件他师父留下的袈裟?我师父曾说过,那件袈裟一向能克邪物。"

齐霄也是如醍醐灌顶,忙挥手指着身后:"在丹房右侧的柜中,不,是左边。师父的东西,一向都是随手乱扔。"

许宣没忍住翻了个白眼:"难怪教出你这种徒弟。"边说边冲到柜子前快速翻找着。

白夭夭则继续与饕餮缠斗,怒喝道:"饕餮!你借元一大侠之手残害生灵,今日竟然还想杀了齐霄!"

"白夭夭,若不是许宣搅局护下你,我就能借伏魔山庄与金山寺之手灭了你!"饕餮闪避过白夭夭的攻击,翻身捡起地上的丹药服下,浑身散发出一股白烟,瞬时形态更为稳固,他冷笑着,便挥爪欲先对阵法中双目失明的齐霄下毒手。

白夭夭眸色一凛,正待回身去救场,翻箱倒柜的许宣却释然长叹一声:"原来在这里。"接着便把手里找到的袈裟向齐霄抛去,恰好在饕餮指尖触及的刹那罩住齐霄全身。袈裟上的金光闪烁,和着阵法中的红光暴涨,齐齐投向饕餮。

饕餮发出"啊"的一声痛呼,蒙住眼睛匆匆逃离,只愤愤抛下句:"许宣,你三番两次坏我计划,日后总有机会好好折磨你!"

天乩之白蛇传说1

许宣毫无畏惧地露出了个完美微笑。

地上阵法消失,白夭夭扶起齐霄,许宣则旋身仔细检视他的眼睛,徐徐道:"你的双眼被毒烟所伤,我记得你们山庄备有药材,我待会儿去准备下替你医治。"

齐霄则是满脸愧悔之色,向着白夭夭道:"白姑娘,我一时鬼迷心窍,竟落入饕餮圈套,误会你杀了师父,若是我能机灵点儿,或许就能替师父报仇了。"

白夭夭不介意地一笑:"饕餮生性狡猾,躲了千年,这事不怪你。"

许宣目光停留在神态真诚的齐霄面上片刻,才叹气道:"让齐少侠认清真相,比找到饕餮下落更难。"

齐霄神色更为羞惭,连连叹气,白夭夭一掌打在嘴不饶人的许宣背上,再瞪他一眼:"快去准备药材吧,宫上!"

许宣有些委屈地瘪了瘪唇,站到白夭夭的位子,将她挤开,自己扶了齐霄出门。

白夭夭有些发蒙地看了眼他的背影,随即跟了上去。

为齐霄包扎好眼睛,两人送他回了金山寺。

许宣看着眼覆白布的齐霄,想到之前齐霄钻入牛角尖时的讨嫌模样,还是忍不住冷冷出声讽道:"也许这几日趁着你眼睛看不见,这世上的是非能少一些。"

齐霄心里也是难过,低头道:"枉我捉妖这么多年,竟不知师父被饕餮附身。"

眼睛看不见,嗅觉和听觉都会更加敏锐,此时齐霄便随着轻微的脚步声,闻见了一股十分熟悉的香味,他忙伸手抓住倒了热茶进来的白夭夭,颤抖着问道:"是你吗?当初我眼睛同样受了伤,是你把我交给了师父吗?你说你四处游历跟着你会受苦……不然……"

白夭夭有些怔然,终是慨叹:"还是被你认出来了。"

许宣有些不满地瞥了齐霄一眼,又别扭地问白夭夭:"你救过齐霄?"

白夭夭颔首:"不过是巧遇,恰好元一大侠也在,便托付给了他。"

许宣"呵"了一声:"你将这个烫手山芋丢给了元一大侠,真是苦了他老人家。"

"许宣,你……"齐霄愤懑,长叹道,"枉费冷宫主行医济世,一派和

第二十六章 冰释前嫌

善,你怎么没有半点儿与你师父相似的地方。"

许宣"啧啧"两声:"当我接手药师宫时,药师宫积欠了上万两的银子,就为了济世救人。若不是我刻薄寡恩,你认为药师宫还能维持到今日吗?"许宣凤眸微眯,眼见齐霄依旧紧紧握着白夭夭的手,只觉分外刺眼,不动声色就将齐霄那只手给拉开,狠狠用力拍了一下,才说:"都怪你心眼小,上回扣住了不给金蝉花,害得白姑娘的伤拖至今日。"

齐霄起身,拱手道:"谢白姑娘不计前嫌,今日出手相助。"

白夭夭却是满眼崇拜地看着许宣:"你真正该谢的是宫上,若不是他相助,我恐怕就被困死在藤妖那儿了,自是救不得你。"

"宫上,我……"齐霄又转向许宣方向,正欲慨然抒情一番,就被许宣含着讥嘲的声音阻断。

"你若真要感谢我,就想想办法付点儿诊金,否则药师宫上上下下这么多人,总不能老是遇上你这种看病不付钱的人。"

齐霄闻言一颤,默默捂起耳朵:"宫上,你就当我不只瞎了,暂时也聋了吧。"

2

饕餮匆匆逃往斩荒的府邸。

斩荒正悠闲地与自己对弈,逆云不动声色地陪在他身后,二人见饕餮神色慌乱地狼狈窜入,都是不慌不忙,毫不介意一般。

斩荒微笑着提点:"不制六根,任浊气行周身,三大周天,凝气凝神,冲破当阳,方能固住你的元神。"

饕餮愣了愣,随即立马盘坐下,照斩荒所说那般,运行起周身气血,终是面色逐渐好转起来。

斩荒轻轻一笑:"瞧你这次,着实狼狈。待你稳固了元神,我再传你修复肉身的法子。"

饕餮结束运气,怒气勃然,冲斩荒不满地吼道:"一个散尽了元神的紫宣你也不敢出手,莫不是怕了九重天!"

斩荒视线依旧专注停在棋盘上,悠然道:"如今我回来了,便是准备好了。"

天乩 之白蛇传说1

饕餮站起身来，振臂喊道："既然如此，那你这便随我回去，要了许宣的命！"

斩荒唇边勾出一抹凉薄笑意，手中所执的白子，已经渐渐将棋盘上的黑子逼至末路，而除了专心下棋，没有丝毫要与饕餮同流之意。

饕餮见状怒极，眼中投出阴狠："你不敢去，还是忘记了咱们的盟约？"

斩荒缓缓摇头，声音也是极轻极慢的："不是不敢，而是不愿。"

"那从今以后我们再不必合作，你这千年都是做惯了两面三刀之事，如今还想周旋其中，我又何必任你利用？"饕餮一甩手，勉力离开，"枉我当初错信了你这小人！"

斩荒不为所动，棋盘上黑子已败，他慢悠悠地收起棋子，逆云上前一步道："主上，这饕餮心浮气躁，鲁莽意气，恐难成大事。"

斩荒拈起一枚白玉棋子，凝神看着，似在比较它和自己的指尖谁更温润无瑕："饕餮的野心路人皆知，只是我不得不留他。棋局已经设下，关键的棋子，不能缺少。眼下封印才除两个，还不到我们与九重天正式杠上的时候。"

逆云一拱手，但又皱眉迟疑："如今他与许宣已经正面对上，我们该如何行事？"

"说到这里……"斩荒丢下棋子，轻笑道，"饕餮修行日久，这药师宫如今所居皆是凡人，竟能叫他如此狼狈，看来是该好好注意了，我倒也有些想去会会他了。"说罢，神色中晃过一丝深沉。

许宣和白夭夭再回到药师宫时已是深夜，然后才知宫中亦出了事。

小青神色焦急地跑来叽里呱啦地对他们说了这一天所发生的事情。

原来小青本是好心，想着红芯对小王爷有情，小王爷又正在焦急寻她，小青心思单纯直接，就想着这郎有情妾有意的，躲躲藏藏有什么意思，就去通知了小王爷前来药师宫。

谁知道小王爷将冷凝误认为红芯，对冷凝先是百般示好不说，后来知道红芯才是正主，颇为直接地将红芯面上临时戴上的银色面具趁她不备给取了下来，这一看便是惊惧不已，拒不承认红芯是当天救他之人。

"哎呀，我想着这小王爷若真是个只看重外貌的凡夫俗子，便不值得红芯倾心和舍身相救，应该一掌劈了他才对，"小青说得绘声绘色，比了个砍头的手势，但随即"恨其不争"般叹气摇头，"可红芯傻死了，她居然去丹药房想要偷药，用断阳宗的法子快速恢复自己的样貌，被冷凝逮了个正着。冷大小

第二十六章 冰释前嫌

姐软硬不吃，说红芯是犯了宫规，不管红芯哭得多么伤心，都要逐红芯出药师宫，让她明天天一亮就自行离去。你们好歹是回来了，宫上，你快救救红芯吧，她都要哭瞎了。"

白夭夭看向许宣侧颜，见他不置可否，面上神色却透露着一丝严肃，便先用眼神示意小青离去，小青"哦"了一声，转身离开了。

白夭夭贝齿刮过下唇，知他身为宫上，其实心中也是为难，良久才迟疑着出声道："宫上，我想为红芯求个情。"

许宣沉默了一瞬，于星光下缓缓侧向她，徐声问："断阳宗一向只收六亲孤寡或是天生残缺之人，你可知为何吗？"

白夭夭有些惊愕，摇了摇头。

许宣神色郑重而严肃："修习《毒经》，便是常年与剧毒之物打交道。医者自身安危尚且不说，便是于患者而言，《毒经》上的法子，能否成功尚在五五之数，便是成了，其中艰险痛苦，实在有违天和。我师父曾说有违天道之事，迟早会遭反噬。"

白夭夭震惊的神色中渐渐浮上一些不忍与关切，她低声问道："宫上不是尚有亲姐在世，为何也入了断阳宗？"

许宣避开目光，不愿再谈。

白夭夭心里难过，也不再追问。思忖片刻，才缓缓道："万物阴阳有序，阴阳总能轮转。眼下我倒是想，为何不能将断阳宗与明决宗的法子合二为一，找到个折中的法子医治红芯脸上的伤？"

许宣闻言唇边晃开清风朗月般的笑意，他注视着白夭夭，眼中有着星光闪烁："白姑娘虽在寻常之事上大不及常人。不过此次，倒是同我想到一处去了。"

真是什么时候都不忘讥嘲。白夭夭有些嗔怪地瞥他一眼，最终却是喜悦而释然地向他一笑。

3

两日后，齐霄的眼睛便已恢复如初。

这天傍晚，他正在房中整理元一大侠的遗物，颤抖着手指，抚上师父留下的紫檀木手串，脑海中涌现出了和师父相处的点滴。元一大侠对他要求虽然严

天乩 之白蛇传说1

格，但也从来不摆师父的架子，二人闲时相处，亲如寻常人家的父子，甚至他偶尔的没大没小，师父也全然包容，还同他一处玩笑嬉闹……

齐霄想到元一大侠望向自己时眉眼中慈祥的笑意，便是眼眶酸热，几乎难以自持。

忽然，寻妖金铃颤动，同时他听到了师父的声音从门口传来："齐霄！为师回来了。"

齐霄惊诧地回头，便看到"元一大侠"站在门口，温和地望向自己。

短暂的怔愕后，他面上浮现震怒，拿起旁边的法杖指向来人："何方妖孽！竟敢来金山寺作乱！"

"元一大侠"惊了一下，又强作淡定地绷着脸说："怎么，对为师也敢无礼？当真犯上作乱！"

齐霄冷冷地眯起眼睛，法杖在地上一敲："师父的尊容，也是你这妖孽可以玩笑的吗？快给我变回来，否则……"

他扬手，法杖眼看就要挥下，眼前的"元一大侠"大惊失色，终于化作一道青碧色烟雾。烟雾再度凝聚，原来是小青，正拍着胸口说："是我是我！几日不见，你怎么还是这样凶，可吓坏我了！"

齐霄丢开法杖，立在原地，眉间布满阴霾，立了一瞬后便转而继续回去叠放元一大侠的衣物。小青看着他闷不作声的背影，轻咳两声，梗着脖子解释道："我知你为元一大侠之事忧心，以往你对我总是打骂，按理我才不管你。只是本山君一向心善，见不得人家难受模样，因此专门化作你师父的样子。齐霄，你也不必谢我……"

齐霄听到此处再忍无可忍："闭嘴！出去！"

小青愣住，有些不知所措："你……你又凶我，我好心好意……"

齐霄不耐地闭了闭眼："你若再不走，我便用你祭我师父！"说罢便又是准备去拿法杖。小青花容失色，忙转身朝着门外走去，气鼓鼓地说："从未见过你这样不识好歹之人！我今后，再也不同你讲半个字了！"

眼见她跑走，立在原地的齐霄面上的怒气渐渐平复了下来，本欲继续转身收拾，但眼角却收入了依旧不断在墙角振动的寻妖金铃。薄唇一抿，说不上是愧疚还是心烦，良久之后，他取了那金铃寻了出去。

夜色初降，弦月东升，齐霄随着手中金铃振动的由弱到强，在一棵大树下见到了双手抱膝闷不作声的小青。

第二十六章 冰释前嫌

金铃的颤动吸引了小青的目光，她回头看到是齐霄，不满地瘪了瘪嘴，继续转过头来生闷气。

齐霄走到她身边，挠了挠后脑勺儿，颇为别扭地说："一只妖还赖在金山寺不走，害我的金铃振动个不停，我还以为是饕餮来了。"

小青侧眸，狠狠瞪他一眼，还是不说话，也不动身。

齐霄见她没有走的意思，就又不耐道："你还不快走，吓到别人怎么办？"

小青跺了跺足，用手指将嘴唇上下一捏，比画了个自己不和他说话的动作，齐霄疑惑了一瞬，便想到小青方才跑出门前说的赌气话，便是失笑："原来是哑了。你说你，本就生得又瘦又小又丑，还成了个哑巴，可如何是好？不过再转念一想，你声音本也嘶哑难听，哑了就哑了吧。"

小青终于是忍不住了，站起身来急吼吼地道："同人讲一句好话就这么难吗？"

齐霄露出得逞的笑容，但得了便宜还卖乖，挑眉讽她道："不是不与我再讲半个字吗？"

小青结舌："我……我有讲半个字吗？我讲了一句话！"

齐霄"哼"了声，抱着手望她："你的哑病也医好了，怎么还不走？"

小青面上现出些不自然的神色："我这样灰溜溜地回去，小灰他们定要笑话我。"

齐霄表示不信："你是山君，再不济也有千年的道行，怕什么？"

"我对他们又不会动手！在你眼中，反正认定了我是个吃人的妖怪，哪懂我对他们的感情，"小青一瞪眼睛，见齐霄并未因生气而离开，她的目光便渐渐黯然下来，"这一千年来，我一直都是一人。也没有师承，更没有父母亲人，我捉了他们来，也不是非要做什么山君，只是大家玩乐在一处，总比冷冷清清的好。"

月色越发明朗动人，齐霄的眸光也渐渐温柔，望着她道："有人陪着，是比孑然一身要好。既如此，你还是早些回去，晚了，他们会担心。"

小青抬头，正正看入齐霄眼中，认真说道："齐霄，上次你说，我不懂你对师父的情，是你将我想错了。我虽是妖，也是有血有肉的，你对元一大侠……"

"我知道……"齐霄柔声阻住她的话，又复低声望着她再说了一次，"我

知道你懂。"

　　小青怔然，片刻后，唇边才有了一丝浅而纯的笑意。

　　树叶迎风而动，将月影明明暗暗地投在地上，随之晃悠。

　　小青与齐霄相对而立，此时倒没有什么势不两立，竟似是一对佳偶天成的璧人。

第二十七章
鲤鱼红芯

— 1 —

许宣开口，红芯自然还是留在了药师宫。

但许宣提出的治疗方案需要时日太长，红芯心中难安，每当闭上眼，她便会想起小王爷看她时那嫌恶的眼神。

分明不是这样的啊……小王爷那么温柔善良，当初她被饕餮追杀化成原形，慌不择路间撞入渔夫渔网，是他善良地将她放出，还叮嘱她下次定要小心。那时的小王爷，眼神柔如春水，笑意暖如春风，而如今……

红芯眼泪潸然，她抚上自己残破可怖的脸，爪痕红中带黑，连她自己都嫌弃，何况小王爷……她不怪他……看他对冷凝时，便不是这样的……如果她有冷凝那样的容貌，是不是他就会爱上她。

想起小王爷望向冷凝时眼神中的爱慕与痴迷，红芯紧紧按在桌面的手指关节开始泛白，她愤然起身，潜到了冷凝房外。

片刻过去，只听一声凄厉尖叫划破药师宫宁静的夜空。

巡夜的断阳宗弟子立马赶去冷凝房内，只见到红衣影子在墙头一闪，之后追踪十里也没再见到影踪，而房里的冷凝……不……红芯……

他们迷茫地面面相觑，直到清风赶来看到床上穿着冷凝衣服缩成一团的人，也是惊恐至极，半响才试探着问："是……红芯姑娘？"

冷凝抬起恐惧的视线，跌跌撞撞冲下床，揽镜一照便是接近崩溃，跌坐在地："我……我的脸……怎么会变成这样……这不是我的脸啊！"

天乩 之白蛇传说1

"这声音?"清风渐渐张大嘴巴,"是大小姐的声音!"

许宣同白夭夭几乎同时赶到,听到这句话便推开众弟子冲进了房,冷凝见到许宣到来,忙不迭地往床上跑,将自己藏进被子里,密不透风。

"冷凝……"许宣上前试图拉开被子,"让师兄看看是怎么回事……"

"我不要!师兄你走,我不要你见到现在的我!"冷凝在被中开始低低呜咽起来,许宣哄了好久,才将被子拉开一点儿,仔细替冷凝把了脉,又半哄半强硬地看了冷凝的脸,眉间死死蹙在一起,沉痛道:"红芯偷了冷凝的脸。"

冷凝随即又开始低泣,现场则是一片哗然。

从金山寺刚回来找白夭夭的小青凑了这个热闹,好奇地看看许宣,又看看白夭夭:"这世上还有偷脸的吗?"

白夭夭也是神色凝重:"准确来说,是红芯用了换脸之术。"

小青听了后嘟哝一声:"但我可不觉得冷凝的脸比这张脸好看呀。"

清风倒吸了一口凉气:"那大小姐以后如何见人?这术法可有法子破解?"

"必须找到红芯,"白夭夭沉吟道,"等红芯回来再破解开这换脸之术,两人便可恢复原样。"

"交给我吧,我找妖的本事你们也见识过了。"小青自豪地一拍胸口。

"你当然要找回她!"冷凝却突然对小青发难,"要不是你把那个妖怪带进药师宫,我又怎会横遭厄运!"

小青气得跳脚:"你怎么疯狗乱咬人呢?是宫上交代让我带她回来的,要怪你该怪宫上!"

许宣冷冷打断:"现在是究责的时候吗?"

小青默默闭上了嘴,只是眼神依旧是不忿的。

白夭夭捏了捏她的手,又有些狐疑地问冷凝:"冷姑娘,你可知红芯为什么会对你下此毒手……"

冷凝不满地大声打断:"我怎么知道?我若知道的话早就有所防备了。"

小青却突然又击掌跳起:"我知道了!因为小王爷!那天小王爷来药师宫,以为冷凝是救他之人,便对冷凝百般示好。红芯那么喜欢小王爷,想必是想借冷凝的脸去赢得小王爷的心,她也是可怜,为情所困。"

许宣脸色极冷,徐徐道:"不管她目的为何,我一定要找回冷凝的脸。"

冷凝被触动情肠,抱住许宣的腰,埋首在他怀里"嘤嘤"哭泣,许宣拍着

第二十七章
鲤鱼红芯

她背低声安抚着，白夭夭看着这副情景，如吃了黄连般嘴里泛苦，便转身准备离去。许宣眼角收入她背影，却出声喊住她："白姑娘……你等我一会儿，我有事与你商量。"说罢，便将冷凝缓缓推开，追白夭夭而去。

— 2 —

王府的后花园中，正是牡丹盛放，池水碧艳，春色妖娆而绚丽。水榭之中，换得冷凝脸的红芯依偎在小王爷的怀中，神态娇羞又满足。

小王爷佳人在怀，也是心满意足，轻叹道："药师宫中，我一眼就爱上你了，没想到你竟会主动来王爷府，你看这满园的花，可比不上你的万分之一。"

红芯神态娇媚，低声问："若有一天，我容颜不在，瑜郎还会哄着我吗？"

小王爷赵瑜抬起红芯下巴，深情道："我对天发誓，若嫌弃你，必死在你的手下。"

红芯有感动的泪水泫然于长睫，缓缓摇头："不会的，我就算死，也不会杀你。"

小王爷也是为之触动，抚着她长发道："咱俩的感情水到渠成，待我上表圣上，挑一个黄道吉日，便去药师宫提亲。"

红芯听罢，立马心惊，摆手道："瑜郎使不得，药师宫……近日诸事繁忙，收治了不少病人，我怕沾了晦气，咱们的婚事不如再等一段日子吧。"

小王爷点头："无论你说什么，我都依你。"

两人目中只有彼此，全没防备李公甫在酒壶之中加入一包药粉，药粉转瞬即溶，无色无味。

不多时，饮下酒酿的小王爷便昏迷过去。

王府上下急切异常，但就连御医也找不出小王爷沉睡不醒的原因。次日，见小王爷依旧昏睡，老夫人便急急地遣了人去寻许宣。

许宣带着白夭夭一同入王府去给小王爷诊脉。诊完出来，后花园中，红芯正坐在亭中，似是在等候二人到来。

许宣携白夭夭迈入亭子，望向那张熟悉的脸，眸中却毫无温情。

红芯轻笑一声，望着面前的袅袅熏香道："宫上果然厉害，小王爷昏迷不醒，是你动了手脚？"

"若非如此，怎么能见到你？"许宣低头看着红芯，声音冰凉，"请红芯姑娘随我们回去，将脸还给冷凝。"

红芯伸手抚着自己的脸庞，眼底柔情盈然："因为这张脸才让我能拥有小王爷的温柔与爱慕，我苦心修炼，为的就是守在他身边。"

白夭夭摇头，缓缓劝道："这一切都是镜花水月，并不牢靠。小王爷眼中的你不是真实的你。他心里喜欢的人是冷凝。"

红芯眼中出现一丝黯然，但转瞬却变为疯狂："我不在乎，只要有这张脸，我就能永远幸福。"

"为一己私欲去伤害他人，你所谓的幸福，未免太可笑太自私了！"许宣有些不耐，声音也变得冷厉起来。

红芯愤然站起身，盯着他道："你说什么都晚了，我不会把脸还给她！"说罢，她将一小包雄黄粉放入了面前的熏香中。

白夭夭立马便觉得头晕，问红芯："你……你烧的是？"

红芯淡淡说道："昔有红鲤逆流而上，越千山万水，经天火焚尾，但求一跃化龙；如今红芯别无奢望，只求今生今世与瑜郎相濡以沫。我很感谢你们昔日的救命之恩，也知道药师宫不会善罢甘休，我更不是白姐姐的对手。白姐姐，对不住了。"

白夭夭越发头晕，生怕现出原形，霎时心急如焚，别无他法的情况下，只得仰头往后一倒落入水中。

许宣大惊不已，伸手去捞却落了个空，眼见湖中涌起大片水花，怀疑地看向香炉，不对啊……这烟中无毒，白姑娘究竟怎么了……来不及更多思索，他便跳入了水中，闭着气往白夭夭落水的地方努力游去，却很快气息用尽，吐出大量气泡后身上便是再无力气。

在水中恢复清醒的白夭夭忙心急如焚地朝着他游去。

许宣触及她的手，面上挤出一个安心的微笑，自身却开始下沉，白夭夭一急，忙印上他的唇，将气渡给他。

许宣愣住，心跳加速，只觉有什么不对劲的，好像应该推开她，可是手却抓得更紧了，他内心解释为……自己太惜命了……

白夭夭哪里知道他心里的各种纠结，神色平静又淡然地连渡了好些气给他后，带着他往池塘另一端游去，待二人上岸一看，红芯早已不在亭中。

第二十七章
鲤鱼红芯

白夭夭心急地四周逡巡,再回过身去看许宣,却是面色潮红,眼神迷幻,躺在地上,连连喘气,白夭夭怕他是病了,就把红芯的事情暂时放下,赶紧一把抓起他,施了术法赶回药师宫。

许宣这次不像第一次腾云驾雾那么害怕了,满心满眼都是白夭夭透着紧张的完美侧颜,还有她柔软的嘴唇,如兰的气息……

他想他是明白自己病在何处……

红芯在白夭夭他们落水后赶紧跑出了王府,想先躲起来,等风头过去再回到赵瑜身边,却不防齐霄执着法杖拦住了她的去路:"妖孽,哪里走!"

红芯险些脚下一软:"你……你怎么会在此处……"

"许宣传信于我,以防万一,我已在此恭候多时了!"齐霄冷冷一哼,法杖直指,"还不束手就擒!"

"他竟然连这步都算到了……"红芯骇然,又渐渐露出凄惨笑意,"我早该料到,自己不可能轻易逃过。"

"大胆小妖!今日我就要你为自己犯下的罪孽付出代价!"齐霄说罢,便是一杖挥去。

"啊!"红芯肩膀受了一杖,便是吐出一口鲜血,昏迷过去。

白夭夭带许宣回到药师宫,喊来清风替他换过衣服,自己也去换洗一番后再到许宣房里查看他情况。

正在摸自己嘴唇的许宣一见她进来,忙放下了手,装作淡定地坐在桌前看书,问她:"你不觉得有些不对劲吗?"

白夭夭蹙眉打量他片刻,然后点了点头:"是有点儿,宫上你脸好红,该不会受寒了吧?"

"我……不是说这个,"许宣觉得有些尴尬,支吾许久才别扭着声音道,"我说的是王府里……水底下……你那样……"

白夭夭听罢,神色立马凝重起来,忙不迭地站起身来解释道:"当时是因为情况危急,我没有占你便宜的意思。"

谁在指责她占自己便宜了……许宣觉得有些头痛,感觉白夭夭的思路跟他不太一致,而且最关键的是,情况危急就可以不顾男女之防了吗?跟他可以,

跟其他人那是大大的不可以的！他正襟危坐，试探地问她："你之前遇到情况危急的时候，都会这样做吗？"

白夭夭竟然侧头思忖了一下，没有立马回答他，许宣觉得心提到了嗓子眼，声音都在发颤："难道你以前与其他人也……你知不知道男女有别，你一个姑娘家家的……"

白夭夭严肃的神情蓦地放松，歪着头对许宣粲然一笑："自然没有了。我在水中的时候一心想着救你，哪顾得上什么男女有别。"

许宣闻言，心顿时落了回去，面上却不露轻松神色，而是故作严肃郑重地教育她："白姑娘，你毕竟是个女孩子，以后这种事必须多想想。"

白夭夭有些疑惑："宫上的意思是，我今天不该救你吗？"

许宣哽了一下，随即继续绷住那老夫子的神色，一本正经地说："救人怎么会有错呢？而且我怎么说也是行医之人，没有那么多世俗古板的偏见，别人却就不一样了。"

白夭夭似懂非懂，但觉得许宣说得这么严肃，一定是很有道理的，便点了点头，望着许宣道："宫上放心，日后我会特别注意你说的男女有别，谨言慎行。"

许宣心满意足地点头："你听我的就对了。"

刚经由齐霄破掉红芯法术得回自己面容的冷凝本是兴冲冲地来找许宣，在门口却听到了他和白夭夭的对话，内心不免黯然。当初她上金山寺去采药，一来是知道多半采不到，许宣知道了却会来救她，还能扭转许宣认为她心狠的印象；二来，若是真采到了，早点儿医好了白夭夭，便能让她早点儿离开……只是没想到，白夭夭现在与许宣竟是形影不离，师兄即使是对自己，也没有在讨论医理和药师宫之外说过这么多话。

冷凝不甘心地在房外站了很久，那种脸换回来的喜悦逐渐消失，转而变为郁结与嫉妒，拳头死攥许久后，她方提步离去。她自己没注意到的是她眼中一闪而过的绿色光芒。

而房中的许宣和白夭夭就更未察觉，只是相视而笑。片刻后，许宣正色道："我现在还有一事担心。"

白夭夭知道他牵挂着什么，便说："可是担心小王爷那边会有所行动？"

许宣颔首："他一直将红芯当作冷凝，怕是会找上药师宫来寻人。"

"若他来求亲，该当如何？毕竟是个小王爷……"白夭夭虽为妖，但也在

第二十七章　鲤鱼红芯

人间游历千年，知道权势压人。

"我倒是有办法应对，只是……"许宣显得有些顾虑，便没有将他的方法说出来，只对白夭夭说，"我先去看看冷凝，齐霄替她换脸后，我还没去探望。"

"我与你同去。"白夭夭也是放心不下，一来生性善良，二是怕冷凝真有个三长两短，对红芯的修为也是不好的。

许宣并不觉得有何不妥，便与她一同前往冷凝房中。

冷凝对他们的关怀也没有表露出方才的情绪，淡淡应了几句，就说自己累了需要休息，让他们出门了。

许宣只觉此事对冷凝伤害颇深，怕是她再经受不住任何变故了，原本想的让红芯再当着小王爷的面施一次换脸之术的方子，可能便不只是对红芯残忍了，连冷凝也不会愿意。

是夜，他枯坐房内，思忖许久，才磨墨提笔，落于纸上，疾书几行，找出了师父冷回春的印章印了上去。

第二十八章
错订婚约

━━━ 1 ━━━

第二日,小王爷便带着府兵和彩礼上了门,许宣和白夭夭先是试图和小王爷解释前因后果,告诉他救他的女子和与他谈情的女子实际都是红芯,而非冷凝。

小王爷听罢,自是觉得荒谬不已,笑着问身边的李公甫:"哈哈哈,你觉得这世上真的有妖吗?"

李公甫擦了擦额边的汗,迟疑着说:"小王爷……咱们上次在破庙中不就遇到了妖物吗?"

小王爷瞪了李公甫一眼:"那天情况危急,定是我们看错了!本王是万万不信这世上有什么鬼魅精怪的,你们休想用那套说辞骗本王!"

小青看不下去了,愤然指责道:"你这人好没良心,明明就是红芯救了你,你怎可以貌取人!就因为你嫌弃红芯面上有伤,却对冷凝有意,红芯才盗走冷凝的脸的,你才是罪魁祸首!"

"住嘴!你是谁,胆敢跟本王这样说话!"赵瑜瞥向小青的眼神里有着皇族的鄙视与不屑,见小青外貌娇媚,便又不再为难,只是嗤之以鼻道,"总之本王不会和一个妖怪私定终身!"边说边走向冷凝,试图去拉她的手,"冷凝姑娘,我对你是真心的,我说过,若有违心,愿死在你手上,请你嫁给我吧。"

冷凝甩开小王爷的手,面上满满的都是厌恶:"小王爷,你真的认错了,

第二十八章 错订婚约

与你有情的并非是冷凝,而是那条鲤鱼精。"

许宣也是冷眼看向赵瑜:"小王爷若是对冷凝真心,怎会连换了人都不知道。"

小王爷轻哼一声,轻薄地摸向冷凝的脸:"本王就是认定这张脸了,我要娶的人是冷凝,错不了。"

冷凝嫌恶地挥开手:"小王爷请自重!"

小王爷目光冰凉,退后一步道:"冷凝,若你今天不同意嫁给本王,本王只有去向当今圣上求得赐婚圣旨,那时候,你怕是不嫁也要嫁了。"

冷凝却是态度坚决:"民女与小王爷并无半点儿私情,就算是小王爷求得圣旨,民女也决不会嫁,哪怕是逆旨当斩,我亦无惧无悔!"

"放肆!"小王爷气急,又再上前一步,想要去抱冷凝。

许宣冷冷挡在小王爷和冷凝之间,向冷凝偷偷比了个手势,这是他们自小约好,说谎时会做出的手势,然后方对小王爷道:"冷凝她早有婚配,此事就算是闹到当今圣上面前,怕也只是小王爷理亏在前。"

小王爷嗤笑一声:"笑话,冷凝何时有过婚配,被许给何人?"

"便是在下,"许宣玉树临风立于药师宫大殿之上,慨然无惧道,"家师冷回春,临终前立下遗书,将师妹许配于我,我们二人早有婚约在身,"说罢,他自袖中拿出一纸书文,正是昨夜连夜伪造的婚约,递到了小王爷面前,"天地可证,日月同表。"

白夭夭怔在原地,只觉殿中一下子静了下来,什么都再难听见。

他这一世,竟早有了婚约。

白夭夭只觉心头苦涩,她看到冷凝面上那抹羞涩又幸福的笑意,太过刺目,几乎让她恨不得立即转身避开。

小青见她神情凄苦,便想要冲上前去与许宣理论,白夭夭回过神来,及时拉住她。

小青跺了跺脚:"小白!他……"

白夭夭悄声说:"不要。"

没关系的,她本来也已经想好了,只要看他这一生平安喜乐便好,只是后来的相处,总是让她生出贪念来。

也该是找回本心的时候了。

赵瑜短暂的怔愕之后,愤愤然将那婚书拍在许宣胸口,手指了指许宣,又

指了指冷凝："最好让我看到你们真的尽早完婚，不然的话，我定禀明圣上，治你们一个欺君之罪！诛这药师宫的九族！"说罢，赵瑜拂袖而去，府兵面面相觑很久，终于在李公甫的示意下，扛起聘礼跟了上去。

转眼大殿中清静不少，小青再难忍住，几步冲上前去，对许宣道："你真的跟冷凝有婚约？"

"不……"许宣紧张地看向白夭夭，正待解释，冷凝身体却是一个晃悠，栽往他怀里。

"师兄……我好怕……"冷凝望着许宣，虚弱说道，"方才我那样义正词严，其实都是装出来的。我害怕……我怕死，更怕连累药师宫上下。要不我把这张惹祸的脸毁了吧……"说着她便挣扎着要去旁边断流的手里抢刀。

许宣抓住她的手，只得先低声安抚她的情绪："没事的，师妹，你相信师兄，我定会将此事处理得很好，我们先回去休息。"

说完，他抱起冷凝回房，却忽然发现白夭夭已经不在大殿里了，他神色一慌，霎时什么也顾不得了，径直将冷凝交给一旁的清风，便提步去追。

"师兄！"冷凝望着他慌张的背影，再难隐藏心中的恨意，在眼睛死死闭上的一瞬，其中的绿光闪动，甚是骇人。

许宣一路追出去，终于在花园角落看到了正心事重重立在那里的白夭夭，远远地，唇角边勾出了一丝笑意。

方才的慌乱平息下来，许宣心中暗想，将计就计，或许借自己与冷凝的婚事，可以让白夭夭坦承心意也是说不定。

毕竟自己都对她动了情，没道理她会不喜欢如此优秀的自己。

思定之后，他整理了下面部表情，唤道："白姑娘心事重重，可是因为……冷凝？"

白夭夭没有说话，只是皱眉捂住心口。

许宣见状，更料定她是心痛难忍，自恋地点了点头，脸上的笑容再难藏住，心想看她吃醋吃得可怜，还是不要逗她了，便开口道："其实，我与冷凝之间所谓的婚事和婚约，并不是你所想的那样。实不相瞒，历经了那么多生死磨难，我也难免……"

第二十八章
错订婚约

白夭夭转头，望向许宣，神情紧张，十分严肃地告诉他："大事不妙，我感应到药师宫里有妖气。"

许宣差点儿咬着自己舌头，咳了两声后，才皱眉问："你说什么？"

白夭夭认真地点头，重复了一遍道："药师宫中忽然出现了一股妖气，若有似无的，但似乎……"

许宣渐渐感觉到了愤怒："你方才在这里愁眉不展，就是因为这事？"

"是的，"白夭夭捂住心口，"我的灵珠对这妖气的感应特别强。真是奇怪，我亦不能断定这妖气从何而来。"

什么心痛，叹气，哀伤，吃醋，都是假的！

许宣只觉额头青筋直跳，没忍住翻了个白眼，讽刺道："你那点儿法术，居然还敢大言不惭谈什么妖气？"

白夭夭却不以为忤，继续专注分析道："此事蹊跷至极。上次我就发现地火处的灵气竟然一夕散尽，如今又有妖气出现。药师宫中定是有了异常，若不处理，只怕酿成大祸。"

许宣没好气地说："我们药师宫人杰地灵，就算什么精怪，想必也是百草成精，风雅自成。白姑娘若有闲情，不如担心自己为妙。"

白夭夭不由得诧异地指着自己道："我？我有什么好担心的。"

许宣叹气："法术不精，修了千年，也没增长什么智慧。我看你这修仙之路道阻且长，难得很啊。"

突然间一道青色身影飞过，翩翩落在两人眼前，刚一站稳就急吼吼地呼道："小白！"

许宣瞪向小青，目光森寒。

小青只觉背脊骨发凉，但又莫名其妙，问他："你瞪我干吗？"

许宣冲着白夭夭一字一句道："你亲眼看到了，她就是你说的妖！"说罢便是甩着袖子，怒气冲冲地离开了。

小青更觉摸不着头脑，便碰了碰同样不知许宣在气什么的白夭夭："你们吵架了？为什么？莫不是因为他要娶冷凝？"

白夭夭望着一脸八卦模样的小青，缓缓摇了摇头："比起婚约的事，我更担心许宣的安危。你可曾感应到，药师宫忽然多了一股奇怪的妖气？"

小青像摇拨浪鼓一样地摇头，满不在乎地笑道："咱们也是妖，有什么好担心的。"

天乩 之白蛇传说1

白夭夭依旧不乏忧虑:"我只怕是饕餮在暗中捣鬼,会伤及众人。"

小青也严肃了神色,点头道:"那我这便去调查地火灵气一事,若真是饕餮作祟,一定会露出马脚。"

白夭夭扶住她双臂:"饕餮残忍嗜杀,你定要小心,不如我与你同去。"

"你不便露出妖身,何况我手下小妖众多,找出蛛丝马迹不是难事,亦不需要你相帮。待我找到线索,再来寻你,"见白夭夭仍是忧心忡忡,小青向她露出粲然微笑,"你放心啦,我不会孤军奋战的。"

"嗯?"白夭夭有些好奇地挑了柳眉。

小青却颇为神秘地转了转灵动眼珠,道:"山人自有妙计。"

白夭夭失笑:"最近你倒是长了不少学问。"

小青有些赧然,掐了个诀,飞身消失了。

而此时的药师宫外山林间,冷凝看着自己身边惨死的兔子,呆坐地上不敢相信。

她怎么会……

方才怎么会有那么强的嗜血情绪,仿佛不见到血,她便喘不上气。

冷凝颤抖着,不敢再看那兔子的尸体,挣扎着站起身来,后退几步,一转身便见到红芯惊恐地望着她,瞬时如一脚踩入冰窖,浑身冰冷。

"红芯……你看见了什么……你为什么用这样的眼神看着我……"

红芯吓得亦是失魂落魄,捂住嘴惊呼:"原来……你……你竟是妖!"

"你胡说!"冷凝眉毛死拧,急着上前两步,红芯吓得赶紧逃走。

夜风拂来,吹动冷凝带血的衣裙,她渐渐冷静下来,半张着嘴久久说不出话。待她回过神来,便揪着那兔子尸体,心急火燎地冲进地火之中,紧张地对着石壁上的图画细细找寻。

为什么会这么嗜血,她瞥一眼手中的兔子,这兔子真的是她所杀的吗?

为什么连红芯都怕她……

她不是妖,她怎么可能是妖……

一定是生了什么怪病,《毒经》一定会有治疗她病症的办法。

可石刻上一时无所获,冷凝更是如被火煎,急不可耐,将手中死兔丢往角落。

也是,《毒经》怎么可能会告诉她,为何会因嗜血而残杀动物。

背后忽然传来脚步声,冷凝以为是许宣,呆了一瞬,心虚地转过身,结果

第二十八章 错订婚约

却是一从未见过的陌生男子,霎时便愣在原地。

斩荒也是惊讶,在冷凝体内居然有一股妖气,而她分明是人。

斩荒似笑非笑地看着冷凝,释放妖气,冷凝体内便有一股不明力量如受到牵引一般,竟下意识地攻向斩荒。斩荒不疾不徐侧身避过,轻轻伸出手指,便令冷凝接连后退,跌坐在地。

冷凝恢复神志,更觉恐惧难当,她站起身来,戒备地看着斩荒:"你到底是何人?为何在药师宫出现?"

斩荒一笑,低声慨叹道:"我在寻一个人,她救过我,在这世上,对我来说,没有比她更重要的人。"

冷凝眸光闪烁:"那……那你刚才,是如何做到的?"

斩荒唇边邪佞笑意更浓,一步步闲庭信步般逼近冷凝,冷凝却惊得接连后退,直至退到洞壁,斩荒才不慌不忙地说:"你倒是很有趣,分明是人的身体,却又藏着妖气,千年也难得一遇。"

冷凝也不管什么妖气之说,只满怀希望地看着斩荒:"你是不是能医好我?"

"医?就算我能,我又为何要这么做?"斩荒略显轻蔑地撇了撇嘴,随后又低眸,神色里稍添了些温柔,"虽然难得,这妖气倒也相似,可惜了,却不是我要找的人。"

言毕,他便欲转身离去,却被冷凝拉住,他立马厌恶地抽开手。

冷凝也不介意被嫌弃,只低声哀求道:"请你救救我。你想找什么人,我帮你找啊!"

斩荒侧眸盯着她,眼神中有着嗜血的残忍,冷凝不禁吓了一跳,松开了手,再细看时,斩荒竟已从眼前消失。

冷凝四下找寻,石壁上的画却突然亮了起来,人体经脉上有隐隐的紫光流转,冷凝眼睛一亮,连忙坐下,按照那法子运气,果然平复了许多。

这是……方才那人指点的吗?

冷凝调息完毕,满是疑惑与思虑地离开山洞。

斩荒出得地火,便飞身去了山巅,立于其上,俯视着山谷里密林中的药师宫。逆云寻来,拜见之后疑惑问道:"主上为何屡次来这药师宫?"

斩荒面露笑意:"这片山水,是我化行渡劫之处。虽红莲之力乃天生,但这里地势于我修炼有益。"

逆云恍然大悟，颔首道："属下追随主上日久，竟不知此事。想来那洞窟内的石刻，也是主上所留下的。"

"不过是当初修炼之时所得的一些心得，"斩荒有些自得，又摇了摇头，"想不到竟有凡人参透玄妙，还衍出了药理《毒经》。看来，当日药师宫立宫之人，仙缘不浅。"

逆云浓眉稍皱，刚硬面容上尚有疑惑："主上救那冷凝，也是因为这个？"

"药师宫因窥探出我的心得而存世，论因果轮回，也断不应我再施恩，何况……"斩荒唇角笑容满是邪气，"救？我方才示意冷凝所看的方法，不过是引领她将心中聚集的妖气通过经脉归顺至身体各处。虽是不再烦闷，但会增进她的修为，让她妖性越来越浓。"

逆云有些惊讶："主上是想收冷凝为己用？"

斩荒"呵呵"轻笑两声，抬手，掌心明灭跃动着红莲火："药师宫如今的宫上许宣，正是七杀命格。他久居宫中，压制地脉灵气。我若想恢复全盛时的法力，就必须想法子将他赶出去。这冷凝，正好是个不错的契机。"说罢，斩荒得意笑容更深，掌心的红莲火灿如烟霞。

忽然，他神色一变，再度低头看向药师宫，面露狂喜之色："她来了！"

"谁？"逆云疑惑不已，却见斩荒连解释的心情都没有，捏了个诀便消失了。

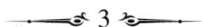

小青去金山寺寻齐霄未果，只得暂时回自己的老巢。却不料踏破铁鞋无觅处，得来全不费功夫。

她要寻的齐霄，竟然就在她的山头。

在她的山头嚣张……

"山君！救我！"

眼见齐霄抓着小灰的耳朵，已经将他变成兔形准备带回，小青唤出碧色双剑，就向齐霄刺去。

齐霄被迫松手，小青忙抓着小灰落在一边。小灰匆匆变回了长着长兔耳的人形。

第二十八章
错订婚约

小青站稳身体，柳眉一蹙，冲齐霄怒道："你又跑到我的山头撒野，信不信我拆了你的金山寺！"

齐霄拍了拍袖子上的灰，说得倒是理直气壮："饕餮身受重伤，必定会四处寻找猎物，夺取元丹用以修炼。我抓这只兔子，是用来做饵。"

"不行！"小青瞥一眼惊慌的小灰，"他是我的手下，你说抓就抓，本山君的面子往哪里搁！"

齐霄面上有潇洒不羁的笑意，剑眉稍扬，看向小青的眼中有着戏谑意味："那就只好用你来做饵了。"

小青"呵呵"两声："说得好像把饕餮引出来你就有办法对付他一样，上回你被饕餮打得半死，连眼睛都差点儿看不见了，可是全靠小白出手才捡回一条命呢，我看你忘性是挺大的。"

齐霄羞怒难当，愤然吼道："少废话，我看你好歹身负千年修为，才想用你当饵！这是看得起你好吗？"

小青一双妩媚的桃花眼转了转，轻咳一声："这样吧，我可以帮你抓饕餮，但在此事之前，你也得帮我一个忙！"

"何事？"齐霄皱眉。

"说来与你也有干系。小白说了，药师宫地火灵气消散过快，定有蹊跷，极有可能是饕餮所为。所以，你不妨先同我去调查此事，说不定也能获得饕餮行踪。"小青神色少有地正经和严肃，可依旧是面如桃花，勾人心魄，朱唇稍启，眸如点漆，夜色沉沉下，看得齐霄也是有些走神。

他低声问："你想怎么调查，不会真打算以身做饵、舍身成仁吧？"

小青眨了眨妩媚桃花眼，回过头一脸笑意地看着小灰。

小灰顿觉不妙，一瑟缩身体："山……山君？"

小青笑得"善意"满满："放心，我绝不会派你去当诱饵。"

小灰感动得都要哭了，拼了命地点头。小青却又扬起手，轻轻拍了拍他肩头："若是地火灵气之事与饕餮有关，再轮到你出手。"

小灰半张着嘴欲哭无泪，齐霄则是一声闷笑，带着他自己都没有意识到的无奈与宠纵。

小青听得他低沉悦耳的笑声，脸上便是不自觉地染上两团红晕，好歹夜色之中看不真切，她小心翼翼地呼吸，平息自己心中的悸动，再转而带着齐霄，就往药师宫地火走去。

一路夜幕低垂，月色迷人，她倒是有些希望这条并肩之路再长一些。

他二人走到地火外时，冷凝刚调息完毕离开，齐霄看得冷凝远去的背影，正准备当先进入山洞，小青却不自觉地拉上他的手臂。

齐霄一怔，想要丢开她，小青却更紧地抓住，甚至柔软的身子也贴了过来，齐霄忽觉呼吸急促，却甩不开她。两人拉拉扯扯地进入地火，齐霄终是不耐，道："调查就好好调查，你拉着我，如何施展得开？"

小青眼珠一转，一本正经地道："我是要保护你，万一饕餮忽然出现，你小命岂不危险？"

"你是我手下败将，别拖我后腿！"齐霄终于愤然将她甩开，瞥她一眼，便率先走向石壁。小青无奈跟上，只见齐霄剑眉蹙紧，颇是慎重地说："这石刻上，气息有些古怪。"

地面忽有紫光闪动，齐霄谨慎望向洞口，一杖挥出，空气一晃，原是此处忽然罩上了无形的结界。

小青有些紧张地看看四周："怎会如此？方才我们走进来分明无事。"

齐霄皱眉道："许是我们进来触发什么，才会升起结界。"

小青不解，目光再在洞中逡巡一遭："是谁能在药师宫布下结界，我们还毫无所觉？"

齐霄"哼"了一声："出去了，便自然会知道。"说罢，他再度举起法杖，运力劈去。

这结界是斩荒布下的，他在地火中感应到了当初温养他元神之人的气息，有心寻觅，便布下此结界，若是当初残留气息之人再次步入，便会触发。

此时他匆匆进来，正逢齐霄挥杖打破结界，忙不迭地藏身在石壁之侧的暗处里，往外观察。只见小青面露不屑地说："这结界也不过如此，竟被你三两下就破开了！"

斩荒目光贪恋地锁住小青，心里暗道，本就只是为了告知你来了的结界罢了，我怎忍心对你为难……原来是你……

斩荒瞥一眼齐霄，神色又复冰凉：眼下不是相见之机，我记住你了，会再来寻你的。

思定之后，斩荒施诀，从地火里消失了。

齐霄有所感应，面色一紧，下意识地将小青拦在身后，警惕道："小心，这里有妖气。"说罢，便护着她往斩荒消失之处搜索，却发现空无一人。

第二十八章 错订婚约

小青再在洞内寻觅一遭:"被他跑了……可是饕餮?"

齐霄却是摇头:"这气息很陌生,不会是他的。"

小青忽然看见洞角有一只兔子的尸体,惊呼一声:"齐霄,你看!"

齐霄半眯星眸,看了一瞬后,沉声道:"应是同一人所为。"

小青立马焦急万分:"那我们快些去告诉小白,此处确实有妖怪在作祟,地火灵气定是被那妖怪夺走了!"

齐霄望着那兔子的尸体,沉吟不语。

第二十九章
断桥之约

— 1 —

斩荒又回到山巅，面上狂喜之色丝毫无法掩藏。

逆云恭声询问："主上，刚才的异动是？"

斩荒一振袍袖，喜道："蛇族的气息。我苦苦寻觅的人，已经出现了。"

逆云惊讶，连忙拜下："恭喜主上。"

斩荒颔首，向来充满诡谲与阴鸷的脸上，此时是无限喜悦与温柔："她将我的元神贴身温养数年，她蛇族的气息我再熟悉不过！若不是她，或许到如今我还无法醒来，她就是我命中注定之人。"

逆云听到此，却磕首请罪："是属下护卫不力，才会让主上遭受元神碎裂之苦。"

斩荒摆手，示意他起身："此事怨不得你，成大事怎会没有风险？千年前是我要叛出九重天，也是我硬将元神离体，想助饕餮一臂之力，奈何造化弄人，天命不归，才叫天帝老儿至今还高坐在那位置上。"说到此，竟又是愤懑不已，斩荒忙长长地吐了口气，平复自己的心情，让自己思绪再度想及小青，终是静了下来。

逆云见他神色几变，试探着问："既然如此，是否立刻去找寻那名蛇族女子下落？"

斩荒思忖片刻，却是挥手否决："大业为重，暂时不必。这次，我决不再容任何差池！"

第二十九章 断桥之约

逆云领首:"那接下来……"

"联系饕餮,该是时候动手了,"斩荒唇角一勾,俯望着山下欲滴翠色,眸中野心与喜色交织,情难自禁地笑道,"待成大事,便以这三界为聘礼,娶她做我的妖后!"

天亮之后,白夭夭听了小青所说状况,便同她一道前去药师宫附近搜寻线索。冷凝落入斩荒圈套尚不自知,只是一味地在烦闷到无法控制时去残杀动物,残杀后用石壁上的法子调息。然平静稍纵即逝,她便只能如此周而复始,不过一个漫漫长夜,竟是让白夭夭和小青在隐蔽山谷草丛中发现了好几处动物尸骨。

白夭夭满是忧虑地对小青道:"只怕事情如我推测。"

小青愤愤然道:"一定是饕餮所为!那个齐霄说不是……他该不会是怕了吧?还说这次定能将饕餮拿下,原来都是吹牛。"

白夭夭也是蹙眉摇头:"的确不是饕餮。"

"不是?"小青满面疑惑,"那这些……"

白夭夭捂住胸口灵珠,稍稍施法,灵珠便亮起了白色光晕。与此同时,那几处动物尸骨上悠悠飘散起一层绿色光芒,而这微弱光线竟是刺激得白夭夭胸口灵珠忽明忽暗。

小青大是惊诧:"怎么会这样?"

白夭夭撤去法术:"眼下还未能有定论,但如果我猜得没错,此事因我而起,一切祸根皆是我种下的。"

小青顿时愣在原地。

白夭夭则心中急切,转身急急回药师宫去了。

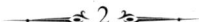
2

冷凝望着镜中的自己,一身火红嫁衣,衬托得她面容如花一样娇艳,连鬓边珠钗也被夺去了光芒,她不禁露出了喜悦又满足的笑容。

许姣容亦是一脸笑意,扶在她肩上说道:"也算是因祸得福,眼下终于定了下来。"

冷凝羞涩一笑。

许姣容执起桌上的犀牛角梳子,替她缓缓梳起长发:"今早一接到消息,

我便赶紧去寻了这嫁衣来给你试试，没料到正合身，一点儿都不用改。我盼了这么多年，可算是盼到今天了，眼下只望着你们快些成亲，再不出半点儿乱子。"

许姣容说得几度哽咽，冷凝忙回身安抚般握住她的手："姐姐放心，只要与师兄成了婚，我们便是名正言顺的夫妻，自是不用再惧怕小王爷了。"

许姣容噙着感动的眼泪点头，正待继续为冷凝梳头，却从镜中看到了白夭夭愣在门口的身影，就笑着热心招呼她："白姑娘，你快瞧瞧，冷凝穿着嫁衣多漂亮。"

白夭夭藏起眸中的失落，只望着冷凝，平平缓缓地说："冷姑娘，有些有关药理之事，我想私下与你相谈。"

冷凝怔然不语，白夭夭便看向许姣容，许姣容愕然瞬许，便将梳子放在妆台上，笑言："婚配嫁娶好多事情得张罗，我先去忙活，你们聊。"

见许姣容离去，白夭夭也收拾起自己心中的苦涩，仔细看着冷凝，问道："药师宫最近莫名多了一股妖气，今日我同小青去林中闲逛，竟发现了不少野兽尸骨。"

冷凝放在妆台上的手一颤，忙握住方才许姣容放下的梳子，似是要给自己勇气一般，可上面缀饰的珍珠却硌得她掌心生疼。她瞥往地上，心虚道："既是妖怪作乱，白姑娘该去找齐少侠，我恐怕帮不上忙。"

白夭夭眉心稍蹙，继续追问道："但这股妖气只有我体内的灵珠能够感应到，两者似有牵连。"

冷凝一皱眉，回眸盯着白夭夭道："这我就不明白了，莫非白姑娘是妖，否则怎会与妖气有所感应？"

白夭夭不慌不忙，解释道："你可记得当日中了小青的蛇毒，是我用灵珠为你医治。灵珠中聚集了上千年的法力，它曾在你体内停留，所谓善恶一念间，我怕你动了邪念。"

"此话怎说？"冷凝心中疑惑渐解，却是更加防备。

白夭夭低眸叹息："恶念一起，堕入魔道。近日，怕是有什么触动了你心中的邪念。"

"人妖殊途，怎会将我与妖扯上关系？"冷凝扶着妆台，缓缓站起，看向白夭夭的目中是既冷且狠的光芒，"白姑娘故意此时来与我说这些莫名其妙的话，莫非是想借此事拆散我与师兄的姻缘？"

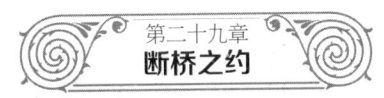

第二十九章 断桥之约

白夭夭忙苦笑否认道:"我是担心你。"

冷凝冷笑一声:"是担心还是手段,恐怕也在一念间。你心中,是否喜欢师兄?"

白夭夭神色霎时便有些慌了:"我……我对他……"

竟是不知道如何开口。她对许宣的情绪太过复杂,连她自己都分辨不清。若是对紫宣,经历千年,她尚且能说个明白,那是最纯粹的喜欢,那是最沉重的愧疚,那是她想长长久久朝夕相对的人,那是她寻寻觅觅千年都望能挽回补救的人,可是许宣……

他的确是紫宣的今生今世,他体内有紫宣被封印的神识,许宣让她千年的愿望成真,她也同样于心里立下重誓,要守他护他,让他一生平安喜乐。

可他终究不完全是紫宣。他是个凡人,性格刻薄、古怪、自负。他忘了她,他今生有了婚约,能放进他眼中的不过是冷凝与药师宫。

这样的许宣,她能坦然说喜欢吗?

白夭夭纠结迟疑的神色落入冷凝眼中,自是讽刺异常。冷凝冷笑一声:"果然如此,我只当白姑娘是修仙之人,又于我有救命之恩。万万没想到,你竟口蜜腹剑,不择手段!"

白夭夭回过神来,见冷凝误解,只能苦苦解释:"妖化毁人心志,催人恶念,即使是人也会成妖。"

冷凝旋身,望着镜中貌美如花的自己,不屑嗤笑:"危言耸听,我生来是人,如何成妖?"

白夭夭还待再说,许宣却急急推门而入,大声说道:"师妹,这桩婚事不能……"

冷凝看见许宣,抢先奔到房门口,将他紧紧搂住,埋首在他胸前,再稍稍回眸,挑衅地看向白夭夭。

许宣因为见到白夭夭也在房中,顿时神情一愣,连被冷凝抱住也来不及回应,狐疑问道:"你怎会在冷凝房中?"

"我……"

"师兄,白姑娘是特意来祝福我们的,"白夭夭还来不及解释,冷凝就甜笑着对许宣抢先说道,又退开一步,给他展示自己身上的嫁衣,"师兄你瞧我身上的嫁衣,是姐姐方才送来的,好不好看?"

许宣目光在冷凝身上一闪而过,只是固执地看向白夭夭,不愿相信她是来

祝福的……他在等着她解释。可白夭夭却只是低下了头，不敢与他对视。

几瞬过去，许宣见她竟然没有否认，面色逐渐变冷。

见二人神色各异地沉默，冷凝眸间滑过一丝冷意，唇角却是上扬，继续用天真的声音道："其实，若不是白姑娘寻觅饕餮找回红芯，我又怎会因祸得福，这桩婚事又岂会如此水到渠成。说起来，她才是咱们真正的大媒人，师兄你说，咱们该怎么谢谢白姑娘？"

"哦，"许宣视线一瞬不移地锁住白夭夭，一字一句地道，"那还要问白姑娘自己，想要怎么个谢法。"

白夭夭抬头，望着许宣，心中酸痛不堪，他为何要逼她至此……

苦苦一笑，她轻声恸道："我从来都没要你答谢。"

许宣却是理解成了其他的意思，脸色越发沉了下去，垂在身侧的手紧握成拳，还未出声质问，身侧冷凝就已附在他耳边悄声道："师兄，这桩婚事恐怕不能当儿戏了，我们没有回头路。"

许宣愕然，还未有所反应，眼见他二人亲密神态的白夭夭已是胸闷到无法呼吸，难以自持地转身走出了房门。

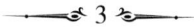

白夭夭心中凄苦，她不知自己这样的心痛与嫉妒，是不是仅是为了紫宣这一世要迎娶他人了。

若是如此，她可否像从前那样安慰自己，只要他安好便行，又可否想着来世她早些寻得他，让他后面的轮回转世都只为自己停留……而等得他历经人间苦难，元神逐渐修复，他重归九重天之时，是不是她也还依旧是他的唯一……如此千年万年，再不分离。

那她是不是可以想开些，不过是一世罢了。

短短数十年而已。

千年她都已经等过了，这短短数十年还有何可惧？何况她至少知道了他在哪里。

而且紫宣的神识亦控制不了许宣的行为，所以更是怪不得他。

这些……这些……她都已经想得如此清楚了，为何还是如此心痛……

是她真的太过小心眼儿了吗？

第二十九章
断桥之约

白夭夭脑海中浮现出许宣的坏笑，他的不饶人，他的尖酸刻薄，他的睚眦必报，他的贪财自负……

还有他的医术过人，他对待病人时不经意间露出的温柔，他染上疫症时的慨然无惧，他对付饕餮时的机敏与细心……

他揶揄看着自己的眼神，却一本正经道："白姑娘，你听我的就对了。"

一想到过往相处的种种，白夭夭几乎难以控制住自己的心跳。可是，如果她喜欢上与紫宣如此不同的许宣，对紫宣会不会是种背叛？

不可能的……

她不可能喜欢许宣，她对他的特殊情绪，仅仅因为他体内有紫宣沉睡的神识罢了。

这一路漫无目的地行走，竟是走到了西湖。

白夭夭错愕地看着面前依旧如一汪上好碧玉的西湖，想到了紫宣与蛟龙的恶斗乃至魂飞魄散和五百年前终于在湖面寻得他元神碎片时惊喜的自己。手捂上胸口，她苦涩一笑，耳边却忽然传来许宣的声音，震碎了她那些回忆。

"西湖很美。"许宣站在她身边，侧眸望着满目哀戚的她，心里还有一句没有说出：却是比不过你。

"是吗？"白夭夭愣愣地望向他，"我留在西湖边的回忆，却大多不太美好。"

"我的却很好。"许宣远远看向湖中亭，在这里，第一次有人对他说，让他放下沉重责任，只用做自己就好。他就此对她起了不一样的心思，可她却悉数辜负了。

他收回目光，再度望向白夭夭，湖风吹起她鬓边秀发只觉她如玉面上愁绪盈然，惹人怜爱，他几乎是恨不得将她立时揽入怀中，宽慰她，逗逗她，让她露出以往那般天真纯净的笑意，可是他却没有资格。

她的心中，只有另一个人。

"一同走走吧？"勉强平静了呼吸，许宣提步，沿着河堤往前走去，这十来里路跟来，他竟全然不觉辛苦，心里藏的那些话和情绪，若是再不说，他或许便会就此疯了。

湖风愈盛，似是山雨欲来，许宣面容在阴沉天气下越发冷了下去，他出声问："从昨日我许诺冷凝婚事，一直到现在，你倒是冷静。不，应该说冷漠，你该祝福的人应该不仅仅是冷凝，我呢？"

白夭夭失落地抬头望向身侧的许宣："宫上如果是为了此事置气，你要百句千句的祝福，那有何难？……只不过，这真的是你想要的吗？"

许宣似是觉得有些可笑，纤薄唇角倔强抿起，他停住步子，认真望向白夭夭："那你说，我想要什么？"

白夭夭也随着停下步伐，湖风吹动她长袖，更显得她瘦削单薄，她专注看入许宣眼睛，摇头道："我从来猜不透你的心思。"

许宣唇边笑意泛苦："你可曾试着猜过？"

白夭夭低眸："紫宣曾说人心最禁不起试探与猜测，我只凭初心待人，从不愿妄测。"

许宣听得"紫宣"名字，胸口便是再无法遏制的怒气，他一步上前，将白夭夭逼退至树干旁，手撑在她肩头，将她牢牢禁锢在自己胸前，怒极反笑问道："紫宣……很好……紫宣还教了你什么？"

这距离近得呼吸可闻，他的呼吸太过灼热，烫得白夭夭心尖颤抖。她垂下目光，屏住呼吸轻声说："他教我做人要俯仰无愧于天地，他还教我念书，教我琴棋书画，只不过我连他半点儿精髓都没学到，如今千年过去也不过尔尔。"

许宣勾着唇角那丝蕴藏怒意的笑，冷声问："他教你如何做人，可曾教你人情义理？"

白夭夭几乎是要控制不住自己的呼吸，眸中亦有眼泪在睫间颤抖，她抬高视线，不敢眨眼，良久，才徐徐道："有些事情他还来不及……告诉我……"

许宣沉沉一笑："那我告诉你，人心禁不起试探与猜测，也同样禁不起忽视与冷漠。我们经历过生死，你对我的态度难道……仅是个旁人？"

白夭夭望入他那双饱含深情的眼睛，如一脚踩空，就此陷入那旋涡，她慌乱地想要将自己救出来，摇头道："我……我不明白你的意思。"

"你怎能对我要成亲如此无动于衷，如果你心里有那么一点点……在乎……"许宣笑意皆是自讽意味，他深吸一口气，只觉心痛而难以呼吸，连额间都因愠怒而有青筋隐现，"对你而言，我不过是个外人对吧？难道我样样比不上紫宣？"

这个问题，问到了白夭夭内心深处。她心底有个声音想要否认，不是的。你和紫宣就是同一人，虽然你们性格迥异。

但是，她自己都理不清如今对许宣究竟是怎样的情绪，如果将他完全当成

第二十九章
断桥之约

紫宣,对许宣不公平,她曾让他只为自己是许宣而活,自己又怎可将他视作紫宣而待……可如果承认她喜欢上了这样的许宣,那对紫宣亦是愧疚难安,又如何对得起这千年的日夜等待。

白夭夭无法回答许宣这样的问题,只想要徒劳地避开许宣烫人的视线,手紧紧抓住背后的树干,想要借此给自己勇气和理智,来理清心里纷乱的情绪。许宣却伸出手指勾起她小巧的下巴,强迫她看向自己,压低声音,一字一句地问她:"告诉我,在你心中一直让你念念不忘的人是谁?"

当然是紫宣!

必须是他!

毕竟一千年的日以继夜,每一丝痛苦的呼吸,每一分祈祷与盼望,都早嵌入了她的生命,无法忽视。

若没有紫宣,就不会有现在的白夭夭,更不会有现在的许宣。

或许,如果许宣能想起来他是紫宣时的一切,会不会她就不再如此为难。

可又该要如何做到?

而许宣,他有他的冷凝,又何苦要逼出她内心这些苦痛的情绪……

白夭夭如鸦翼般的睫毛在颤抖,她弯出一丝苦涩的笑,缓缓道:"千年前,第一个笑,是为他;第一滴泪,也是为他;我围绕着他而活,心中只能容下他,即使分离千年,以为再也见不到他,"白夭夭深深望进许宣的眼睛,声音深处是藏不住的情深,"紫宣,一直在我心中,直到……"直到遇见了你……你给了我希望,让我明白紫宣还活着;而你,更给了我更多同甘共苦的感动。

若是以前与紫宣,是依赖……

而现在,她终于知道何为并肩……

"因为紫宣,所以再没人可以走进你心房!"许宣没听她说完,便已打断了她,他失望地松开手,长久地闭了双眸,凄凉自嘲道,"从昨天到今日,我夜不能寐,一直在等,等你能对这桩婚事有反应。骄傲如我,怎么会犯这样的错误,是我错估了你的心。"

许宣一步步地往后退,逐渐拉开了自己与白夭夭之间的距离,唇边的嘲讽也随着一步步加深,他努力控制住自己声音里的颤抖,让自己看起来体面些:"最可笑的是,我竟然无法怪你,因为这一切都是我自己的自负与……误会,我以为经历了这么多,我对你而言应该不算旁人,可我偏偏真的只是你生命中无关紧要的人。"

"有些事情你忘了……"白夭夭伸手,想要拉住他,却被他一下挥开。

许宣唇边笑意苦涩,缓慢摇头道:"对你的每一件事我都记得清楚,想不到我许宣也有如此狼狈的时候。"言到此处,他向白夭夭客气生疏地一拱手,"白姑娘的祝福,许宣心领神会,若有机会,我也希望能见见你心中的紫宣是何等俊杰人物。"

说罢,他转身大步离去,再未作任何停留,更没有回眸。

白夭夭伸出手去,却只能由呼啸的风卷着柳叶从指间拂过。

泪水盈睫,白夭夭看着他逐渐消失的背影,低声喃喃道:"许宣,是你忘了我,忘了千年前的一切,你忘了你就是紫宣……忘了就连白夭夭这个名字都是你取的……我要如何让你记起?我该不该盼你记起……你已经要娶别人了呀……"白夭夭靠紧背后的树干,捂住面庞,水泽从指间汹涌奔出。

西湖于同时降下瓢泼大雨,无边无际,将断桥上的许宣浇了个透湿,更显得他落魄而狼狈。他终是不敢回首看向白夭夭所在的方向,暴雨倾盆之中,一切都只剩灰暗。

雨水顺着面颊滑落唇中,他只觉苦涩如泪水,心头如巨槌敲打,痛不可当。一向骄傲的他终于肯承认这次他输得彻底,输在了白夭夭的手上。

因为他已经彻底爱上了她。

第三十章
火焚饕餮

― 1 ―

许宣浑身透湿地回到药师宫，便发了高热，而且不知为何，多少药灌下去也是无用，他依旧高烧不退，整日昏睡。

清风与冷凝日夜交换照顾，白夭夭却只敢远远地在他院门口看上一眼，一步都不敢踏入。

这日，冷凝正用帕子为他拭去额头的汗，忽被他将手一把死死握住，她惊讶地看见他不安地颤动着眼皮，薄唇上下磕碰，呓语道："白姑娘，别走……"

冷凝如跌入冰湖，浑身冷到不自觉地战栗。她将手从许宣手中夺出，帕子一扔，转身跑了出去。

又是一番山野中的杀戮，许久之后，冷凝跌坐在地，仰天苦笑。

忽然头顶一暗，冷凝忙警惕地翻身站起，只见面前之人，形不稳固，半是透明，双眸通红，手为利爪，便讶然问出："饕餮？"

饕餮低低笑着，从怀中拿出一串风铃。风动铃响，那铃音倒是令冷凝眸中绿光逐渐退去，她愣了愣，看向那风铃："这是何物？为何我听到它的声音，内心能得到平静？"

饕餮声音嘶哑，却带着令人堕落的诱惑："清音铃。有了它，便可暂时压制你体内的妖性。"

冷凝扭头斥道："我没有妖性，你别胡言乱语！"

天乩之白蛇传说1

"哦？有没有你自己知道，"饕餮视线落向她方才杀死的那只山羊，意思不言而喻，"若是被你亲爱的师兄见到你现在的样子……"

"不行。我不能被他看到我这个样子。"冷凝慌乱地摇头，眼角收入自己手上的血迹，心中一阵嫌恶，蹲在草地上，想借草叶使劲将它拭去。

饕餮俯视着她，得意地笑道："眼下可是只有我能帮你了，"

"你帮我？让我如何信你？"冷凝抬头盯着饕餮，"你害死元一大侠，作恶多端，我决不会与你同流合污！"

"我作恶多端，你残杀小动物难道就不是杀孽深重？"饕餮哈哈大笑，饶有兴致地望着冷凝道，"何况，你不与我同流合污，难道要同白夭夭一道？你想想你体内的妖性，是谁留下的？你以为白夭夭只为了救治你才将灵珠逼出吗？"

冷凝恍然大悟："果然是她！难怪她那日来和我说什么善恶一念间之类的鬼话。没想到我体内那股嗜血的念头，就是她留下的！"倏忽间又忆及了什么，冷凝惊诧不已，"那她……岂不是……"

饕餮大笑着颔首："你还不算笨。对，她根本不是修仙之人，而是一条修行千年的蛇妖！"

冷凝吓得后退一步，喃喃道："难怪她来到药师宫后，我一再遭遇祸事。"

饕餮邪笑着一步步将她引上钩："她早就看上了许宣，这一切都在她的算计之中。"

冷凝眼中霎时绿光又起，她紧握双手道："我绝不会让她得逞，我得先下手为强，不能任由她伤害师兄。"

饕餮将清音铃塞到她手中，冷凝手上一颤，铃声响起，她眸中绿光再次消退，颇是迟疑："我……"

饕餮压低声音，安抚道："你放心，我不会要你做什么伤天害理之事，只要你配合我演一出假死之戏，最近齐霄实在将我逼得太紧。"见冷凝还在犹豫，饕餮又笑了一声，"药师宫中之人也已经开始调查附近频频死去的动物之事，若我愿意，稍稍在你杀去的动物上留下我的妖气，便可以帮你顶了这个罪名，替你洗脱嫌疑。何况你也需要清音铃安抚，才能保你顺利同你师兄成亲不是？"

冷凝捏紧了手里的风铃，颤抖着声音问："你想要我怎么做？"

第三十章 火焚饕餮

"你可知蓝萤为何物？"见她摇头，饕餮面露桀骜之色，"明日，你借口出来采药，多的不用再问。"说罢，饕餮便消失了。

冷凝望着清音铃，轻轻摇动，唇角蔓延出无边无际的苦涩。

许宣虽然昏睡着，但药师宫对婚礼的筹备却是片刻不停。

婚期定在了三日后。

白夭夭看着已经四处挂上红绸装饰的药师宫，心下凄然而无助。

她竟不知，自己内心是不是在盼望着许宣能够继续沉睡，将婚期拖过。

这样的念头一经闪过，她便是吓了一跳。

若是紫宣知道他教导出来的小白，心里居然会生出这样龌龊低劣的想法，会不会十足痛心。孤寂站立许久，她回到自己暂居的客房，还未进门，便是发现不对劲。

房间内外，竟被人撒了雄黄！

白夭夭急忙后退几步，匆匆掩住口鼻，冷凝便于此时，从她房中款款出来，柔声问："白姑娘为何不进门？"又弯腰在门槛处沾了一点儿雄黄在手指上，轻轻吹散，笑得意有所指，"难道是因为这个？"

白夭夭慌忙再退开些许距离。

冷凝"呵呵"一笑，眉目间皆是盛气凌人："怪了，白姑娘一个修仙之人，居然会害怕雄黄？"

白夭夭望着她，神情严肃又困惑："你身上的妖气益盛，到底发生了什么事？"

冷凝拍了拍手，冷声轻哼："咱们谁是人，谁是妖，白姑娘心里应该比任何人都明白。"

白夭夭捂住胸口，提气施展法术，一阵清风吹来，裹着雄黄远离了她，散入空中。风卷白色衣裙飞舞，真是飘然若仙，不染纤尘。

冷凝目光阴狠地看着她，似是恨不得将她撕碎。

白夭夭面色也沉了下来，缓缓问："你今日前来，应该不只是跟我讨论谁是人谁是妖的吧？"

"当然，"冷凝一弯唇角，声音却如在鲜血中淬过一般满是杀气，"我要你永远离开药师宫，不许再接近师兄半步。"

白夭夭远山眉轻蹙："我迟早都会离开。但无论如何，我必须先化解你身上的妖气。"

"妖气?"冷凝一挑弯眉,"哈哈"大笑,"这妖气难道不是你留在我体内的?猫哭耗子,我不信你会替我解去。"

见她形似疯癫,白夭夭眉头蹙得更紧,摇头道:"冷凝,这样下去,我担心你……"

"够了!只要你离开一切都会解决!"冷凝狠狠打断她,随即又笑得意有所指,"你不愿意走也没关系,我只能将你的真实身份公之于众。到时候,只怕白姑娘想走也难!"

白夭夭愤然扭脸,说道:"我所作所为问心无愧!"

冷凝唇边冰凉笑意更深:"听白姑娘意思,就算让师兄知道,你一直在骗他,也无所谓喽?"

白夭夭一怔,气势瞬时弱了下来,低声问冷凝:"你究竟想怎样?"

冷凝"啧啧"两声,唇边笑意更深:"白姑娘记性可真是不好,我方才不是说过了吗?我要你离开师兄,永不能出现!"

白夭夭从未想过,冷凝竟然会如此怨恨自己,不过若不能除冷凝身上妖性,她真得恼怒自己一生怕也是不为过。

眼下似乎只有一条路可选。

便是她将自己灵珠封印。

若是如此,根源一断,冷凝身上的妖气便说不定能够逐步除去。

白夭夭凝视冷凝,深吸一口气,道:"好,我成全你,立刻离开,并不再出现。祝你与宫上白头偕老,今生今世永结同心。"

冷凝笑得娇艳如花,却又喊住了欲转身离去的白夭夭:"白姑娘先请留步,请先用法术将我师兄救好,再与他好好道个别,断了他来寻你的念想,这也算是你为我师兄做的最后一件事。"

白夭夭回眸,有些讶然地看着她。冷凝则残忍笑着,一字一句警告道:"你最好别要什么花样,不然……"

白夭夭自讽一笑,不再听她后续言语,大步走出了院子。

冷凝眸光狠辣,跟在她后面,到了许宣住处,本想跟进去看着白夭夭会不会私下对许宣乱说什么,却突然想到饕餮的吩咐,抬头一观天色,跺了跺足,便转而唤走了清风,让他随自己外出采药。

白夭夭在门口踟蹰良久,方才缓缓推开门。

第三十章
火焚饕餮

许宣在床上不安地昏睡着，额头滚烫，清风刚换上的冰帕子又复烧得温热。白夭夭望着他下巴冒出的细密胡楂及干裂了口子的嘴唇，心疼不已，后悔因为自己的胆小懦弱，而这么晚才敢来看他。

"怎么就病成这个样子，自己还是个做大夫的呢，放纵自己这样烧下去，都不怕醒来变傻了。"白夭夭伸手，将他头上的帕子在冰凉的井水里拧过一遭后，又妥帖放于他额头。可随后又笑自己此事做得多余，她又不是靠医术医人的。

"许宣，你得醒来了，药师宫和……冷凝，都需要你。"白夭夭握住他烫人的大手，将自己的仙力缓缓渡进去。白色仙力极为冰凉，随着其快速运转于许宣周身，烧不多时便已退了。

许宣眼睫开始快速颤动，他反手扣住白夭夭的手，慢慢睁开眼来，声音沙哑："白姑娘……"

白夭夭任仙力在他体内运转最后一个小周后，方缓慢却又坚决地将手自他手中抽出来，扶着他后背让他坐起身靠在软枕上，又去倒了杯茶水与他："宫上。"

许宣接过茶水，一饮而尽，方望着眸光低垂闪躲的她道："白姑娘为何又一次救我？"

"宫上你婚期将至，再不醒来，怕是会惹出大祸。"白夭夭语调平缓，丝毫看不出任何异常。

"哦？"许宣苍凉地笑笑，"你倒真是牵挂我的婚事，生怕我错过了。"

"毕竟宫上是因为我才淋了暴雨。若不如此，我内心愧疚难安。"白夭夭心尖如被针狠狠扎过，不见伤口，却是痛得她难以自持。她匆匆后退几步，唯恐相距太近，被许宣发现端倪。仓促一拱手，她低声道："缘有深浅，终须一别，既然宫上已然康复，我特来向宫上告辞。"

"走？"许宣望着她，神色越发冰冷，修长如玉的手指在锦被上用力滑过，"大婚之日在即，白姑娘若无急事，不妨多留两晚。"

白夭夭摇头拒绝："家师有命，召我速回骊山。宫上的喜酒，我怕是喝不上了。"

许宣冷笑一声："你要回去修仙？"

白夭夭默然领首。

许宣呼吸极重，良久之后，他才缓缓出声："白姑娘，你被饕餮重伤，全

天乩 之白蛇传说1

靠我才捡回一条命，就算要走，也得先学会知恩图报才是。"

白夭夭愣了片刻，方无波无澜地道："诊金自然要给，敢问宫上是想要银两，还是奇珍异宝，稀世草药？"

"我要你必须留下来到喜宴之后才准走，"许宣望着她，一字一句从齿缝中挤出，说得沉重且不容反驳，"白姑娘明白我说的话的轻重。"

白夭夭愕然，指尖在轻微地颤抖，她不知如何是好。他真的不知道他对于自己来说意味着什么吗？要眼见他欢天喜地娶另一个女人，自此的日子与她再无关系，她要如何自处……

正是几欲落泪之际，清风却慌乱地跑入："不好了，大小姐被饕餮抓走了！"

"什么？"许宣猛地一掀被子，从床上坐起，因为良久没有动弹，眼前甚至有一瞬间的昏黑。白夭夭忙上前扶住了他，帮他起身站稳于地面，低声安抚道："走吧，我们同去看看。"

许宣颔首，又吩咐清风："去喊上宋师兄与断流他们，走！"

白夭夭带着许宣并一众药师宫弟子赶到之时，齐霄已然杖指饕餮，小青持着双剑在旁助阵，饕餮掐着冷凝的脖子与他俩对峙，恨声道："齐霄，若不是你将我逼得太紧，我何须用药师宫大小姐做人质，今日你如不许诺放我离去，我便掐死她同我陪葬！"

许宣忙示意众弟子包围过去。

齐霄大怒："饕餮，你还当你有活路吗？"说罢，从怀里掏出一个散发着荧蓝光泽的琉璃小瓶，向饕餮丢了过去。

霎时间，蓝色光晕将饕餮自上而下罩了个彻底，饕餮唇角霎时沁出鲜血，他怒视着齐霄，反手将唇边鲜血抹去，再放到唇边舔了舔："竟被你寻到了蓝萤……"

齐霄瞪眼，愤怒间却又不乏悲痛："是师父有先见之明，趁清醒之际留下了遗训。饕餮，今日便是你的死期！"

饕餮"呵呵"一笑："想杀我？难道你打算连这个小丫头一起烧死吗？"

齐霄一顿，看向已经在饕餮利爪下奄奄一息的冷凝，不由得迟疑回望许宣这头，饕餮的指尖亦是故意划破冷凝颈间皮肤，挑衅地望向众人。

"齐霄！师兄！不用管我！快杀了这个妖孽！替天行道！"冷凝用尽力气冲二人疾呼，却挨了饕餮一巴掌。

第三十章 火焚饕餮

许宣面上已是乌云笼罩，像是下一刻便有疾风暴雨，他转而沉声问齐霄："蓝萤是何物？"

"蓝萤之火，焚妖灭怪，是我在丹药房中发现的，师父在炼丹炉上刻了这二字，想必是指引我此物可以杀掉饕餮！我方才已经用蓝萤罩住他了，但是……必须要将蓝萤引入他体内才能烧掉他。"齐霄急声回答，说到最后几个字的时候才有所迟疑，"可眼下……"

"你可还有蓝萤？"许宣皱眉思忖片刻，方又问道。

"有的。"齐霄将另一个琉璃瓶子拿了出来。

许宣忙凑近他耳边说了几句，齐霄郑重点头，将琉璃瓶子悄悄塞到他手里。许宣背过身子，再转而递给断流，又复在他耳边说了几句，断流毫不犹豫领命便走。

药师宫弟子则在许宣指示下，逐渐缩小包围圈，向饕餮靠近。

饕餮又加重手上力道，狠狠道："你们不要逼我！"

许宣冷冷看着饕餮，声音仿佛在千年玄冰中淬过一般，字字警告："饕餮，你若今日伤了冷凝，我必让你灰飞烟灭，永世不得超生！"

饕餮仿佛听了莫大的笑话："许宣，你当年不也同样……"

"饕餮！"白夭夭眼见他即将出言放肆，便及时喝止他，"快放了冷凝！我们下次再战过！"

"你们就是如此虚伪，白夭夭，你敢说你不想借我的手杀了冷凝，好让你和许宣快活去吗？哈哈哈哈哈！"

"饕餮！你再胡言，休怪我不客气！"白夭夭唤出挽留，眼见就要一剑攻去，此时却有长箭划破空气，直直插入饕餮胸口，血喷薄而出，溅了旁边的冷凝一身。

"啊！"清风和宋师兄一声惊呼，眼见自箭头而起一簇蓝色火苗，瞬间便是要将饕餮吞没之势。

小青赶紧上前一把拉开浑身发抖的冷凝："愣着干啥！这么点儿小事就吓成这样！"一时不慎，蓝萤之火飘到小青手背，烫得她猛甩手呼痛，旁边齐霄将她揽过来，仔细查看伤口："不要命了！这蓝萤焚妖灭怪，冷姑娘是人自然无碍，你不小心却会被烧个精光！"

他语气虽凶，小青却觉得心里甜滋滋的。

许宣上前察看，冷凝趁机跑到许宣怀里，将他紧紧抱住，众人看着饕餮在

火焰中痛苦挣扎，齐霄怒斥一声："妖孽，这就是你应有的下场！"

小青有些不敢相信："这样真的能杀死饕餮？"

齐霄点头，叹道："他借师父之手残害众生，却怎么也没想到，最后还是死在师父留下的遗计之中。"

饕餮却痛苦地狂声大笑道："你们不要得意，死亡才是我的开始。我不会放过你们的，你们每一个人。"

白夭夭匆匆两步上前，皱眉看了一阵，心觉不对，立刻掐了个诀，霎时间狂风大作，竟是欲将蓝萤之火吹灭。

齐霄剑眉一扬，瞪向白夭夭："你想救这妖孽！"

白夭夭摇头，慎重道："此事太过蹊跷，留他活口，我有话要问，我怕这是一个局！"

齐霄嗤之以鼻："这是我师父留下的法子，万无一失！眼下饕餮马上就要被活活烧死，岂能因你一句话，眼睁睁看他再次逃脱？"

白夭夭皱眉摇头："此事太过复杂，我一时解释不清，但请你信我一次，咱们全都在这儿，他逃不了！"

冷凝佯装害怕，埋首在许宣怀里："师兄，白姑娘为什么要放了饕餮，难道白姑娘另有心思？"

"我！"眼见许宣眼神悠悠飘来，白夭夭更是张口结舌，不知如何为自己辩驳。

顷刻之间，火光益盛，饕餮渐渐化成烟雾，留下一地焦黑之土。

小青面上露出欣喜之色："他死了，饕餮这个大魔头终于死了！"

齐霄更是十分感慨，抬眼望向长空："师父，我终于亲手诛杀了这个妖孽！"

白夭夭跺了跺足，心知可能中了饕餮暗算，他怕是借这蓝萤之火一为假死，二为借此火焚烧禁咒，功力大增。但眼下她亦没有证据让众人相信自己，何况木已成舟，只能待来日再见招拆招了。正在为难，眼角忽然收入红芯于树林间飘忽而过的身影，她眉心微蹙，追了上去。

许宣见状，本欲跟上去，却被冷凝紧紧抱住，只得低声安慰："没事了，师妹，饕餮他已经死了，再没人可以害你了。"

再转眸看了看齐霄，许宣又对冷凝道："你先跟宋师兄他们回去，我随齐霄去趟金山寺。"边说边轻轻把冷凝往外推。

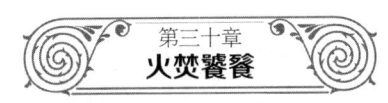

第三十章 火焚饕餮

冷凝无奈，只得松开手，一步一回头地跟着宋师兄他们走了。

金山寺中，齐霄面有得意之色地对许宣讲今天的事情："我和小青派她手下的灰兔精去引诱饕餮，却不想他突然跑回来给我们说饕餮竟然抓了冷大小姐，我们赶紧赶过去，幸好上次在整理师父遗物的时候发现了蓝萤，今天正好借这个机会把饕餮正法，为师父和死在他手上的生灵报了仇！许宣你那弟子也选得不错，这箭法极准！"

许宣一边垂眸替小青包扎手上为蓝萤烫伤的伤口，一边道："只有断流才会如此狠心，决断于当下，若是宋师兄或是清风，怕就会顾忌冷凝的性命了。"这断阳宗和明决宗的争斗，始终让他心生困扰，虽然这种时候可以利用一下，但为了药师宫的长远打算，还得想法子化解才是。

小青也觉得今天之事甚是完美，连手被烫伤也顾不得了，嘻嘻笑着对齐霄说："没想到你还有这么好用的宝贝，不过这蓝萤到底是什么东西？"

许宣替小青包扎好了手上的伤口，一边收拾药箱一边说："古书有载，'蓝萤'是一种稀世奇珍，冬日扎根泥土之中，与草木为伴。夏日化作萤虫，繁殖生衍……蓝萤之火，温度极高，非将邪物燃至灰烬不熄，古人常用之来辟邪和表忠。但我尚不知蓝萤竟可以用于除妖。"

齐霄再复点头："全靠师父清醒之时在炼丹炉之内刻下此二字，我又见到他的遗物，才想着去翻阅古籍，知道蓝萤之焰可以焚烧世间一切邪祟，推测出师父的深意。不然以我的修为，要想报仇，实是太难。"

见他说得哀伤又感慨，小青想了想，安慰道："你才这么点儿岁数，已经有此修为，实在不赖了，我二十岁的时候还是条小青蛇呢！"

齐霄瞪她一眼："所以你活该被我收！"

小青气得站起身来："收收收！你成日就知道收妖！真是好心当成驴肝肺！不想理你了！"说完就气鼓鼓地往门外冲去。

"小青姑娘，烦请等我一下，"许宣将金山寺的药箱收拾好，递给齐霄，也复起身，"既问清了前因后果，我也觉安心，这便回去了。"

"对了……"齐霄唤住他，又看了下立在门口那气呼呼的青色背影，唇角一弯，"之前小青跟我说药师宫的地火灵气有异。"

小青闻言"哼"了一声:"想来也是饕餮所为呗!"

齐霄摇头,缓缓站起身来:"之前师父曾说,天地山水、灵气聚散自有其道,除非是命定之人,否则就算强占了灵气,也无法运用。能如此消耗药师宫灵气的人,命格必然极其霸道。我此次翻阅古籍,恰好看到上古有传说杀、破、狼三星齐聚,会动摇三界大局,而其中的贪狼命格,最是贪婪凶悍,我猜想地火灵气一事,会不会与此有关。"

"这也太玄乎了吧?"小青听得骇然,"若真是如此,饕餮会不会就是这贪狼……"

"我亦不知,"齐霄沉吟片刻,"不过想来饕餮虽然残忍嗜杀,但比起传说中的贪狼,还是好对付了一些。"

"饕餮已经让我们如此头大,那这贪狼得有多厉害?该不会还埋伏在药师宫中吧……姐姐常说药师宫有妖气盘绕……"小青越想越是害怕,不自觉地环抱住了自己。

"你就是个妖,还怕什么妖?说不定是你们妖界老大,可以罩着你免得被我收走呢!"齐霄没好气地斜她一眼。

小青又复气得跳脚:"妖也是分好坏的好吗?你这个人怎么就这么看不起妖!"

齐霄不再搭理她,而是目露关切地看向许宣:"宫上若是感觉到任何异动,一定要及时跟我说,这次全靠宫上相助,我才能顺利杀掉饕餮,除妖卫道本也是我的职责,愿为药师宫的安危尽微薄之力。"

"如此便多谢了。"

许宣稍一拱手,正待出门,齐霄又补充了一句:"对了,恭喜宫上啊,我三日后定来喝喜酒!"

许宣面色变冷,稍一勾唇:"礼金可准备好了吗?不然先把欠的诊金给结了?"

齐霄愕然半晌,坐在桌边挠头,嘀咕道:"小气鬼,舍不得酒就直说啊!"

许宣撇了撇唇,没再多理会齐霄,径直走了。

小青见状忙追上去:"宫上,你真要和那个死丫头成亲啊?"

许宣停下步子,望向小青,十足认真地开口:"小青,我想请你帮我个忙,三日后申时,请你务必把你姐姐带到西湖断桥上。"

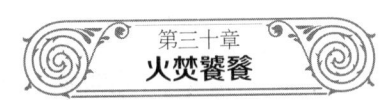

第三十章 火焚饕餮

"三日后?你确定是三日后?"小青惊得下巴都快掉了,"为什么啊?"

许宣微微一扬唇角,却不多解释:"你就当是我怕她见我拜堂入洞房,太过伤心。"

"啊……那我为什么要帮你?"小青满脑子疑问与好奇,摆出一副许宣不解释,她才不会听的样子。

许宣低眸看向她的手:"蓝萤之火在妖身上留下的印记轻易是去不掉的,天下可能唯有我能治。不知道会不会可惜了小青姑娘这原本的白璧无瑕。"说罢他便悠悠然继续朝前走了。

留下小青对着他背影比了个拳头,暗自愤懑,最终却还是冲他背影喊道:"三日后申时!我记住了!你要把我手给医好啊!"

就在这时,一位从小青面前走过的老太太摇晃几下,突然倒在地上,把小青给吓了一跳,忙急声喊道:"许宣!快回来看看!"

"老夫人!你怎么了?"老太太的侍女也是着急万分,将篮子往旁边一放,正欲摇晃老太太,就被许宣一把推开,"不能晃!"

"是中风……"许宣一边替老夫人把脉,一边对小青说,"快把刚才那药箱拿来!"

小青忙施法,瞬间从齐霄那处将药箱取了过来,齐霄也慌忙跟出。

许宣拿了银针给老夫人施针,经简单处理过后,老夫人终于悠悠醒转,呼吸顺畅,脸上也是重新恢复血色。

那侍女顿时喜极而泣:"谢天谢地,老夫人醒过来了,不然凌儿真是万死莫赎!"

许宣比了个噤声的手势:"别喧哗,病人需要休息。我们将她暂时送到厢房,待稍微好转再回家吧。"

待小青帮着凌儿将老夫人送到厢房暂且安置好,许宣又开好了药方,递给凌儿道:"按时服用,平日饮食不宜荤腥,多用蔬果。好好静养才是。"

凌儿接过,福身道:"大夫救了老夫人的命,我家主人必有重谢,只是不知到时候该去何处找大夫呢?"

许宣对于诊金自是不会推辞,淡淡道:"药师宫,许宣。"

凌儿十分惊讶:"原来是宫上!"

许宣见凌儿知道自己的名头,得意一笑,伸手假意往下按了按:"低调,低调。"

小青在旁边如被恶心到一般撇了撇嘴，方又对那凌儿说："姑娘又是哪家府上的呢？"

"城南赵王府。"

许宣和小青相视一眼，齐刷刷地问："小王爷？"

凌儿稍稍蹙眉，点了点头。

许宣沉吟片刻，颔首道："真是天无绝人之路，我想我是知道要你家小王爷报答什么了。"

3

白夭夭追到红芯，后者在她面前显得惶恐不安，一直搓着双手，良久才迟疑着说："白姐姐，我方才是故意让你看见的。我想告诉你，不是饕餮杀了那些动物，是冷凝。我亲眼见到了，她那样子，可怕极了。"说着，红芯竟是脚下发软，险些没有站住。见白夭夭沉吟不语，她忙着急继续道："是真的，我藏在药师宫后山，本欲伺机……再夺她容貌，可是却见到她一身妖气，双眼碧绿，毫不迟疑地就对一只兔子下了杀手！后来，她每天晚上都要出来好几次，每次残杀的动物也越来越多。我不敢阻止。"

白夭夭深吸了一口气，手按在胸口灵珠处，满是懊悔地叹道："错不在她，是我。她原本心中只是有一口恶念，若不是我用灵珠为她医治，在她体内留下了妖气，催化了那恶念，她就不会轻易妖化。冷凝她自己就算发现，恐怕也无解决之道。"

白夭夭没有料到，冷凝的妖气已经严重到如此地步，竟然吓坏了同为妖的红芯……

她自觉问题严重，可若是要解决……

红芯顿了顿，又道："而且我还看到饕餮去找冷凝……"

"什么？"白夭夭惊愕无比。

红芯点头如捣蒜："真的，她昨天又出来杀戮，就遇到了饕餮。我害怕，远远地也没听清楚他们说了什么就跑远了，可是今天她出来采药才又被饕餮抓走。白姐姐，我觉得其中有诈。"

看见红芯神色不安，白夭夭安抚般握住她的手："谢谢你，红芯。但你一直跟踪冷凝，可是因为还惦念着小王爷？"

第三十章
火焚饕餮

听到小王爷的名字，红芯神色渐渐安静下来，终究是无比黯然，垂眸叹道："情到深处，又怎能说放就放。"

白夭夭稍稍加大手上的力量，使得红芯抬头来看她，才轻轻抚上红芯罩住面上伤口的银色面具："红芯，不要再做错事了。你相信我，我离开药师宫前，会劝说许宣帮你医治，时间虽长，也终究是自己的容貌更好。"

"白姐姐……"红芯不知是感动还是难过，终是垂下泪来。

"红芯，你好好珍重，"白夭夭替她拭去眼泪，心中挂念冷凝与药师宫，便匆匆与红芯告别，"我先回一趟药师宫，事情由我而起，我定要想办法解决，冷凝三日后便要与许宣成亲，绝不能出任何差错……"何况，还有饕餮……若冷凝真是沦落到了和饕餮沆瀣一气，那许宣岂不是危险，自己也更加罪孽深重了。

待白夭夭赶回药师宫，正是夜幕初降。

白夭夭隔着窗棂，看到了身着嫁衣正揽镜自照的冷凝，她面上是欢喜的、娇艳的，如一朵终于迎来绽放的花苞，白夭夭不自觉看得怔了，心口却如被绳索拉扯，又酸又疼。

冷凝感觉到白夭夭的注视，神情冷冽地偏过头，二人隔着窗对视片刻，终是白夭夭先开了口："我见过了红芯。"

"哦？"冷凝神色不变，"那又如何？"

见她如此冷漠淡定，白夭夭神色逐渐黯然："她不仅说了你残杀动物，还说你昨日便见过饕餮。"

冷凝正梳理长发的手缓缓停下，淡淡说了句："真是可笑，这鲤鱼精当真是不要脸了。"

白夭夭眉心微凝，苦口婆心地劝说："冷凝，你将那些残杀动物的罪名推给了饕餮，这么做，只能瞒一时，若不想办法……"

"住口！"冷凝将梳子往妆台上一拍，"你以为红芯的话还有人会相信吗？更何况她跟着我不是因为觊觎着我这张脸吗？你深夜来此，是想以此理由阻止这场婚礼吗？"

白夭夭缓缓摇头："你体内的妖性既由我而起，那只能由我来解决。"

冷凝置若罔闻，只轻蔑一笑，便将视线移回铜镜，执起眉笔继续描绘自己的长眉，轻飘飘问道："白姑娘莫不是要与我玉石俱焚？"

白夭夭上前几步，更近地望着她徐徐说："我只是想劝你，你是人，若心

天乩 之白蛇传说1

无邪念，自然能压下妖性。我天生是妖，为了去除妖性，却要历经无数磨难。冷凝，你与宫上大婚后，会过着幸福的生活，别让妖性毁了你的一切。"

冷凝起身，望着窗外的白夭夭，竟是笑得十分开心："你没闯入我的生活前，我一直很快乐。如今，不人不妖，却要你惺惺作态来提醒我如何做？我，只要你离得远远的，永远别再出现。白姑娘，你可是答应过我，要立刻离开的。还是，你一定要喝了我和师兄的喜酒才肯走？"冷凝张开双臂，原地转了一圈，笑声清脆如黄鹂，笑容一如初见时那样纯真无邪，"白姐姐，你说我这样打扮，是不是很好看？"

"冷凝！"白夭夭终于是有些怒了，"你或许不在乎那些死在你手下的动物，但现在是动物，将来就是人！我必须避免这样的悲剧！何况，还有饕餮！"

"饕餮饕餮饕餮！你究竟想要说什么？"冷凝缓缓放下张开的手，神情逐渐变得残忍又嗜杀，"你想说我和饕餮串通吗？你除了红芯的话还有什么证据呢？我被他挟持是众人所见！他被蓝莹之火焚化成灰也是众人所见！我脖子上还有他利爪留下的伤！你说这是个局，谁会信呢，白姑娘？而若反过来，我告诉师兄你是妖，你还曾经故意在我体内留下妖性，让我每日过得苦不堪言、生不如死！你说我师兄会信谁呢，白夭夭？"

夜风轻拂，白夭夭看着眼前的冷凝，竟不自觉后退了一步。许久后，她才苦笑着轻声道："既然苦劝无用，我自有办法来化解你身上的妖性，冷凝，你好自为之。"

"这样最好，我也盼望与这肮脏的妖性撇个干净，和师兄过完美无瑕的幸福生活。我明日还有一堆婚礼的事要准备，就不送客了，白姑娘。"冷凝露出无懈可击的微笑，一副悉听尊便的样子，随之便将窗子重重落下，隔绝了白夭夭凄然的视线。

白夭夭抚上胸口的灵珠，失落地摇头离开。却没有看见房中的冷凝，扬起的唇角边，有泪水倏忽坠落。

一滴，两滴，逐渐淌成两行，再无断绝。

她掀起袖子，看着本如羊脂玉般细腻光润的手臂上被蓝莹之火灼伤的痕迹，唇角笑意逐渐苦涩。

"幸福的生活吗？"她偏过头低声喃喃，"也许事事不能尽如我意，也许师兄暂时为你所迷惑，但我会一分分拿回原本属于我的生活！"

第三十章 火焚饕餮

风拂动窗边的清音铃,铃声清脆悦耳,一如她少时干净单纯的笑声。

夜深时,山中忽降暴雨,冲刷着白日里烈焰烧过的灰烬。

斩荒立在雨中,神色专注,通身缠绕着紫色妖气,一炷香时间过去,灰烬上突然燃开一朵红莲火焰,红莲之中渐渐露出一双血红眸子,随后,一双利爪从土里伸出,土地渐成巨大裂痕,再齐齐垮塌下去,露出饕餮黑色的身躯。

饕餮伸长身子,舔了舔利爪上的雨水,冷笑道:"饶是许宣自负聪明,也不曾识破我布下的诈死之计。冷凝这颗棋子当真好用。而今借蓝萤之火涅槃重生,我妖力已是恢复从前。许宣、齐霄、白夭夭……你们等着,有你们好看的……"

斩荒却是淡笑着打断他:"别高兴得太早,你现在尚未获得新的肉身,对付他们为时尚早。"

"你已有了下一步打算?"饕餮目光急切地望向他,"说吧,你这次帮了我,希望我如何帮你?"

斩荒在雨中绽出邪魅一笑:"戏刚开台,不必心急,往后你便会明白。怨憎会、求不得、爱离别,这三苦会使人变得多可怕。"

暴雨倾盆,却掩不住斩荒狂放的笑声,地面那红莲火遇雨不熄,更显妖异非常。